小学館文庫

消える息子

安東能明

JN019091

小学館

消える息子

プロローグ

令和七年（二〇二五）三月三日　月曜日

窓から見える八王子の街は春霞にかすんでいた。二十棟近い高層ビルが陽に当たり黄金色に輝いている。レモンと蜂蜜入りの熱い紅茶を飲みながら、宮津和夫はその風景を眺めていた。昼近くなって咳も止まり、体が持ちやすくなっていた。一昨日の晩、珍しく発熱があり、医院に駆け込んだ。インフルエンザ陰性だったものの、そこそこに重い風邪の診断が下った。解熱剤のおかげで、熱はおさまってくれたが、大事を取って役所は休みを取った。

「あなたが風邪なんて、珍しいよね」

対面式の台所で、昼食の仕度をしている幸恵が声をかけてくる。

「インフルエンザじゃなくてよかった」

「ゆうべは変な寝言ばかり言ってたけど、覚えてる？」

「寝言？　いや……」

歯科技工士をしている幸恵は、熱を出した和夫を気遣って、午前は半休をもらっていた。

「風邪だって治りかけがうつりやすいんだから、気をつけないと」

「そうだな」

和夫はマスクをかけ直した。

夢か。黒っぽい水の中に両手をつけている光景がぼんやりと頭に残っている。ひどく冷たいような気がしたのは、ふとんから手を出して寝ていたせいだろうか。その水の中から人の頭のようなものが現れたところで目が覚めたのだ。熱による悪寒というより、冷や汗に近いものだったような気がする。目覚めてからも、後味の悪いものが尾を引いて、朝食は喉を通らなかった。

和夫は椅子から離れて、窓際に寄った。住んでいるマンションはゆるい丘の上に立っている。東の角部屋にあたり、八王子の中心街が一目で見渡せる風景が気に入っていた。元本郷町にある市役所は二キロほどの距離で、健康を保つために毎日歩いて通勤している。すぐ南には富士森公園があり、フリーマーケットも開かれたりして、散歩するにはうってつけのエリアだった。

八王子駅前の高層マンションの購入を真剣に考えていた時期もあったが、今はここを選んでよかったと思っている。どうしてあれほど高層マンションにこだわったのか、自分でも不思議だった。ここ十数年のあいだに、自分の中で、大きな変革のようなものがあったような気がするのだが、それが何をきっかけに、どうやって起きて、どのような経過をたどったのか、判然としない。

激烈な出来事があったような気がする。が、大病にかかったわけではないし、犯罪に巻き込まれたというようなこともなかった。具体的な記憶はなにひとつ残っていないが、その感覚だけは体に残っていて、病気になったりすると、ふと頭をもたげてくるのだった。いずれにしろ、人生を覆すような事件に遭遇したような気分だった。それを蒸し返す気にはならないが、片方でひどく懐かしい気持ちにもなり、その理由を記憶の底からすくい上げようとしてみるものの、うまくいった例しはなかった。

まるで、手のひらに見えない玉がころころ転がっている感覚。

それがはっきり形を取るような予感があった。しかも、今日という日を逃せば、永久に消え去ってしまうような焦燥感が胸の内に広がっている。どうしても行ってみなくてはならない。そこに立てば、胸のわだかまりが溶けてなくなるような気がしてならなかった。

素うどんの昼食をはさみ、電話で連れを呼び出した。落ち合う場所を告げてから車に乗りマンションを出た。

台町の交差点から東浅川へ抜け、甲州街道を西に向かった。高尾山インターを通過する。のぼり勾配のきつい山道になった。ここまでわずか十五分。

カーブの少ない道を飛ばした。のろのろ運転のミキサー車に追いついた。急かされるように、しばらく続く直線道路で追い越した。大垂水峠を越えると、下り坂に入った。ヘアピンカーブが多くなる。きつい四カ所ほどをすぎると、道がゆるやかになった。与瀬の町に入って、信号のある交差点を左に取る。ふたたび下り坂になった。大きく左に回り込むように進むと、日に反射してきらめく湖面が右手に見えた。相模湖だ。

ひどく遠くに来たような気分だった。和夫はハンドルを握りしめた。目的地は、すぐそこだった。すっかり熱は冷めて、意識ははっきりしていた。見えなかった手のひらの玉が、ようやく形を見せはじめていた。

1

平成二十年（二〇〇八年）二月二十四日　日曜日

ある日、ふとしたきっかけで、生きている世界がまったく別のものに変わってしまうことがある。いや、異界に足を踏み入れてしまうというべきかもしれない。たとえば、ふだん見むきもしないようなテレビCMに子供が魅入られ、その希望をかなえる形で、小さな湖にやってきてしまった、というような。この日でいえば、親子三人して遊覧船に乗ったことからそれははじまった。予兆というにはあまりにささいで、運命と呼ぶには大げさすぎる。しかし、それが、宮津和夫の日常はおろか、この世のすべてを変えてしまうような力を持っていることに思いをいたすべきだったのだ。

船着き場の手前にあるゲームランドは、親子づれでにぎわっていた。手狭な空間を縫うようにミニSLが走りまわり、メリーゴーラウンドが派手なサイレンの音を響かせている。少しはなれたところで、圭介は窓ガラスに鼻をこすりつけるようにして、ゆっくりとこちらにむかって進んでくる遊覧船を見ていた。

「けいちゃん、あれ、乗ろうか？」

パーカ姿の幸恵が船を指さすと、圭介はこっくりとうなずき、出口にむかって駆けだしていった。

「あ、あ、ずるいんだあ、圭介(けいすけ)」

和夫はあとを追いかけた。出口の手前でおおげさにつかまえてやると、圭介はけろけろと笑い声をあげた。肩車をして、切符売り場で遊覧船の切符を買う幸恵の脇についた。

正面に桟橋があり、そのむこうに湖が広がっている。曇り空のもと、ぽつんぽつんと浮かんでいるボートがいかにも寒そうだった。湖をとりかこむ山々も灰色がちで、すっきりしない。

それにひきかえ、近づいてくる遊覧船は華やかだった。全体が白くぬられ、白鳥の胴体の部分が客室になっていて、細長い首の付け根に操縦室がある。和夫の肩の上で、圭介は息を凝らすように、じっとそれを見守っている。

船が着岸すると、圭介は肩から降りて、幸恵の後ろにまわりこみ、おっかなびっくり、のぞき見するようになった。

「どうした、圭介？　ほら、あんなに小さい子も乗ってるよ。見て、見て」

圭介の身長は一〇〇センチ。この春には小学校にあがるものの、まだ幼児言葉が抜けない。同じ年の子供にくらべて、身長がかなり低いのも心配の種だ。

「けいちゃん、お船、怖い？」

幸恵が圭介の顔を正面から見つめていった。

「ううん」

「じゃ、乗れる？」

せっかく、切符を買ってしまったのだから捨てるのも惜しい。

「さ、行くぞ、圭介、ほら、おとうさんの背中に乗って」

圭介の前にひざまずくと、圭介はぴったりからだを密着させてきた。

「しゅっぱあーつ」

勢いをつけて外に出た。順番がきて乗りこむと、圭介は和夫の背中から降りて、一階の船室に駆けこんでいった。空いている席に靴をはいたまま飛び乗り、窓越しに湖をのぞきこむ。ほぼ満席になったところで、船がぐらりと揺れて船着き場を離れ、湖を時計の反対まわりで進みはじめた。

スピーカーから、女性の声で案内放送がはじまる。「ニュースワン丸は速力八ノット。一〇〇人乗りの大型遊覧船です」

風も少なく、湖面は波立っていなかった。遠ざかっていく桟橋では、子供たちがこちらに手をふっているので、圭介も手をふってそれにこたえた。冬枯れた木々のあちらこちらに、緑色の低木が芽をふきはじめていて春を感じさせる。

相模湖は相模川をダムでせきとめて造られた人造湖だ。葉の落ちた低い山並みにとりかこまれ、曇った日が群青色の水に反射してにぶく光っている。

揺れもなく、エンジン音を響かせて、たんたんと船は水を切って進んでいく。じっとしていられなくなった圭介は、二階に通じる階段に足をかけた。

「おとちゃん、こっち」

圭介は、おとうちゃんの〝う〟を発音しない。

「うぉー、速い速い、待ってえ」

駆けあがる圭介のあとについて、和夫ものぼった。

二階は吹きさらしなので、客は少なかった。いちばん前の席に圭介は飛び乗る。

船は湖の西側のへりにそうように、ゆっくりとへさきを南にむけた。ボートが係留されている船宿があり、その左手から湖は川に姿を変えて、上流へと伸びている。その付け根のところに、青い立派な橋が川の対岸にむかって渡されている。おととし、開通したばかりの「勝瀬橋（かつせばし）」だというアナウンスがあった。その下流に、それまで使われていた古い橋がかかっているが、今では使われていないらしい。

船は湖の南側の岸にぴったりそうように走っている。勝瀬橋を渡ったところに、ラブホテルが三棟、建っている。街のある北側にくらべて、湖の南側は岸辺まで木々におおわれた山がせり出していて、人をよせつけない厳しさがある。その中に倉庫のようなものが建っていて、湖の底にたまった泥を吸い上げるためのポンプ場という説明が流れた。そこをすぎると、幅のある入り江が右手に広がった。そのときだった。

圭介が切なそうな顔で両手をさしだしたので和夫は急いで抱きあげた。

「どうした、圭介?」

うぐっ、というくぐもった音が圭介の喉元(のどもと)から聞こえた。

圭介の顔がこわばっていた。大きく目を開き、湖面のあちこちを見ている。入り江の奥まったあたりで視線がとまると、みるみる顔から赤みが失(う)せていった。

「ぼく、あそこで殺されたんだよ」

小さい声で、はっきりとそういうのが聞こえた。まるで、大人のような言葉づかいだった。

圭介は右手の人指し指をそこにむけた。入り江が奥にむかって切れこんでいるあたりだ。

「何、いってるのよ、けいちゃん」

困惑したように、幸恵がいった。

「圭介」

いいかけて、和夫は言葉をのみこんだ。

圭介の首まわりにあの奇妙な模様が現れていた。あごを上にむかせて、和夫はそこを見た。

ピンク色に染まった首の中央に、くっきりと縞模様の線が浮き出ていた。それは首の前半分をぐるりとまわっている。縞は上下二段に分かれ、それぞれが均等にまだらの線を作っている。まるでシマヘビが首に巻きついているような感じだ。

人指し指でそっと触れてみた。痛いともかゆいとも反応しない。指でこすってみたが、消えるどころか、濃くなっていく。

幸恵も気づいたらしく、息をのんだ。

和夫は圭介を引きよせて胸に抱いた。

「だいじょうぶか、圭介？」

圭介が変調をきたしていることは、はっきりとわかった。

「一階に下りよう、な」

圭介を抱いたまま、階段を下りた。一階の船室で、空いている席にすわらせる。

「けいちゃん、気分悪い？」

幸恵が声をかける。圭介はひざ頭をぶるぶる震わせ、なおも、湖面に目をあてていた。すっかり、血の気がひいている。

「さむい……」

「我慢して、ね、できる？　すぐ着くから」

「風が冷たいな。そう思わない？」

いきなり大人びた口調で圭介がいった。和夫は驚いた。

「ああ……そうだね」

「あの日も、ちょうど似た天気だった」

同じ口調で圭介はいった。何のことをいっているのか、わからない。眉根をよせ、目を細めて話すその表情は、少年のそれすら越えて、大人の厳しさをただよわせている。視線がさきほどの入り江に移動したとき、「あそこで殺されたのか」と圭介はふたたび口にした。

和夫は耳を疑わずにはいられなかった。

「どうしちゃったのよ、けいちゃん」

混乱を隠しきれない様子で幸恵が圭介を抱きあげた。

いっこうに消えないシマヘビの模様を見ていると、和夫は肌があわだってきた。圭介は嵐のすぎさるのを待つかのように、幸恵の腕の中で丸くなりじっとしている。

幸恵は和夫をふりかえり、無言で訴えかけていた。いいたいことは察しがついた。

和夫はあらためて、その入り江を見た。左右の山から伸びた木々が湖面に接するように生いしげっている。林のとぎれたあたりに、土がむきだしになっているところがある。船が遠ざかるにつれて、入り江は見えなくなっていった。木々の張りだした岸にそってしばらく進むと、船は北側にターンし、桟橋にむかって波をたてはじめた。

2

八王子に着くまで、圭介は後部座席で風邪をひいたみたいにぐったりしていた。シマヘビの模様は船を降りると薄れはじめ、車に乗っていた三十分の間に、あとかたもなく消えていた。表情も話し方も子供のそれにもどっていた。

子安町の自宅に帰り着いたのは、まだ昼前だった。玄関先で、早々の帰宅に変事の臭いをかぎつけた文世が待ちかまえていた。和夫の母親だ。

「どうしたのさ、こんな早くに」といいながら、元気のない孫の肩を抱いて自分の部屋につれこんでいく。マリンスタイルのニットに、七分丈のジャケット。短くカットした髪を栗色に染めている。体つきはほっそりして、後ろ姿なら四十代でもとおるだろう。

「お熱、あるみたいだよ」

圭介の額に手をあてながら、文世は心配げにいう。

和夫も額に手をあててみた。少し熱っぽい気もするが、それほどでもない。

文世は自分のふとんをしいて圭介に寝るようにうながした。和夫は心配になってきた。幸恵も同じらしく、圭介の顔を見つめている。

大人三人が見守る中で、圭介は大きく息をつき、けだるそうに目を閉じた。

枕元にはこの春から使う新品のランドセルがおかれてある。

「いったい、どうしたんだい？」

待っていたとばかり、文世が口を開いた。

相模湖で圭介の身に起きた異変の一部始終を話すと、文世は和夫の顔をにらみつけた。

「またかい？」

和夫はしぶしぶうなずいた。

「だから、あんなとこ、よせっていったのに」

口惜（くや）しそうに文世はいうと、圭介の首のあたりに手をやって、のぞきこんだ。

「母さんこそ来ればよかったんだよ」

和夫が趣味にしている滝めぐりをのぞいて、文世は孫の遠出には必ずついてくる。

それが、今度の相模湖行きは、はじめから乗り気でなかった。

聞かないふりをして、文世は首まわりを調べながらいう。「しかし、何なんだろうねえ。気味悪い」

圭介の首に紐で巻いたような、アザとも何ともつかないものが浮き出たのは、今日がはじめてではなかった。ちょうど、一週間前、先週の日曜の夜、和夫が圭介と風呂に入っていたときも、まったく同じものが現れた。そのときも全身を脱力させ、かなり苦しそうだった。しかし、風呂から上がると、アザは消えていたので、そのままにしていたのだ。

疲れていたらしく、圭介は寝息をたてはじめた。

「しかし、早いもんだねえ。昨日までよちよち歩きしてたのに、もう小学校なんて」

文世はふとんをかけなおして、しみじみといった。

「お互い、年、とるよね」

「何いってるの、まだ、若いくせに」

かたわらにいる幸恵が圭介の額に手のひらをあてた。「熱はないみたいね。でも、どう？　お医者さん、つれていったほうがいいよね？」

「明日つれてくよ。二度も、あんなことあったんだから」和夫が答える。

「お願いできるかなあ？」

「うん、午前中、半休とってつれてく」

役所勤めの和夫は歯科技工士の仕事をしている幸恵より、時間の融通がきく。圭介の面倒も、生まれてからずっと文世が見てくれていて、幸恵もそれに甘えていた。もともと、文世が日本刺繍の講師をしていたのが縁で、生徒だった幸恵が家に出入りするようになった。そのうち、幸恵は和夫の滝めぐりについてくるようになり、八年前、母子家庭だった宮津家に幸恵はとついできた。幸恵は和夫より三歳年上だが、肌がきれいで笑うと小さなえくぼができる。そのせいか、年より若く見られる。

「さてと、お昼の仕度しなきゃ。おかあさん、雑炊でいい？」

文世はねんねんするように、ふとんを軽く叩きながらうなずいた。

一段落したので和夫も居間に移り、自分でお茶をいれて飲んだ。テレビをつけると、ちょうど昼のニュースがはじまったところだった。

「こんど本郷町にできるマンション、三十階建てって本当？」漬け物を切りながら、幸恵がいった。

「そうらしいぞ。四月にモデルルームがオープンするし」

「見に行くんでしょ？」

答えなくても、和夫が行くに決まっているのを幸恵はわかっている。

「いちばんのノッポビルね。あれだけ、反対にあったのに」

八王子駅の北口はこの二十年で、商業ビルやオフィスビルが建ちならび、今は再開発がらみで高層マンションがブームになっている。

「ねえ、先週の日曜のお昼、おぼえてる？」

「カレー屋だろ？　どうかした？」

「けいちゃんの首のアザと何か関係あるのかなって」

「うーん……どうだろうなあ」

先週の日曜日、この春から小学校に通う圭介をつれて、学用品の買い物に出かけた。ひるどき、八王子駅北口から伸びるユーロードを歩いていると、古めかしい造りのカレーハウスの前で圭介はたちどまり、動かなくなった。そして、『ここのピラミッドのカレーを食べる』と妙なことをいいだした。

ピラミッドなどという言葉をいつ覚えたのだろうといぶかしみながら、とにかく店に入ってみた。三人ともチキンカレーを注文し、たのんだ品が運ばれてくる段に及んで、和夫は幸恵と顔を見合わせた。

ライスがピラミッドの形をしていた。はじめての店だったにもかかわらず、圭介はカレーの形をいいあてたのだ。それだけではなかった。食べている最中、圭介はしきりと『ピエロのおじちゃん』といった。すると、どうだろう。中央の空いたスペースに水玉模様の服を着たピエロが現れて、見えない壁をさぐるパントマイムをはじめたではないか。ピエロはポケットから風船をとりだしてふくらませ、赤い唇でにやっと笑いながら圭介に風船をさしだした。

文世にもあとで訊いてみたが、その店につれていったことはないと断言した。圭介の首に例のアザが浮き出たのは、その晩のことだ。

だから、幸恵がそれとこれを結びつけるのも、わからないではなかった。

しかし、もっと気にかかることがある。

あの日、いっしょに風呂に入り、圭介の首にアザが出現する直前、今日と同じように大人言葉を使い、そして最後に、和夫の腕の中で圭介はこういった。

『生まれるまえはね、死んでたんだよ』と。

今日、遊覧船に乗っていて、『ぼく、あそこで殺されたんだよ』と圭介がつぶやいたとき、まっ先に浮かんできたのは、そのことだった。幸恵にも文世にも伝えてない。

あのシマヘビの模様は何だったのだろう。あれから一週間後、同じものがふたたび現れた。いったい圭介のからだはどうなっているのか。

3

午後は家にこもって、マンション関連の本を読んですごした。圭介は元気をとりもどし、近所の友だちの家に遊びに出かけていった。しかし、どうしたものか、和夫はからだが重かった。九時すぎに床についた。

さすがに寝つけなかった。読みかけの小説を広げてみたが集中できず、起きてテレビを見だした。十一時近く、もういちど横になって毛布にくるまり、ふとんを首まで引きあげて目を閉じると、今度はすんなり眠りに落ちていった。

夢を見た。聞こえてきたのは、ぴちゃぴちゃという水の音だ。からだがゆっくりと左右にかしいでいて、ボートに乗っているらしいのがわかった。あたりは霧のようなものでおおわれ、見通しがきかない。ひたひたと水が当たる音がしていて、水面は手が届くほど近くにあるようだった。

視界を閉ざしていたものが薄くなると、ボートのへりに、とろんとした鉛色の水が広がっていた。ここはどこなのだろう。

けむった大気をすかして、茶色い木々の生えた岸が見えてきた。そのとき、荒い息づかいが聞こえたかと思うと、不思議なことが起きた。その音につられるように、自分の両手に力が入っていくではないか。

うつむくと男の顔があった。大きく見開かれた目がじっとこちらを見つめている。額に細かなしわがより、眉がひきつるようにつり上がっている。右目の横に小さな浮気ボクロがあり、ぱくぱくと開いた口から空気のもれる音がする。まだ若そうだ。

その男の喉元に自分の両手が、がっしりとはまりこんでいた。

男の額に浮き出た脂汗がはっきりと見てとれた。腕が動くと、男のからだがごろんと寝返りを打つように横向きになり、船のふちをこえて、水の中に落ちた。男は水の中から首だけを出し、仰向きで船を抱きかかえるような姿勢になった。なおも男の首をつかんだまま、力をこめて絞めている自分のほうが苦しかった。腕は別の生き物みたいに脈づいて離れなかった。男の髪がワカメのように水面をただよっている。そうしているうちに、男の顔が沈みだした。男は両手をつきだし抵抗を試みるが、まるで赤ん坊のような感じで力が入っていない。

恐怖と絶望がせめぎ合う双眸がこちらを見つめている。どうか、殺さないでくれと声にならない声で必死に、男は叫んでいた。それも少しずつ薄まり、蠟燭の火が消えるように男のからだから力が抜けていくのがわかった。

水の中にあったからだが棒立ちになったとき、はじめて男の体重を感じた。そのとき、スイッチが切れたみたいに、男の首に食いこんでいた手が放れた。重しがついているように、男の顔は水面から消えてなくなり、小さな渦を残して沈んでいった。

和夫はそこで目を覚ました。全身、冷たい汗をびっしょりかいていた。

男の首を絞めていた感覚がはっきりと手に残っている。骨ばってはいるが、絞めれば絞めるほど内側から押し返してくるものがなくなる奇妙な感触。血走った白目に浮き上がる血管の一本一本が思い出され、男の顔が天井をおおうように大映しになったところで、ふとんを足で蹴って和夫は起きあがった。四百メートルトラックを全力疾走したあとのような、激しい疲労を感じた。壁時計はちょうど三時をさしていた。熱病にかかっているわけでもないのに、どうしてこんな夢を見たのかわからなかった。となりで寝ている幸恵を起こさないよう、静かに立ちあがり、台所に行った。

明かりをつけて冷蔵庫から水の入ったペットボトルを取りだし、キャップをとってそのまま口にふくむ。息をとめて飲んだ。

目を閉じても、網膜の内側に、水の中に沈んでいった男の顔が現れた。自分が首を絞められているように息苦しくなり、吐き気がやってきた。あわててシンクに顔を埋めると、胃から逆流した水が音をたてて流しにほとばしった。

悪寒がおさまらないまま、ふとんの中にもどった。

映画を見ているように、夢はすみずみまではっきりしていた。男の顔はむろんのこと、口の中にあった金歯も何もかも、鮮明に脳裏に焼きついている。思い返すだけで苦いものがこみ上げてくる。たとえ、夢の中であっても、自分のしていた行為が我慢ならなかった。

あれはまちがいではない。夢の中とはいえ、自分はこの手で人を殺していたのだ。

寝つくのが恐ろしかった。それでも、気を静めて目を閉じると、ずるずるとふたたび眠りに引きこまれていった。翌朝起きるまで、夢は見なかった。

4

「こんちは、圭介君、どうしましたあ？」

主治医の小畑（おばた）がどこか不服そうな頭をなでると、圭介は観念したようにみずから服を上げて、胸をはだけた。一晩寝て起きた圭介は元気そのものだった。後ろから手伝ってやりながら、和夫は先週と今週の日曜日、首にアザのようなものが浮き出たことを説明した。大人言葉を使ったことや殺された云々（うんぬん）はむろん、話さなかった。

圭介の胸に長いこと聴診器をあて、小畑はじっくりと診察した。

持病とまではいかないが、圭介の肺には少しばかり異常がある。いや、あったというべきだろう。二歳から三歳にかけて、風邪をひいたわけでもないのに、ときおり、ひどい高熱を出すことがあった。気になって精密検査を受けてみると、右肺に小さな影が見つかった。結核を病（や）んで自然治癒した痕（あと）なのだと小畑から聞かされて、驚いた覚えがある。しかし、ここ数年は熱らしい熱を出したことがない。

背中も同じように診（み）てから、首のリンパ節をていねいに調べ、お腹（なか）をさわった。

「肺はだいじょうぶそうだね。お口、開けようかあ」

小畑は口の中にそっと舌圧子を入れ、ライトをあてて喉の奥を見る。

とかない？」
「喉はきれいだねえ、風邪じゃないな。どう、圭介君、最近、アレルギーにかかった

小畑はいいながら、カルテに外国語で何やら書きとめた。

「それはないと思います」

「薬とか特別に飲んでるものもないわけだ。もういちど、見せてくれる？」

いわれるままに圭介は首をつきだす。

「別に異常はないみたいですねえ。特にご心配になるようなことはないと思いますよ。様子見てみましょうか？　な、圭介君」

いわれて圭介はほっとした顔で和夫を見やった。

ある程度、予想していたことだが、医者からいわれて肩の荷が少し降りた。

それでも気にかかり、和夫はアザが浮き出たときの圭介の苦しげな様子を、もう一度くわしく話した。大人びた口調で話したことや殺された云々もこの際だと思って伝えた。じっと聞き入っていた医師は、ペンをおいて和夫にむきなおった。

「そういうことでしたら、甲状腺の精密検査してみましょうか？　うちの放射線科、器械の更新をしたばかりで、ＰＥＴっていう、すごくいい器械も入ったしね。まあ、それは使わないと思いますけど、えーと、ちょうど一週間後、来月の三日の午後あたり、いかがですか？」

「わかりました。お願いします」

「では、予約を入れておきます」小畑は和夫に目くばせして、部屋の隅にいざなった。圭介に聞こえないように小声でつづける。「それはいいとして、圭介君、生まれ変わったようなことをいったんですよね？」

「お話ししたとおりですけど」

「よければ、催眠療法士をご紹介しましょうか？」

「えっ、何ですか、催眠……」

「退行催眠をかけて、子供さんの意識の中を探る療法なんですけどね。ときどき、圭介君と同じようなことを訴えてこられる方もいらっしゃいましてね。今日はその先生が当番で、お見えになっている日なんですけど」

和夫は少し面食らった。からだの異常をみてもらうためにきただけで、催眠術のようなものをかけてもらうためにきたわけではない。

「ご心配には及びませんよ。ひどいことするわけじゃないから。でも、なかなか評判の方なんですよ。どうなさいます？　よろしかったら、ご紹介しますけど」

「そうですね、はい、お願いします」

断るのも気がひけたので、和夫は受けてみることにした。

「わかりました。じゃあ、くわしいお話は、その先生からお聞きになってください」

精密検査のことや何やら、説明を聞いて診察室から出た。がらんとした待合所の長椅子に圭介をすわらせた。大きくとられた窓に、八王子の街並みが広がっている。病院は丘の上に建っていて、眺望がきくのだ。順番待ちをしている患者は多くなかった。市内随一の規模を誇る総合病院だが、かかりつけ医の紹介状がないと診察を受けられないシステムのせいだ。

「圭介、お昼ごはん食べてから、別の先生と会ってみようね。とっても、面白いお話、聞かせてくれるんだって」

どことなく不安げな顔の圭介だったが、父親に免じて許してあげるというふうに、うなずいた。

催眠療法などを受けさせてみる気になったのは、遊覧船で見せた圭介の恐怖に満ちた顔と声のせいだった。首のアザはともかく、あのときの恐怖を取りのぞいてやることができれば、それに越したことはないと和夫は思う。その一方でどこか、うさん臭いものを感じないわけでもなかった。

病院の食堂で遅めの食事をすませた。毎年、職員検診できている場所だが、教えられたように、すんなりと目指す場所にはたどり着けなかった。増改築をくり返しているせいで案内表示も追いつかず、古い病棟や新しい検査施設といったものがアリの巣のように回廊で結ばれている。一般診察棟の長い廊下を抜け、板張りの渡り廊下で結ばれた建物を渡り歩き、病院の裏手に出る手前でようやくその部屋を見つけた。『加納』と書かれた札がドアにかかっている。

ノックすると、どうぞぉ、という若そうな男の声がして、ドアが内側から開いた。細身で長い髪を真ん中でわけた男が、にっこりと笑みを浮かべて、立っていた。

名前を呼ばれて、「はい、宮津です」とオウム返しする。

「圭介君？」

男は膝を折り、圭介と同じ高さの目線になって頭をなでると、背中に手をやって部屋の中に案内した。

「いらっしゃーい、待ってたよー、どうぞ、どうぞ」

想像していたより、気さくそうでほっとした。

「ここ、わかりましたか？」

いいながら、加納は三人がけのソファーに導いてくれた。

「はい」

「ときどき、迷っちゃう方もいらして、探しまわったりするんですよ。こんちはー、圭介君」

加納は骨張った顔に縦じわを作って、にんまりと笑みを浮かべた。薄くあごひげを伸ばしていて、どことなくユーモラスな感じがただよう。黄色いワイシャツとスラックスという出で立ちも、先生臭さがない。

「圭介君、アンパンマン好き？　ビデオがあるんだ、見る？」

加納はおいでおいでをして、圭介をついたての反対側につれていった。しばらくして、アンパンマンの音楽が流れだした。

「圭介君のことは聞いてありますので」

もどってきた加納が声を落としていった。

「あ、はい」

「催眠療法ははじめてですね？」

「ええ、その退行催眠というのも……」

「テレビで催眠術の番組、ごらんになったことあると思いますけど、あれはショー催眠といって、催眠療法とはちがうものですからね。これからセラピーに入ると、私が圭介君を操っているように見えるかもしれませんが、本人はちゃんと意識もあるし、自分が何をしているか、わかってます。嫌なことは圭介君が自分で判断して、嫌だっていえます。ご安心ください」

「そうですか」

疑いをといていない和夫の様子を見て、加納はつづける。「ほら、おもしろい映画や運転に集中していると、時間がたつのを忘れてしまうようなご経験がありますでしょ？　そんなとき、知らず知らずのうちに軽い催眠状態に入っているわけなんです。そんな状態を作ってやって、少しずつ圭介君の意識の中にある過去をさぐりながら、年齢をさかのぼって、忘れてしまっている記憶を思い出させてやるんです。退行催眠ともいいますけど、圭介君の感じている恐怖の元になった場所や年齢までさかのぼることができれば、うまくいくんじゃないかって思いますよ」

「赤ちゃんの頃ですか？」

「まあ、普通はそうなるかと思います。少しも危険なことではないんですよ。圭介君自身がそのことを再体験することで、自分自身の抱えているつらさをはじめて理解できるんです。そこまで行くことができれば、圭介君の抱えている恐怖は消えてなくなるはずです。ところで、圭介君、生まれ変わりにつながるようなこともいったみたいですね？」

和夫はそのときのことを話した。

「わかりました。退行催眠より、少し先の前世療法までいけるといいですね」

「えっ、前世？」

いきなりいわれて和夫はとまどいを隠せなかった。催眠療法はともかく、前世とは行きすぎではないのか。だいたい、圭介に前世があることなど、にわかに認めがたい。

「というと……生まれ変わる前ということですか？」

おずおずときいてみる。

「できればの話です。退行催眠でさかのぼる年齢をもっと過去におしすすめて、圭介君の前世までさかのぼることも、場合によってはできるかもしれません」

「ああ……そうですか」

圭介は前世で殺されたとか、妙なことを口にした。もしそれが本当だとするなら、そんなものを思い出させてしまっていいものだろうか。そこまで考えて前世なるものの存在を信じかけている自分に気づいて、和夫は自分でも驚いた。

「ここで前世があるかどうか、というのは問題にはならないんです。ぼくも見てきたわけじゃないし、それが存在するのかどうかなんて、誰にもわからない。でも、もしそれがあると仮定しますよね。その前世で、精神的になにか、深い傷を負った場面を思い出すと、患者さんの心身の障害がさっと消えてしまうことがよくあるんです。今回、そこまでたどりつけるかどうか、やってみないとわからないですけど」

「はあ」

「いちどには何ですからね、少しずつ進めていきましょう」

ここまできた以上、受けてみるしかない。それで、圭介の身に起きた異変のカタがつくなら、それに越したことはないではないか。医者もすすめているのだ。

料金システムを教わる。一回につき、一万五千円で、保険はきかない。それを承諾すると加納にうながされて、ついたての反対側に入った。

カーテンのひかれた窓際に革張りのゆったりした椅子があり、小ぶりな木の植えられた植木鉢がある。壁際に白いシーツの敷かれた診察ベッドがおかれていた。

「圭介君、ちょっといいかなあ」

加納はビデオをとめると、圭介の背中に手を差しこみ、立つようにうながした。

「えーと、おとうさん、圭介君を抱いてそっちにすわってもらえますか？」

加納は椅子ではなく診察ベッドを指した。

いわれたとおり、ベッドに腰かけて、圭介を腿の上に乗せてやる。

バイオリンの調べが、ゆるやかに流れてきた。

「おとうさんも楽にしてくださいねー」

いいながら加納は横にある電気スタンドの明かりをつけた。

淡い明かりが和夫と圭介をつつみこんだ。加納がふたりの前にひざまずくように腰を落とす。

「アンパンマン面白かったぁ？」

「うん」

素直に圭介は返事する。

「よかった、またあとで見ようねえ。さてとぅ、いいかなあ、圭介君、ちょっと目をつむってみようかあ……そうそう、いいよお、何か見えるかなあ？」

いきなり圭介が脱力して両手をたらしたので、和夫はあわてて腹のあたりを抱きかかえた。

「どうかなー、圭介くん、何か見えるー？」

「……あのね、あったかい」

「ふーん、何か聞こえる？」

「どきどきいってる。おかあさんの心臓」

ふだん、〝おかちゃん〟というのに、おかあさんと圭介はいった。

「へえ、圭介君、おかあさんのお腹の中にいるんだねえ？」

気持ちよさそうにうなずく圭介を、和夫は信じられない気持ちで見つめた。

「さあ、もっと遠くへ行ってみようかぁ」

遊びに誘いだすように加納がいうと、圭介のからだがぶるっと震えた。

「木」

「ええ？　木が見えるの？　大きい木、小さい木？」

「頭の上におおいかぶさってる」

大人言葉で圭介はいうと、眉間（みけん）にしわをよせた。まただ、と和夫は思った。

「ほかは何かある？」

「いち、にっ、さん……」

　圭介は数を数えだした。十まで数えてとまった。

「何、数えてたのぉ？」

「お地蔵さん」

「お地蔵さま？　へえ、そうかあ、十体もあったんだね」

「ううん、八つ」

「あれ、十まで数えたよね」

「ふたつはお墓」

　やりとりを聞きながら、その光景を頭に描こうとしたが、うまくいかなかった。何よりお地蔵さんという言葉も圭介は知らないはずだ。表情といい、話し方といい、別の人格が乗り移っているとしか思えない。

「ほかは何か見えるかなあ？」

「船」

　遊覧船のことを思って、和夫は少しばかり緊張した。

「お船に乗ってるんだねえ？　大きい？　小さい？」

「小さいな」

　いつもなら、ちっちゃい、だ。

催眠状態に入ってから、言葉づかいが大人びている。船に乗っていたときと同じだ。

「ほかは何か見える？」

「お水。泡がいっぱい上がってくよ」

「へえ、泡が浮いてくるんだね？」

「ちがうってば、お水の中」

泳ぎもしないのに、どうして、泡が水中を上がっていくことを知っているのだ。

「あれ、泳いでるのかな、君は？」

「ちがうよ、沈んでくんだ、とっても、冷たい……ねえ、おとちゃん、とっても」

圭介は身をよじるようにいった。

昨晩、夢に見た光景をふいに突きつけられたような気がして、ぞくっとした。入ってはいけない領域に足を踏みいれているような、漠とした不安が和夫のからだを駆けめぐる。

「だいじょうぶ、おとうさんが抱いてあげてるから」

つい、口を出した。圭介は和夫を見上げると、まぶしそうに目をしばたたいた。目線が定まらず、ふらふらしている。その目の奥に、訴えかけてくるようなものを感じて、圭介を抱いている腕に力をこめた。

「ほらね、だいじょうぶだよ、おとうさんがいっしょだからね。水の中はどうかなあ」

加納がいった。

「泡がいっぱいで、きらきらしてる」

何かを思い出すたび、圭介は自分でも驚いたような顔で和夫の顔を見上げてはうなずく。半分は起きているのに、半分は寝ているような、とろんとした顔つきだ。

「お日様が光ってるの？」

「うん」

「あなたの名前は何ていうのかなあ」

少し、口調を変えて加納がいった。

そこに現れた圭介の前世の人間に問いかけているように聞こえた。

圭介は視線を下にむけ額にしわをよせ、ひどく集中している。何かを必死に思い出そうとしているのだと和夫にはわかった。やがて、喉の奥からふりしぼるように、その名前が洩(も)れた。

「オイカワエイイチ」

加納は一度、和夫を見、圭介とむきあった。

「よし、わかった、ねえ、オイカワ君、お船にもどれるかなあ？」

圭介は目をかすかに閉じて、うなずいた。唾(つば)をごくりと飲みこむ。

「どうかなあ、何か見えるかなあ？」

「おじちゃん」

「男の人がいるんだね？」

「すぐ前にいる」

「どんなおじちゃんかなあ？　年をとった人？　それとも若い人」

　圭介は肩をすぼめるように、静かにいいはなった。

「おじちゃんがぼくを殺した」

「圭介！」

　和夫は思わず、声をあげた。

　加納がそれを制するように、さっと手をかざした。

「そのおじちゃんが、圭介いや、オイカワ君を殺したの？」

「そうだよ」

　いやおうなしに目が圭介の首に引きつけられた。和夫は固唾（かたず）をのんでまじまじとそれを見つめた。細い首に、少しずつ赤黒いアザが浮かび上がってくる。何ともいえない気分だった。

　加納も驚いた様子で息を凝らして、じっと目をあてている。はっきり形が浮かび上がると、加納はシマヘビのアザにそっと指をあてた。

「ここ苦しい？」

「うん。まきついてきた。とっても、苦しかったの」

圭介は、ゆっくり落ちついた声で、しかし、飛び上がってしまうようなことを淡々と話しはじめた。額にうっすらと汗がにじみ出している。

「わかったよ……オイカワ君、それから水の中に落とされてしまったんだね？」

圭介はほっとしたような顔で、ふたりをながめた。

「えらいぞぅ、よく思い出したねえ。それからオイカワ君は、どうなったのかなあ？」

「ずっとずっと、お空に昇っていった。高くて高くて、とっても高くて……」

「そうかあ、どんな感じ？」

「とってもふんわりして、気持ちいい」

「それからどうしたの？」

「おとちゃんとおかちゃんが見えたので飛びこんできた」

「そうだねえ、パパとママのところに生まれてきたんだ。ねえ、圭介君、これって大事なことだから、よく聞いてね。おじさんに殺されたのは君じゃないんだよ。わかるね？　だから安心していいんだよ。わかった？」

「うん」

「よし、じゃあ、起きようか」

加納は少し大きな声で、圭介の背中に手をあてて、

「さあ、元にもどるよお」

と声をかけた。

すると、圭介の表情ががらりと変わった。とてもおだやかな顔になった。顔つきが変わったというのではなく、何か、いきなり、年上の子供になってしまったような感じだった。首に浮き出たシマヘビは消えてなくなっていた。

和夫はすっかり動転していた。昨夜見た夢がそっくりそのまま、圭介に伝わっているような気がした。しかし、それはありえなかった。圭介にも幸恵にも夢のことは気味が悪くて話していない。相模湖で乗った遊覧船のせいだろうかと考えた。あのとき、圭介は船酔いにかかって、それがずっと尾を引いているのではないか。そう思えば少し納得できたが、和夫自身が見た夢の説明がつかない。あれはいったい、何だったのか。

5

家に帰る道すがら、和夫は加納から聞かされたことを思い返していた。多くの人は生まれてから十歳頃まで前世の記憶が残っていて、何かの拍子にその記憶がよびさま

されることがあるらしい。きっかけになるのは、旅行や人との出会い、病気のほかに食べ物や匂いを嗅ぐだけで、そうなる。ことに、事故や人に殺されるというような悲惨な死に方をしたとき、死ぬ瞬間に感じた強い怒りや恐怖が魂に深く刻みこまれて、生まれ変わったあとも残っているという。いきおい、よみがえる記憶は恐怖と苦渋に満ちたものになる、と。

　それを圭介にあてはめてみると、前回は風呂場で、そして今回は相模湖で船に乗ったことが引き金になったといえるかもしれない。だとすれば、あまりに悲惨すぎて認めたくないことだが、圭介は前世で相模湖で首を絞められて殺されたということになる。それについて訊いてみたが、加納は必ずしも相模湖ではなく、別の場所で水に関係した体験があるのかもしれないといった。どちらにしても、自分の子供が、前世で悲惨な結末を迎えたらしいことを考えるとやりきれない。

　圭介は自分が語ったことを忘れてしまったみたいに、さっぱりした顔つきだった。積もりに積もった辛い感情が放出されて、圭介は自分のことをより深く理解できたのだと加納はいった。それが何よりの癒しにつながっているのだと。圭介のはればれとした顔は、たしかにそれを物語っているように見えた。

　しかし、和夫はちがった。まだ解決されるべき何かが残っているような気がしてならなかった。あの、うすら寒い夢を見たせいだとわかっていた。夢の中で自分のとっていた行動が理解できなかった。あの嫌な思いの元をただすために、すぐにも行動を起こしたかった。鍵は相模湖にあるように思えた。

「おとちゃん、寒い」

「あっ、ごめんごめん」

つい暖房も入れないで走っていたことに気づいて、あわてて和夫はエアコンのスイッチを入れた。

家に着くと、文世が待ちかまえていた。心配で気をもんでいたらしいが、説明もしないで圭介をあずけ車にもどった。環状道路に出ると八日町（ようかまち）の交差点を西にむかった。西八王子駅近くまで、甲州街道を飛ばした。

中央図書館に着いたのは午後四時をまわっていた。二階にある参考図書室に足を運び、インターネットの閲覧を申しこんだ。パソコンは空いていてすぐ使えた。コートを着たまま、インターネットに接続してグーグルを呼び出す。

〝相模湖　殺人事件〟

と入力して検索してみた。

驚くほど多くヒットした。相模湖大橋で自殺が相次ぐ、相模湖は心霊スポットなどなど。似たような記事が続々と現れたが、殺人事件についてはなかった。司書に依頼して、有料の新聞記事データベースを使わせてもらうことにした。新たに立ち上がった検索画面から、同じく、〝相模湖〟〝殺人事件〟と複合検索をかけた。

画面にゆっくりと三件の見出しが現れた。昭和六十年四月二日、岩場で釣りをしていた十三歳の少年が転落して水死したとある。二件目と三件目も似たような状況で水死だった。三件とも、殺人事件にからむようなものはない。

キーボードから手を離した。やはり、思いすごしかもしれなかった。いくら、圭介が相模湖に行ったことで前世の自分を思い出したとしても、それが即、相模湖と関係しているとはいえないような気がした。かりに、水死したことは本当であっても、別の場所でそうした事件なり事故にあった可能性も高いのではないか。そうなると、圭介の前世の人間が巻きこまれた災厄を見つけるのは事実上不可能になる。

そこまで考えて、和夫は昨夜見た夢のことを思った。もしかして、あれも圭介と同じように、前世の自分に関係しているのではないか。

ならば、自分の生まれる前、今から三十三年前以前のことになるはずだ。その当時に、相模湖で起きた事件を調べれば、あるいは何か見つかるのではないか。そう思ってもう一度、検索をかけてみたが、データベースには過去二十年分の記事しか入っていないのに気づいた。新聞そのものはずっと昔のものまで保存されているだろうが、それらをすべて引っぱりだし、一枚ずつめくって調べるわけにもいかない。

やれやれと思った。たかが夢ではないか。そんなものにふりまわされている自分が滑稽に思えた。圭介の口にしたことが、かりに前世であったとしても、それはすんだことなのだ。圭介はそれを語ることによって、悪いものから解放された。それでいいではないか。しかし、この自分はどうなのだ……。

いまいましい気分でカウンターにもどった。

「あの、三十年以上前の相模湖のことを調べたいのですけど、何か方法はありますか？」

訊いてみると、司書はこっくりとうなずいて、席を立った。

つれていかれたところは、新聞雑誌コーナーのはずれにあるマイクロフィルムの閲覧機の前だった。大きなモニターの前にすわらされると、司書がワゴンを押してやってきた。

「毎朝新聞の地方版にはあると思うのですけど」といいながら、司書は閲覧機の電源を入れた。ワゴンからフィルムを取りだし、なれた手つきで器械にセットする。手元にある操作盤のボタンを押すと、モニターに新聞が丸一面ごと現れた。操作盤にある円形のつまみをまわすと新聞が一面ごと下へずれていく。

「三多摩のところを選んでごらんになっていってくださいますか？」

見よう見まねで操作盤をさわっていると、コツを覚えてきた。礼をいって閲覧をはじめる。三十四年前、一九七四年の一月分からだ。東京は北部、南部、東部、そして多摩(たま)地区だけが三多摩として区分けされている。教えられたとおり、三多摩のところだけを見た。

共通商品券で贈答簡素化　奥多摩町

ダンプ公害　ザル規制追及　八王子市議会

かちかちと音を鳴らすたび、一面ずつ送られていく。

一月の記事を見終えるのに、十分近くかかった。二月も同様の時間がかかった。三月、四月とつづける。画面にある紙面は実際の新聞より小さくて、目が疲れてきた。八月まで見たところで、一時間がすぎていた。事件の記事は共通紙面に掲載されているらしく思ったより少ない。

やはり、考えすぎなのだろうかと和夫は思った。あとの四ヶ月分は流すように見た。

明けて一九七五年の一月。似たような記事がつづいた。

かちり、かちり。幻灯のように記事がすぎていく。二月も見終わり、三月に入った。三日、四日、かちり、三月八日土曜日……相模湖という見出しが目に飛びこんできて、思わず身を乗り出した。

〈七日午後五時、相模湖で変死体が発見された。死体の衣服にあった免許証から亡くなったのは及川栄一さん（三〇）とわかった。司法解剖の結果、溺死(できし)と判定されたが、及川さんの首には縞模様の首を絞められた痕があり、相模原署では殺人事件も視野に入れて捜査を開始した。及川さんは八王子市内でネクタイ織物業を営んでおり、七日の朝は自宅にいたことが確認されているが、その後の足どりはわかっていない〉

及川栄一……オイカワエイイチ。まさかと思った。圭介の口から出た名前ではないか。和夫はしばらく頭の中がまっしろになり、思考がストップした。

気をとりなおして、記事を読み返した。及川栄一。何度見ても圭介がいった名前にまちがいなかった。こんな記事を、圭介が知っているはずがない。この及川栄一こそが、圭介の前世の人間なのか。偶然の一致にしてはできすぎている。

つまみをまわして記事を上にずらしていくと、黄色いバックライトに浮かびあがるように、人の顔写真が現れた。〈亡くなった及川栄一さん〉というキャプションがついているのを見て、和夫は心臓がえぐられるような衝撃を受けた。

あの男ではないか。

昨日、夢に出てきたあの男。自分がこの手で絞め殺し、水の中につけた男だ。心臓が激しく動悸を打っていた。喉の奥から苦い胃液がこみあげてくる。つまみを握る指が汗でべたついた。今にも写真に写っている男が動きだしそうな気がして、それ以上、見ていることができなかった。あたりにいる人間のことが急に気になりだした。落ちつけと自分にいいきかせた。これは何かのまちがいだ。そうに決まっているではないか。こんなことありえない。あるはずないではないか。

とめていた息を吐いて吸った。おそるおそる顔をあげて、もう一度モニターを見た。夢に現れた男とすんぶん、たがわぬ顔が写っている。とても信じられなかった。祈るような気持ちで、もういちど記事に目を通した。涙で殺人事件という文字が踊っていた。熱病にかかったみたいに顔がほてってきた。

そうなのか……本当にそうなのか。この男……及川栄一は自分が殺したのか？　唾をのみこもうとしたが、喉がかわいて通らなかった。まぶたがぴくぴくと動いているのがわかった。息のつまるような何秒かがすぎると、足元から得体の知れないものが這いのぼってきた。

ゆうべ見た夢は、自分の前世の人間がしでかした行為そのものではないか。ほかに説明がつかない。嫌悪で胸がいっぱいになった。

圭介と心の中で和夫は呼びかけていた。おまえの前世はこの男だったのか。ならば、この自分がおまえを殺したことになるではないか。

むらむらと説明のつかないものがわいてきた。まちがいであってほしい。何かの偶然であってほしい。そう願ったのはほんの数秒で、深い井戸に投げこまれたような絶望感に打ちのめされた。どうしても認めたくなかった。しかし、認めずにはいられなかった。

圭介はこの自分が前世で殺した人間の生まれ変わりなのだ。

閉館時間まで、夢中になって閲覧をつづけた。

少しでも手がかりがほしかった。及川が死んでから二週間後の一九七五年三月二十日、高尾で強盗事件があり主婦が撲殺されている。同じ週には八王子市内で暴走族による集団暴走があり、深夜、それに巻きこまれた男性が重傷を負い、翌日、死亡したとある。ほかにも、八王子市内でヤクザ同士が喧嘩(けんか)して双方が重傷を負った事件や、ビルから投身自殺した男もいた。しかし、及川につながるような記事は見つからなかった。

及川栄一の身辺も調べられたのだろうが、事件につながるようなことは見つからなかったにちがいない。

三多摩管内の記事で関連したものが見つからないとしても、おかしくはない。かりに及川が何らかの理由で殺されたとしても、犯人は別の場所に住んでいるかもしれないのだ。限られた区域の記事をいくら調べたところで、事件と結びつくような記事に出会えるとは限らない。これ以上、調べても無意味なような気がした。

午後七時、和夫は重い足どりで図書館を出た。ポケットには、及川の死亡記事をプリントした紙が折りたたまれておさまっている。そこだけが妙にふくらんでいるような気がした。

ゆうべ夢で見た男の顔が頭にこびりついて離れなかった。それは、ポケットにある記事の男に相違なかった。何度見てもまちがいなかった。いったい、あの夢は何だったのか。本当にこの自分は前世で人を殺めたのか。もし、そうだとしたら、動機は何なのだ。

及川栄一の最後の瞬間の表情が目に焼きついている。首を絞めたときの感触ですら、判で押されたみたいにくっきりと両手に残っていた。別の疑問がわいた。及川が殺されたのは今から三十三年前の三月。それから八ヶ月後の十一月十日、自分はこの世に生を受けている。これはいったい、どう考えればよいのか。

時間がたつにつれ、記事を見たときの記憶がのしかかってきた。自分も、圭介と同じように、宮津和夫として生まれてくる前は別の人間だった。そして、その人間が及川を殺した。そのときのことが夢として、よみがえってきたにちがいない。

吐く息のせいでフロントガラスが曇ってきた。エアコンをつける。家のことを思うと和夫は気分が重くなってきた。ちょうど、夕ご飯の時間だ。できるなら、今日だけでも圭介と顔を合わせたくなかった。どんな顔をして圭介と対面していいのか、わからなかった。圭介は自分の前世が誰であり、どんな最期を遂げたのかわかっている。自分を殺した犯人もわかっているということだ。それはこの自分が生まれ変わる前の、前世の人間にほかならない。へたをすれば、圭介はこの自分が、その人間の生まれ変わりであると気づくかもしれない。すっかり、加害者になったような気分だった。家に帰るのが、そら恐ろしい気がした。

6

帰宅しておそるおそる玄関の戸を開けた。車の音で気づいていたらしく、圭介が廊下を駆けてくる音が聞こえて、和夫は一瞬、みがまえた。圭介はふだんと同じように、満面の笑みをうかべて、どすんと体当たりしてきた。

「おとちゃん、おかえり」

「ああ、ただいまー、いい子にしてたぁ」すんなりといえたことに和夫は感謝したい気持ちだった。わだかまりは、消えてなくなり、和夫は安堵(あんど)した。圭介を抱きあげて居間にむかう。

暖房がきいていて暖かい。食卓兼用のこたつの上に、仕事持ちの幸恵にかわって文世が作ったおかずが並んでいた。マグロのしょうが煮、イカと里芋の煮つけ、それに残り物の小松菜のおひたし。圭介の好物の砂糖がたっぷり入った厚焼き卵もある。

「遅かったじゃない」幸恵が待ちかねたようにいった。

壁時計を見るふりをしてごまかす。

「チュウハイ飲む?」

「今日はよすよ」

「珍しいね、どうかしちゃったの？」

文世が口をはさんできた。「今までどこ行ってたの？」

「本屋」帰る途中、考えていた嘘をついた。

「さ、食べましょう」幸恵は茶碗に飯を盛りながらいった。「今日はごくろうさまでした」

「ああ……何ともなくてよかったよ。なっ、圭介。でも、念のため精密検査の予約を入れたよ」

「いつ？」

席についたものの、圭介は立ち上がったりテレビを見たりして、すんなり箸は持たない。食べる態勢に入るまで、少し時間がかかるのだ。

「来週の月曜の午後に受けることにしたけど」さりげない口調で答える。「僕がつれてくから」

「だいじょうぶ？　そんなに休んでばかりいて」

「いいさ、公務員の特権だし」と文世が言う。

皮肉っぽい口調でいう文世は、いつもより背中が丸くて顔色が悪いように見える。

今年六十三歳になる文世には、心筋症という持病があるから油断ができない。

里芋を口に含みながら、催眠療法について話すべきかどうか、和夫は迷っていた。圭介がいる前で嘘をつくわけにもいかない。だからといって、洗いざらい話すのは気がひける。及川栄一の名前など、金輪際、口にしたくなかった。話せばとんでもないことになるのは目に見えている。

それでも、圭介の口から洩れるかもしれないから、ないしょにしておくことはできない。ふたりにはあらましだけを伝えればいいだろうと和夫は思った。もちろん、夢のことや及川栄一が殺されたことは話さない。

幸恵にうながされて、ご飯に手をつけはじめた圭介の横顔を盗み見た。圭介は催眠療法で自分がいったことを、どこまで覚えているのだろうか。病院から帰る車の中で、催眠療法のことはいっさい、触れなかった。もしかしたら、圭介は自分自身がいったことを覚えていないかもしれないという淡い期待があった。オイカワエイイチという名前も、自分が殺されたことも何もかも忘れていてほしいと祈らずにはいられなかった。思いついて、こたつを抜け出し、台所にある風呂のお湯張りスイッチを入れた。

「どうしたのさ、あんたが風呂立てるなんて」文世がいう。

「早めに入ろうと思ってさ」

「ふーん、わたしゃ、風邪気味だからよしとくよ」

「うん、やめておいたほうがいいよね。おかあさん、このところ、よく熱、出たりするから」席にもどってきた和夫に幸恵が声をかける。「それはそうと、もう三月。そろそろ、あなたの季節ね。どこ行くの？」

「まだ決めてないよ」

冬の間、遠ざかっていた滝見をしに、来月一日の土曜日は山梨の旧白州町まで遠出をするつもりでいたが、今は行く気がしない。

「そんなことより、早く引っ越しの算段つけなさいよ。この家も土地も売っていいって、仙田さんはいってくれてるんだしさ。でも、いつまでも待ってくれないよ」

もともと、この家は叔父の仙田邦好から文世がゆずりうけたものだ。

八王子駅から歩いて十分ほど。子安町にある今の家は、ひょろ長い三十坪の敷地に建つマッチ箱のような平屋だ。部屋数は四つしかなく家の南側は道路に面していて、カーテンをひいても外から中が丸見えになる。

居間には大きなこたつが居すわり、液晶テレビや衣装ケース、テレビゲーム、登山用品のたぐいが雑然と散らばっている。やっかいなのは実用書のつまった本棚の存在だ。元々が安普請で雨漏りはするし、外壁は何度塗り直したかわからない。それでも、我慢しているのには少しばかりわけがある。

食事をすませて、圭介はテレビの前でうつぶせになり、両腕をあごにあてて録画してあったポケモンに見入っている。一話分が終わるのをじりじりしながら待った。やっと話が終わると、和夫は寝ころんでいる圭介のからだを持ちあげた。

「さあ、お風呂に入るぞー」

きゃはきゃはと笑う圭介の服をその場で脱がせて風呂場に入った。

いつものように頭の先からつま先まで、たっぷり石鹸とシャンプーを使って洗ってやった。深い浴槽にどっぷりと肩までつかり、後頭部を支えてやると、圭介は全身を脱力させて、ぷかぷかと浮かんできた。左足のひざ近くにあるアザがぽっと赤みを帯びる。まるでカエデの葉を小さくしたような感じだ。

「よーく温まらないとなあ」

目をうすく開け、圭介はうっとりと気持ちよさそうだ。

いきなり、催眠療法のことを訊くのも気がひけたので、別の話題を口にしてみる。

「ねえ、けいちゃん、ピエロのお店でピラミッドのカレー食べたの覚えてる？　あれって、ナカチンから聞いたの？」

ナカチンはいちばんの親友だ。圭介は軽く首を横にふった。

「じゃあ、イサオ君？」

「見てた、ぼく」

圭介は意味のわからないことを口走った。

「何を？」

「ピラミッドのカレー、おとちゃんとおかちゃんが食べてるところ」

「どこで見たの？」

「おかちゃんのおなかから見てたの」

わけのわからないことを。それでも、頭ごなしに打ち消すのも気がひけて、「ほんとに見えたの？」と和夫は訊いてみた。

「ほんとだってばぁ」

「へえ、そうなんだ。おかあさんのおなかの中、気持ちよかったぁ？」

「ぷかぷかして、おんなじ」

「ああ、そうか」

きっと今と同じように、温かい羊水の中で浮いていたのだろう。それにしても、圭介は母親のおなかの中にいたときのことを覚えているのだろうか。

「するする生まれてきてねえ」

圭介の口から出た言葉に、和夫は驚かされた。妊娠中、おなかをさすりながら、何度も幸恵が赤ん坊にむかっていった言葉だ。いい方もそっくりそのままだ。

「それって、おかあさんのいったことだよね？」

「うん」

「そうかあ、覚えてるんだぁ」

母親の胎内にいる赤ん坊が、親たちのいったことを覚えているというのは聞いたことがある。それにしても、こうまでそっくり、いえるものだろうか。

「すごいな、おかあさんのおなかにいるとき、どんなふうに見てたの？　おとうさん、知りたいぞぅ」

「おへそ」

「おへそがどうかした？」

「おかあさんのおへそから見るの」

「ふーん、そうかぁ、ねえ、けいちゃん、今日、病院でお話ししたこと覚えてる？　ほら、アンパンマンを見せてくれたおじちゃんのお部屋で」

圭介はわずかに首をかしげ、口元に手をあてがった。「おひげのおじちゃん？」

「そうそう。あのおじちゃんといろいろ、お話ししたじゃない？　何、話したか覚えてる？」

圭介は不思議そうに和夫をふりかえると、首を縦にふった。

「えっ」和夫は思わず声をあげた。「お水の中に入ったことも？」

「うん、殺されたぁ……」いうと、ひとごとみたいに主介はけろけろと笑いだした。

どきりとした。

「ねえねえ、けいちゃん、お名前も？」

「えへへぇ、オイカワちん」

やはり、覚えていたのか。

「それって誰だっけ？」

圭介は少しまごついたような顔をした。

「ぼく……あれ、ちがったぁ、おとちゃん、誰？」

「そうかあ、わかったよ、ごめんねえ」とりあえず、和夫は安堵した。及川がどこの誰かということを圭介はわからなくなっているらしい。「ねえ、けいちゃん、おひげのおじちゃんのところでお話したこと、ばあばとおかあさんにはないしょだぞ。できる？　できそう？」

圭介は一瞬、口をひき結んで、こっくりとうなずいた。

「じゃあ、お約束の指切りげんまん」

圭介はにやにやしながら、指を切った。

「よし、もういいから、さ、けいちゃん、立って立って。ゆでだこになっちゃうぞ」

風呂からあがると、居間のこたつで部屋着のまま文世が横になっていた。こたつの上に、日本刺繡がやりかけたままになっていた。台に張られた生地に小さな鶴が二匹、重なるようにして飛び立とうとしている柄が縫いこまれている。文世が好んで使う図柄だ。

圭介の着替えを幸恵にまかせて、和夫は文世の耳元に声をかけた。

「ああ、和夫」文世はいうと、むっくり起きあがった。まぶしそうに壁時計を見やる。

「あら、もうこんな時間」

「こたつなんかで寝てたら、だめじゃないか」

「ちょっと、気分が悪くってね」

「待ってて、ふとん、しいてくるから」

部屋のふとんをしいていると、幸恵が文世をつれてきた。ふたりして寝かしつけてやる。

「熱、あるんじゃないか？」

額にのばした手を文世はうるさそうに払った。

髪を乾かした圭介がやってきて、文世の枕元にうずくまる。

「何でもないってば。ごめんね、けいちゃん、ばあば、風邪をひいたみたい」

「ほんとにだいじょうぶ？　心臓苦しくない？」幸恵が声をかける。

「何でもないったら」

心筋症は不整脈がでたり、ひどくなると心不全で亡くなることもある。特効薬はなく安静にしているしかない。どちらにしても、今日のところはおとなしく寝ているしかなさそうだった。

幸恵がいなくなると、明かりを消して、しばらく見守った。

薄明かりの下で見る文世の顔は、頬がこけて目元が落ちこんでいるように見える。それまでなかった細かいしわが目元により、老けこんでしまったような感じがする。やはり、年なのかなと和夫は思う。和夫が生まれてから、女手ひとつで育ててきた。父親がいればどんなに心強いだろうと何度思ったかしれない。そんな文世の口から父親のことが出たことはいちどもなかった。和夫とふたり暮らしだったときも、幸恵を迎えてからもそうだった。

何度か、自分の父親は誰なのか、と訊いたことはある。その話になると、文世はいつもごまかすか、怒りだすかのどちらかだった。そのことには触れなくなってから、もうずいぶんとたったような気がする。和夫自身、父親がどこの誰であれ、もうどうでもよくなっていた。何か事情があって別れたか何かしたのだろうが、これまで何の援助もなければ、電話ひとつかかってきたこともない。生きているのか死んでいるのかさえわからなかった。今さら父親が誰なのかわかったところで、どうなるものでもなかった。

生まれてからずっと、抱いていた疑問を押し殺して和夫は生きてきた。父親のいないことと何度も折りあったつもりでいた。それでも、ふとしたときに、父親のことを思った。そのたび、母は、自分以上につらい思いをしている。だから、もうそのことに思い悩むのはよせといいきかせてきた。

しかし、今日は少し勝手がちがった。自分たちの前から姿を消した父親のことをしきりと考えた。どうして、いなくなってしまったのだろう。あなたはどこの誰なのか。生きているのか？　死んでいるのか？　どっちなのだ。文世の寝顔を見ているとひどくみじめな気がしてきて、涙が頬をつたっていた。

これは何か悪い予兆なのだろうか。圭介が催眠療法を受けてから、どこか心が安まらなかった。ましてや、及川栄一のことを知った今は。

ふすまの開く音がして、和夫はふりかえった。

「どうだぁ、具合は？」

よく通る声がしてふりかえると、暗がりに叔父の仙田邦好がのっそりと立っていた。

「あっ、こんばんは」

和夫は立ち上がると明かりをつけて、頭を下げた。

「昼間電話したら、フミさん、具合悪いとかいってたもんだからさ。近くにきたついでに、ちょっとよってみた」

「そうですか、どうも、すみません」

「こんな時間にごめんなさい」

起きあがろうとした文世を横にさせて、仙田は枕元にすわりこんだ。

「いいからいいから、気は使いっこなし。どう?」

文世の顔をのぞきこむ仙田に、風邪だろうと思いますと和夫はいった。

「心臓じゃなくて何よりじゃない。先週の日曜に会ったときはぴんぴんしてたからさ」

日本刺繍の展示会に仙田も来てくれたのだろう。

和夫はほっとした。いくら親戚とはいえ、こんな時間に訪ねてきてくれるのは、仙田しかいない。出身は文世と同じ宮城県の石巻（いしのまき）市だ。あらためて、ありがたいと思う。

こんなときでも、仙田はダンディーだった。ぱりっとしたうぐいす色の背広の上下に、胸ポケットにあるオレンジ色のチーフがぴったりマッチしていた。八王子名産の絹のネクタイも同じ色で、手首にはシルバーのブレスレット。

「ついさっきも、仙田さんの話をしていたんだよ。ねえ」文世にいわれて、和夫も、そうなんですよ、と答えた。

「ほう、ようやく、この家、売る気になってくれたのかい?」

黒目がちの湿った目をじろりとふたりにむけて、仙田はいった。

「ええ、まあ」

「善は急げだ。また相談にのるからさ」

「また、よろしくお願いします」

頭を下げると後ろから幸恵の声がかかった。

「これ、いただきました」

幸恵がふすまの横から、果物の詰め合わせを見せた。赤々としたイチゴが光っている。そのうしろで、胡散臭げに圭介がこちらをうかがっている。

「おう、圭介、おいで」

仙田がいっても圭介は動こうとせず、べーっと舌を出したかと思うと、走って居間にもどっていった。

「ごめんなさいねぇ、あの子ったら」申し訳なさそうに文世がいう。

「いや、気にしない気にしない」

仙田は少しはにかんだようにいった。

身内が少ないせいもあって、圭介は人見知りが激しい。ことに、仙田には何度会っても、なつかなかった。圭介にしてみれば、文世をとられるような気がするのかもしれない。

「さあてと、大事ないようだから失礼するわ」

そういうと、仙田は帰っていった。

7

三月三日　月曜日

「宮津君、資料はできたぁ？」

タヌキが愛想笑いを浮かべ、和夫の顔色をうかがうようにいった。

「印刷しますから、ちょっと待ってください」

和夫はページプリンターから打ちだされてくる三枚の表をとりあげて、係長席にむかった。古沢(ふるさわ)はもみ手をしながら、うやうやしく受けとり、手元におく。

「おお、それでそれで」

数字で埋めつくされた紙に目を落として、タヌキはうめき声をあげた。国民健康保険税の税率改定表だ。所得の階層ごとにとれる保険税が合算されて入っている。

「うーん、どう見ればいいのかなあ」タヌキは上目づかいで和夫を見上げ、そっとつぶやく。「教えてよー」

となりのシマにいる庶務係長の黒眼鏡が聞き耳を立てている。

「えーと、それぞれの階層ごとに税率を1％ずつ、上げてみると、どれくらい保険税が上がるかを階層ごとにシミュレートしたものです。それが、この欄」

和夫はタヌキの脇に立ったまま、庶務係長に聞こえるようにそのあたりを指した。

そんなものはおかまいなしに、タヌキはふむふむとつぶやきながら、保険税総計欄に目をやる。

「あれぇ、1%上げてもこれしかなんないの?」

「それぞれの階層で見てもらえばわかりますけど、税率を上げても税の増収分はたかがしれてます」

「でもさ、今度の協議会でなんて説明すればいいの? もっと税率を上げろなんていえないよ」

「ええ、前からいってるように、税収入を増やすには、課税限度額を一万円引きあげるのが一番の近道になりますけど」

国保税係の六人が聞き耳を立てて、和夫とタヌキのやりとりを聞いていた。去年の春、市民課からやってきたタヌキは、分数計算ができないという噂(うわさ)が立っていた。それはここ十ヶ月あまりの中であますところなく証明されていた。和夫は少し気の毒に思って、主任であるにもかかわらず、係長としての仕事を肩代わりしてきたのだ。

「やってるなあ」

やりとりを聞きつけた課長のヒデ公こと、坂本秀次(さかもとひでじ)がやってきたので、庶務係長も腰巾着よろしく、そのあとをついてきた。タヌキのまわりには、ちょっとした人垣ができた。

「で、どうなんだね、古沢君。君の意見は？」

ヒデ公は腕を組み、小馬鹿にした口調でタヌキに声をかけた。

「あ、あのですね、えーと、なっ、おい、宮津君」

タヌキは白髪頭の額にうっすら汗をにじませ、和夫とヒデ公の顔を交互にながめながら、うーっといったきり、黙りこんだ。

「おお？　どうした、係長がそんなじゃあ困るなあ。なあ、平野君」

しごく、ごもっともという顔つきで、黒眼鏡がにやにや頬をゆるませる。

黒眼鏡はずっと庶務畑を歩いていて、数字には人一倍明るい。今度の異動ではひそかに、課長補佐を狙っているのが見え見えだった。一方、課長のヒデ公は胃腸が弱くて細身ながら、若い頃から負けん気が強く、市議にも臆することなくたてついた。舌禍事件もたびたび起こして、そのたび降格しては昇格するという、波乱に富んだ公務員人生を送ってきた。そんなふたりにとって、タヌキは格好のいびり相手なのだ。

「ごらんのように、税率を少しぐらい上げても税の増収は微々たるものです」和夫は見かねて助け船をだした。「あとは、一般会計からの繰入金をどう説明するかにかかってくるかと思いますが」

「そうだな。聞いたか？　古沢係長、来る（きた）べき運営協議会には君が説明に立つんだぞ。いいな、わかったな。いっ、ひっひひ」

下品な笑い声をあげて、しばしのエンターテイメントを楽しむと、ヒデ公は黒眼鏡を引きつれて席にもどっていった。

すまない、というような顔でタヌキは和夫を見上げ、手のひらをそっと合わせた。

どいつもこいつもと和夫は思いながら、席にもどった。

「ご苦労さん」

今年五十歳になる独身女性の三浦さんが紙コップのコーヒーを、そっと書類の脇においてくれた。

「お、ありがたい」

一口すると、ほろ苦い味が口の中に広がった。

「これ、キリマン？」

「わかる？」

「いつもより、ひと味上って感じがする」

「そう、よかった。大変だけど、手助けしてあげてね」

「やさしいなあ、三浦さんて」

「おたくのぼっちゃん、今度小学校に上がるんでしょ？　組合の祝い金、請求するの忘れちゃだめよ」

「もち、忘れるもんですかって」

「三浦さーん」

カウンターの受付から呼ばれて、三浦はすぐいなくなった。

時計を見ると十時近かった。

係長席に出むいて、「十時から時間休お願いします」と和夫が申し出ると、タヌキは「あっ、そうだったね。子供さん、だいじょうぶ？」とみずから庶務係に足を運んで休暇届の綴りを持ってきてくれた。届けを出すと、ロッカー室で私服に着替え、来客用の駐車場にとめてあった自分の車に乗って役所を後にした。

この一週間、圭介の口から催眠療法のことは一言も出なかった。幸恵にいたっては、精密検査のことも忘れていたほどだった。それでも、和夫は及川栄一という得体の知れない人間の存在が、日ましに大きくなっていくのを感じないわけにはいかなかった。圭介の前世は本当に及川栄一だったのか。及川栄一は殺されたのか。その及川と自分の前世の人間は、どんなかかわりを持っていたのだろう。そもそも、自分の前世はどの誰だったのか。そんなことを考えていると、目がさえてしまって、気がつくと明け方を迎えている。

腕時計を役所に忘れてきたのに気づいたが、とりにもどる気にはならなかった。

及川が殺された日のことをたびたび考えた。一九七五年三月七日。三十三年前だ。和暦にすれば昭和五十年。いったい、自分の生まれた年は、どんな年だったのだろう。高校のとき受けた授業でも、時間切れで昭和の歴史までは教わらなかった。オイルショックとか狂乱物価とかいう言葉が切れ切れに浮かぶだけだ。多摩ニュータウンができた頃だろうか。車や電気製品はそろっていただろうし、新幹線もとっくに走っていた。今とほとんど変わりなかったはずだ。ないのは携帯電話くらいか。

病院の待合所には、すでに圭介と文世が来ていた。文世はグレーのスカートとニットセーターと、さすがに地味な服だった。

「あっ、おとちゃん」

トレーナーを着た圭介がぱっと立ちあがり、和夫にしがみついてきた。

「検査、何時からだい？」文世が訊いてくる。

「十一時半。飯は食べた？」

文世は指を唇にあて、しっとつぶやいた。「うちで食べてきたよ。カズ、あんたは？」

ふたりをぽかんとした顔で圭介が見上げている。圭介は検査ということで、朝からご飯ぬきなのだ。

「いいよ、あとで適当にパンでも食べるから。な、圭介、ちょっと我慢してね」

圭介を抱っこしながら、窓のところにつれていってやる。

「ほーら、きれいきれい」

いいながら、視界いっぱいに広がる八王子の街並みをながめる。小さい頃から、和夫は高いところが好きだった。かすみのただよう地表やゆっくりと流れる雲を見ているだけで、不思議と気分がおちついた。こんな風景を一日じゅうながめながら暮らすことができたら、どんなにいいだろうと思う。ふと思いついて、壁にある時計を見た。検査まで、まだ時間はある。

「ごめんねえ、おなか空いたあ？　検査が終わったらおいしいもの、たくさん食べようね。いい？」

圭介はたよりなげにうなずくと、和夫を見上げた。

「おとちゃん……三度行ったら、ぼくらを助けてね」

「ん、何？」

圭介は何事もなかったみたいに、景色に目を移した。

「何もこわいことないからね。圭介、おとうさん、ちょっと用事があるんだ、ばあばと待っていてくれる？」

「うん」

圭介はおばあちゃん子だ。文世は文世で、たったひとりの孫のいうことなら、何でも聞く。ウルトラマンメビウスショーを見たいといえば新宿の百貨店にも出かけるし、ポケモンの映画も欠かさず見につれていく。

その文世に食堂に行くといって圭介をあずかってもらった。

「ちゃんと、帰ってきてよ」

「わかってるよ」

迷路のような病院で、文世も心細いのだ。ましてや、精密検査をする放射線科はひどくわかりづらい場所にあるのだから。

和夫は待合所をあとにして、長い廊下を歩いた。似たような回廊が多いので、一度行った場所でも気が抜けなかった。途中、迷いそうになったものの、どうにかその部屋にたどりつけた。ドアをノックすると、「どうぞ」という声が中から聞こえた。

ドアを開けると、加納がこちらをふりかえった。

「ああ、えーと……宮津さんでしたね」

「すみません、急に。その節はお世話になりました」

見たところ、客はいないようだった。和夫はお辞儀して中に入った。

「圭介君、何か、ありましたか？」加納は好奇な色をうかべて、少年っぽさが残る顔でいった。

「あっ、はい、おかげさまで元気にやってます」

加納は何もいわずに、和夫を見ていた。わざわざ、やってきたからには、何か理由があるはずなのだとわかっている顔だ。和夫は当たりさわりのないことから話さざるをえなかった。

「実はこの前、療法を受けたとき、圭介が終わりになって妙なことをいったのを思い出しまして。何でも、ぼくと母親が見えたので飛びこんできたとか何とか」

「ああ、いいましたね」

「あれって、わたしたち夫婦を選んで圭介が生まれてきたのかなあ、なんて思ったりするんですけどね」

「まちがいじゃないと思いますよ。よく、子供が親にむかって、あんたたちが勝手に産んだんだ、なんていいますけど、逆ですよね。子供が親を選んで生まれてきたっていうんですから。でも、意外と多いんですよ。そんなふうにいう子は。本当ならすごいことだと思いますけど」

「あの……先生は催眠をかけたときの記録をつけていらっしゃいますか？」

「覚えているかぎり、つけてますけど、それが何か？」

「いえ、この前のが気にかかってたものですから」

「自分が誰かに殺されたというのでしょ？　ぼくも驚きました」

「そのようなこと、よくあるんでしょうか？」

「ここだけの話ですがちょくちょくあるんです」

和夫は驚いて、加納の顔をまじまじと見つめた。

「殺されたということですか……？」

「それもありましたね。ナイフとか包丁とかやたらに怖がる男の子がいましてね。幼稚園児でしたけど。その子に退行催眠かけたら前世までいったようでしてね。圭介君と似てるんですが、ちょうど右胸のこのあたりにナイフで刺されたような形のアザがありました。まあ、アキラ君としておきましょうか。その子は催眠に入ってしばらくたつと、ぼくはアキラじゃなくて、ミツオだっていうんですよ。それから、具体的な地名が出てきたりするんですが、本人も親も行ったことのない土地なんですよ。そこである男と喧嘩して刺されるまでのことを話してくれました」

「その方はその後、どうでしょう？」

「どうっていいますと？」

「えーと、その場所に行って、確かめたりとかですね、そんなことしたんでしょうか？」

「さあ、どうかなあ。そのあと、いちども来られませんでしたから」

気持ち悪くなって、来なかったのだろうか。

「ほかも、やっぱり同じような？」

「殺されたというのはそれだけです。トラックにひかれて死んだとか、前世は音楽家でピアノを弾いていたという子もいました。両方とも男の子でしたね」

聞きながら、和夫はいだいていた疑惑が濃くなったような気がした。

「圭介君のいったこと、おとうさんとしては、信じていらっしゃいますか？」

「まあ、それなりには」

「無理ないですよね。かなり大胆なこと圭介君、いってましたから」

「先生、かりにですよ。圭介のいったことが本当だとすると、生まれ変わりというのは本当にあるものでしょうか？」

わだかまっていたものを口にすると、気が楽になった。

加納はうーんとうなって、しばらく口を閉じた。

「わたし個人としては、前世の記憶を持ち合わせていませんからね。はっきり、それはあるとは申し上げることはできません。でも、療法をしているとよく、ああ、これはきっと前世の人がいってるんだな、と直感するようなことはありますね。それと、科学的なデータがあるんですが、母斑（ぼはん）……アザですね。これが前世の人間と一致する場合が多いんです」

「アザですか？」

「ええ、アザです。前世の人間がさっきいったようにナイフで刺されて殺されたとすると、刺されたのと同じ場所に傷痕に似たアザをもって生まれてくることが多いようです」

「どうやって調べたんですか？」

「生まれ変わりというのは、ある狭い範囲の中で行われているようなんですよ」

「狭い範囲というと？」

「限られた地域とかある特定の一族、まあ、ある家族の中といいかえることができるかもしれませんけどね。外国では、おじいちゃんがその家の孫として生まれ変わったという事例もあります。だから、前世の人間が特定できるわけです」

ふいに相模湖で殺された及川栄一のことが頭に浮かんだ。

「宮津さん、ひょっとして、お心当たりがあるんじゃないですか？」

いわれて和夫は加納の顔を見つめた。隠していることを見通されているような気がした。生まれ変わりは狭い地域や、家族間で行われる。加納のいったことはぴたりと当てはまっているではないか。

「まあ、そこまでは……」といったまではよかったが、じっと見つめている加納の顔を見ていると、つい、何もかも話してしまいたくなった。

「あの、先生」和夫は相手の目をのぞきこんだ。「これはわたしと先生の間だけということでお願いできますか？」

「誰にも話しませんよ」

和夫は自分でも信じられないことだが、と前おきして、図書館で調べたことをかいつまんで話した。自分が及川栄一を殺した男の生まれ変わりであることだけは伝えなかった。

「ほんとに及川栄一はいたんですか……驚いたなぁ」

「ええ、いたんです」

「圭介君の喉に、絞められた痕が出たのはそれが元か……」加納は考えこむようにいった。

「たぶん、そうだと思います」

「犯人は紐のようなものを使って、首を絞めたんですね」

「はあ？」

「圭介君のアザ、シマヘビのような細い痕でしたよね？」

「そうでした」

及川を殺したときの情景を思い出して、和夫はふと疑問を感じた。あのとき、犯人……前世の自分は及川の首に両手をまわして首を絞めていた。しかし、そんなささいなことは、どうでもいいように思えた。自分の前世の人間が殺したことにかわりはないのだ。

「犯人は見つかっていないんですね？」

和夫はまるで自分のことをいわれているような気がして、心臓がちぢんだような感じがした。

「はい……見つかっていません……」

「だからかなあ」

「何ですか？　だからというと」

「圭介君が前世のことを話したのは、それがあるのかなあ、なんて思ったりしました」

「犯人を見つけてほしいから話したということですか？」

「それもひとつ、考えられるかなあと。別にそうと決まったわけじゃありませんよ。問題は圭介君のことです。その後、どうですか？　そのことについて、話したりしますか？」

「いえ、まったく。首に絞められたような痕も浮かんできませんし、発作もないし。何か、すっきりしたみたいです。でも、及川栄一の名前や殺されたことは覚えているみたいです」

「きちんと切り放すことができたみたいですね。よかった。催眠が終わったあとの顔を見て、たぶん、そうではないかと思っていましたけど」

「あの、切り放すって、何をですか？」

「殺された記憶です。前世の記憶を思い出したお子さんの中には、恐ろしい体験が今現在、自分の身の上に起きていることだとかんちがいしてしまう子もいるんですよ。そうなると、療法がかえって仇になってしまうんです。でも、圭介君の場合はうまくいったと思います」

「なるほど、で、圭介はこれからもずっと、前世のこと、覚えてるんでしょうか？」

「前世のトラウマから解放された場合は、少しずつそのときの体験が消えていくはずです。おとうさんのほうから思い出させるようなことをいわないかぎり、忘れていくはずです。半年もすれば、すっかり消えてなくなると思いますよ」

「そうですか」

和夫はひとまず安心した。

8

礼をいって加納の部屋を出た。金はとられなかった。元きた通路を歩いた。

考えなくてはいけないことがたくさんあるような気がした。加納からいわれたことや、この一週間の間に起きたことが次々と思い出された。

これからは、圭介に催眠療法のことを話すのはやめよう。そうすれば、何もかも元通りの生活にもどる。でも、圭介がそのことをずっと忘れずにいたらどうなるだろう。ある日、ひょっこりと、この自分が前世の圭介を殺した犯人だったことに気づいたりしないだろうか。そうならないという保証はどこにもない。もし、そうなったら圭介はどうなるだろう。自分を殺した犯人と寝起きをともにすることなどできるだろうか。ましてや親なのだ。

そんなことを考えながら回廊を歩いているうちに、気がつくとこれまで、見たことのない建物に入りこんでいた。緑とクリームのツートンカラーで塗られた壁を見ながら、しばらく呆然（ぼうぜん）とした。

検査をはじめる時間はとっくにすぎているように思えた。看護師に案内されて、圭介は検査室に入っているだろう。もう待合所に行っている余裕はない。

頭の中でこれまで歩いてきた道を思い描き、医者から教えられた放射線科の場所と照合してみた。もしかしたら、知らぬ間に検査病棟に入っていたのかもしれない。

目の前にあるエレベーターに乗りこんだ。案内表示はなかったが、五階のボタンを押した。検査をする放射線科のある階だ。

五階にとまった。扉が開き、そっと歩み出る。

人っ子ひとりいなかった。天井の低い廊下を歩いて、ガラス張りになっている部屋の前にきた。ずらりとモニターが並んでいる。CT検査室という表示があった。やはり、放射線科にまちがいなさそうだった。

しかし、どうしたことだろう、どこにも人はおろか気配すら感じられない。いくつか部屋をすぎると、ゆきどまりにきてしまった。何の表示もない部屋の奥から人の話し声が聞こえたので、そっとドアを開けて中に入った。

人の姿はなかった。びりびりと空気を震わせ、部屋全体が小刻みに揺れていた。ガラス窓のむこうに、真っ白い巨大なドーナツ形の器械が設置されている。そのとき、これまで聞いたことのないような器械音が耳に飛びこんできた。器械の音ではなく、蜂の羽音のようだった。身のまわりにある空気が密度を増して、まるで水中にいるみたいに、からだ全体が圧迫されるような感じがした。蜂の羽音が大きくなり、耳の底がつーんとなった。ふいにからだの自由がきかなくなった。両手でからだを支えようとしたが、いくら力を入れても、かたまったみたいに動かなかった。壁がゆがんだように見えて、目をしばたたいた。振動はおさまらず、やがて円をえがくように壁が奇妙な形をとりだした。立っていられなくなり、そこにあった長椅子に腰を落とした。床が揺れているような気がした。乗り物酔いしたみたいに、気分が悪くなってきた。羽音が遠ざかりはじめると、視界がぼんやりしてきた。揺れていた壁が見えなくなり、ドーナツの形をした器械がぐにゃりと曲がったように見えた。そこから、黄色いものが見えてきたかと思うと、少しずつ床が消えてなくなり、足元に亀裂のようなものが走った。

和夫はがく然とした。それまであった器械も何もかも消えてなくなり、からだだけがぽっかりと宙に浮いていた。黄色い光がずっと先で光ったかと思うと、それらはみるみる近づいてきて、まばゆい閃光にすっぽりとつつまれた。

肺にあった空気が吸いだされるみたいに抜けていった。ひどく息苦しかった。見えないロープでがんじがらめにされているようで、指一本、動かせなかった。しかし、夢ではない。はっきりと意識はある。怖くて目を閉じた。わが身に何が起こっているのか、知るのが恐ろしかった。

これまで感じたことのないものすごい風圧を感じて息がつけなかった。それがなくなると、完全な無音の世界になった。薄目を開けるとあたり一面、ホタルのような小さな無数の明かりがともっている。意識が薄れかけているような気がした。どうにもならなかった。いったい、これは何なのだ。

黄色い光線が近づいてきた。からだごとその中に吸いこまれていった。わずかに羽音のようなものが聞こえてきた。やがて、うすぼんやりした中にすわっているのがわかった。昼間だった。こころなしか、揺れているのがわかった。

どことなく左右が開けて、風景らしきものが移ろっていく。ビルの間を通過しているようだ。バス……そうだ。自分はバスの中にいる。目の前は一段低くなっていて、前をむいてすわっている人の頭が見える。最後列だ。

クラクションを鳴らす音がしたかと思うと、それまで聞こえなかった物音がいっせいに耳に飛びこんできた。からからとバスのギアのからまる音、エンジン音、自動車がひっきりなしに通る響き。

いきなり、からだを左にもっていかれた。手をついて、からだを支える。交差点を右に曲がったらしかった。視界がはっきりしてくる。

どうして、こんなところにいるのか。

まったく別の世界に自分はいる。病院の検査室で意識をなくしたまま、夢の世界に入りこんでいるわけではなかった。

何が起きているのか、さっぱり和夫にはわからなかった。つい今し方まで、病院の中にいたのに、こんなところにいる自分が信じられなかった。しかし夢ではなかった。とにかく、バスから降りなくては。

「次、とまります」

車内アナウンスが流れる。バスはスピードをゆるめ、やがてゆっくりとまった。ぷしゅっと音がして、運転席横の扉が開く。客たちがいっせいに立ち上がる。

つられるように和夫の尻が浮いた。身を横にして、客たちの脇を通りすぎる。運転手が制止するのを無視して、バスから飛び降りた。

目の前に巨大な建物が、のしかかるように建っている。垂れ幕がかかっていて百貨店のようだ。うさんくさそうな目で、こちらをにらんでいる人の視線を感じた。和夫は早足でバス停から離れた。道路を走っている車にひどい違和感を覚えた。乗用車もトラックも、見たことのない車ばかりだ。てんとう虫のような形をした軽乗用車が、青い煙をまき散らして走っている。あれはたしか、スバル三六〇という車ではないか。乗用車はどれも四角っぽく、古くさい格好をしている。見たことのないエンブレムの車ばかりだ。どの車も網状のフロントグリルになっていて、いかめしい顔つきをしている。こんな古い型が走っている街など、聞いたことがない。横断歩道を渡って、正面の建物をふりかえった。入り口の上に、ＤＡＩＭＡＲＵのエンブレムが見える。

大丸百貨店？

西も東もわからない。日は斜めに差している。朝なのか夕方なのか区別できない。

冷たい風が頰にあたる。

がらんとした広い通りをもう一度ながめた。片側二車線の広い道路がえんえんと伸びている。歩道も幅があり、アーケードがつづいている。この感じ……どことなく、見知ったような感覚がある。

狭い通りを歩き、低層ビルの間を斜めに突っ切る道を左に曲がった。交差点の際に建ちはだかるビルは長崎屋のようでもある。狐につままれたような気分で、和夫は駆けだした。

日にむかって歩く。ずっと先に三井銀行の看板があり、そのむこうに駅舎らしい建物が見えてきた。駅舎が近づくにつれ、うすら寒い思いがつのってきた。目にしている光景が信じられなかった。

ロータリーのまんなかに白い塔が建っている。その形は見覚えがあった。塔に描かれた文字が見えてきて、和夫は腰をぬかしそうになった。

『織物の八王子』

あれは……十年ほど前まで、八王子駅北口のシンボルとして建っていた織物タワーではないか。

和夫の感覚はデジャブ(既視感)であふれかえっていた。ここは……たしかに知っている。駅に近づくにつれて、道を行きかう人が多くなった。視界に入ってくるものをひとつずつ確認してゆく。ロータリーはがらんとして、タクシーが三台とまっているだけだ。

パチンコ屋の入ったビルの代わりに丸井百貨店が建っている。駅前の交番は粗末な造りだったが、記憶にあるものと同じだ。駅舎をまぢかに見て、和夫は心臓が高鳴った。もはや、見まちがうはずがない。ひどくみすぼらしい造りだった。そこにかかげられた看板の前で和夫は足をとめた。

『八王子駅』

ここは十年も前の八王子駅北口なのか？

いや、ちがう。こんなちっぽけな駅舎ではなかったはずだ。駅舎といっしょにそびえ立つ、そごう百貨店がないではないか。駅正面に建つ東急スクエアもない。

駅舎に入った。自動改札はなく、切符売り場に短い列ができている。その上にかかげられた路線図を穴の空くほど見つめた。

八王子から隣り駅の豊田までの値段が六十円になっているではないか。そんな安いはずがない。目をこすってもう一度見てみたが、変わりはなかった。

豊田駅までの切符を買った。改札口で駅員に切符にはさみを入れてもらい、構内に入る。跨線橋（こせんきょう）に通じる階段を上がった。頼りない階段だ。歩くとぎしぎし音がたつ。いまだに半信半疑だった。ここは八王子と似た、どこかほかの街ではないのか。

跨線橋の天井は低かった。通路もひどく狭い。八高線のホームがあり、そこから少しいったところで、すとんと南口にむかって落ちこんでいる。

窓の前でたちどまり、駅の西側を見た。和夫はふたたび驚いた。北口の繁華街にある高層ビルがきれいさっぱりなくなっているではないか。線路脇にあった高層マンションも姿を消している。橋をわたりきるのが怖くなってきた。男たちは判で押したようにグレーか薄茶のコートをまとっている。女性の格好も似たりよったりだ。

少しずつ、その考えが頭をもたげてきた。しかし、そんな莫迦(ばか)なことはありえない。あるはずがないではないか。

跨線橋を下りて、改札にいる駅員に切符を渡した。

切符売り場の横にある売店は、ひどく簡素な感じがする。おいてある商品が少ないのだ。ガムはロッテのものしかおいていない。古めかしい冷蔵庫の中には、瓶詰めの牛乳とコーヒー牛乳の二種類のみだ。スタンドから新聞を抜きとった。目に入った日付を見て、和夫は全身が凍りついた。

昭和五十年三月三日月曜日。

まさか、と思った。

自分は今、三十年以上前の八王子にいるということか。自分が生まれた年に。

「お客さん」

店員に声をかけられて、現実にひきもどされた。

ポケットをまさぐると、なじみのあるものに手が触れて、胸をなで下ろした。二つ折りの財布から百円玉と十円玉を三つ、とりだして、そろそろと手渡してやる。

店員は怪訝(けげん)そうな顔でこちらを見ると、百円玉だけうけとり、さらに五十円玉をつけて返してよこした。

「どうし……」そこから先の言葉を和夫はのみこんだ。

新聞はこの時代、百円しないのだ。

すぐ脇で男が新聞を買っていく。男のさしだした紙幣を、和夫は穴の空くほど見つめた。千円札らしかった。全体がやけに白っぽい。立派な白い髭（ひげ）を生やした男が印刷されている。あれは伊藤博文ではないか。

怪しげな目でにらんでいる店員から逃れるようにそこを離れた。駅の壁時計は午前八時四十分を指している。

すれちがう人が、変な顔で自分を見ているような気がする。風の冷たさを感じた。それをさけるように、駅舎のむかいにある空き地に入った。自分のおかれた状況が信じられなかった。とりとめのない疑問が身の内からあふれ出ていた。手のひらに力を入れて、頰をはたいた。目の前に火花が散った。ジーパンの上から腿の肉をつねってみる。夢ではない。

頭はさえざえとしていた。認めたくなかったが、しかたなかった。

自分はもしかすると、時間を逆もどりして、三十三年前の八王子に来てしまったらしかった。映画や小説の中の作り事だと思っていたはずなのに、それが現実となってしまった。バスを降りたところは甲州街道だったのだ。大丸の八王子店も当時はあったはずだ。どうして、こんなことになったのか。どう考えても、答えは見つかりそうになかった。

空き地をふりかえった。

未来のそれより、ずっと広い。ここには、四十一階建ての超高層マンションが建つはずだったのだ。市民会館やホテルもいっしょに。その最上階に住む夢を和夫は実現したくて、せっせと貯金をし、家と土地を売り払ってマンションを買えという文世にさからってきたのだ。

あらためて、あたりを見わたした。駅の北口に小高いビルがあるだけで、ほかはどれも低かった。

空き地を突っ切ったところに喫茶店があった。その店先にピンク色をした電話が見えた。祈るような気持ちで和夫はそこにむかった。

十円玉を電話に入れて、回転式のダイヤルに指をかける。自宅の電話番号をまわした。呼び出し音のかわりに、現在は使われておりません、という硬質なアナウンスが聞こえた。和夫は、たたきつけるように受話器を元にもどした。

駅にむかう通勤客とは逆方向に歩いた。行くところは自分の家しか思い浮かばなかった。とても八王子とは思えなかった。未来の街にあるような造りの家はひとつもない。木造やトタン屋根の家ばかり、敷地の半分ほどを使ってこぢんまりと建っている。どの家にも庭があり、家と家の間はゆったりした間がある。

税務署の横を歩き、南大通りらしき通りをわたった。道順はわかった。道路の舗装があまりきれいではない。砂利をアスファルトでかためたようなところもある。

家が近づくにつれ、雪だるまのように不安な気持ちがふくらむ一方だった。ポケットには財布と携帯電話が入っているだけで、心細いこと、このうえなかった。喫茶店の店先でかけた自分の家の電話は、十年ほど前、電話番号そのものが変わってしまったことをようやく思い出した。それまでの古い電話番号は忘れてしまっている。

住宅街を歩き、角に来た。小高い丘の上に八王子医療刑務所の高い塀が見える。はっとした。少しもどった。今しがた通った一面、雑草におおわれた空き地を前にして、からだから力が抜けていった。格好の悪い柿の木が隣家との境に立っている。未来の我が家が建っている土地にまちがいなかった。しかし、三十三年前には建っていなかったのだ。自分が生まれる前から、ずっとこの場所に住んでいたものとばかり思っていた。文世はこの時代、どこか別の場所に住んでいたのだ。

はしごを外されたような恐怖感が背筋をはいのぼってきた。

チリンという音がして、目の前を自転車に乗った女子高生が勢いよく通りすぎていった。よろけてガードレールにつかまった。目の前が真っ暗になった。これは現実なのか。三十三年前に今、こうして舞いもどってきている。この時代、自分の行くべき場所などあるはずがなかった。どうにかして元の時代にもどらなくてはいけない。自分がこの時代にやってきたあの場所に。あそこには時間の割れ目みたいなものがあって、そこに自分は落ちていったにちがいなかった。そう思ってふたたび和夫は顔をはたかれたようなショックを感じた。

もどるといっても、どこへもどるのだ？　バスの中か？

自分が乗っていたのは、いったい、どのバスなのだ。

行くあてもないまま、来た道を引き返す。八百屋によって牛乳を買った。その場で飲み干していると、店の主人が外国人でも見るような目つきでしげしげとこちらに見入っていた。早々にそこを離れた。

電話をかけた喫茶店の前まできた。ぶあつい電話帳が目にとまった。さっきは気が動転して気づかなかった。あれを見ればいいのだ。そうすれば、母親の文世がいる場所もわかるにちがいない。そう思って、それを手にとると猛烈な勢いでページをめくった。

宮津文世の名前はなかった。宮津という姓すらない。本当にここは三十三年前の八王子なのか。目に見えない何者かにいたずらされているような気がして、腹さえ立ってきた。それをこらえて、思いつくかぎりの人の名を引いてみる。

叔父の仙田邦好の名前を見つけた。住まいにしている台町(だいまち)の住所もある。

もしや、と思って及川の名前もさがした。あった。

住所は駅南の上野町（うえのまち）になっている。歩いても十五分かそこらで着く距離だ。見てはいけないものを見てしまったような後悔の念に襲われた。どうしてなのか、わからなかった。電話帳をおいてふたたび歩きだす。

駅にむかう人が多くなった。みな、不機嫌そうで和夫には目もくれないで道を急いでいる。クリーニング店の店先をのぞくと、もう九時をすぎている。

ふとそのことに思いがいって背筋がこわばった。認めたくなかった。それだけは何としても許してくれと叫びたかった。しかし、目にしているものがそう訴えかけているような気がしてならなかった。もしかして、死後の世界ではなかろうか。

時間を逆もどりしたなどと考えるより、ずっと合理的な気がする。自分は病院で何らかの事故にあい、命を落としてしまったのではないか。目にしている光景はすべて、自分が勝手に造りあげている世界のような気がしてくる。

しかし、それにしては変だ。この頬をさすような冷たさをどう説明すればいいのか。首の頸動脈に、どくどくと血の通う音が耳元に響いている。

もしかしたら、という淡い期待を抱いて、陸橋をわたった。大丸八王子店の前にやってきた。甲州街道を走る車をながめ、行きかうバスを目で追った。自分が〝目覚めた〟交差点のあたりまで行く。この時代に降りたった、そのあたりを観察した。空間がゆらいでいるというふうには少しも見えない。

見ている間に数え切れないほど車が通り、バスが通過していく。思いついて携帯をとりだし、横断歩道を渡った。その〝場〟にたちどまり、携帯の液晶画面を見る。想像していたとおり、圏外になっている。

もしや、電波なら三十三年後の世界と通じているかもしれない、という思いは、あっさりと打ちくだかれた。暗澹たる気分だった。たったひとり、自分だけが見も知らぬ外国に見捨てられたような気がした。

とにかく、このままでは、どうしようもない。そう思うと足が勝手に動きだした。仙田と会わなくてはいけない。叔父しか頼ることのできる人間はいない。

国道十六号線を歩いて、中央線の踏切を越える。線路づたいに西へ歩いた。金剛院の塀に沿ってさらに進む。ふと及川のことが頭をもたげてきた。たしか、この近くに住んでいるはずではなかったか。本物の及川はどんな男なのだろう。本当に圭介の前世の人間なのだろうか。そんなふうに考えだすと、ひと目だけ本人の顔を拝んでみたくなった。自分がこんな窮地に立たされているのも、もとはといえば、及川が原因なのだ。

及川に会えば、この時代から脱することのできるヒントがあるのではないか。しかし、この自分に会う資格などあるだろうかと思った。あの夢が本物なら、この自分こそ及川を殺した張本人なのだ。そんな人間がおめおめと会えるような相手ではないような気がする。

後ろめたいものをかかえながら、金剛院の塀をまわりこみ路地に入った。

このあたりは三十三年後とはまったくちがった。細い路地が入り組んでいる。舗装もされておらず、砂利道がつづいている。がちゃがちゃ、という機械の音が聞こえてきて、和夫はそこでたちどまった。赤茶けたトタン塀の家があり、ずっと奥まったあたりから音が洩れていた。はた織り機の音のようだった。

八王子は昔、織物で栄えた街だ。三十三年前の八王子も織物業が盛んだったかもしれない。このあたりはその工場が集中していたということを、おぼろげながら聞いて知っている。及川栄一の住まいもたしかこのあたりのはず……そう思っていたところに、ガラスの引き戸が開いて、髪を長めに伸ばした小柄な男が現れた。

和夫は息をとめて、男の顔を見つめた。

黒目がちの目がこちらをむいていた。髪をまんなかでわけ、太い眉がまっすぐ伸び、右目の横に小さな浮気ボクロがある。お、及川……。

そう口にしたのを相手は聞こえたみたいに、近づいてきた。まるで、自分がくるのを待ちかまえていたみたいだった。

「組合から?」

及川は笑みを浮かべ、人なつこそうな声でいった。しゃべると顎がはり、意志が強そうに見える。

和夫は声も出なかった。夢に見た光景がまざまざと浮かんだ。この男だ。この手で首を絞めて、湖の底に沈めたのは。足がすくんで動けなかった。

そんな事情がわかるはずもなく、及川は和夫の肩にそっと手をおき、「早かったじゃない、さあ、こっちへどうぞぉ」と工場へいざなった。

固まっていたからだがぎこちなく動いた。

何といっていいのか、わからなかった。肩にあてられた及川の手がひどく重かった。どうしてこの自分を待っていたのか、不思議でならなかった。

返事ができないまま、ガラス戸の内側に入った。がちゃん、がちゃんとはた織り機の動く音が空気を震わせている。畳部屋があり、そこからガラス戸一枚へだてて、工場になっていた。手ぬぐいを頭にかぶった女が、はた織り機の前でせわしなく動いている。及川につづいて、和夫も土間から部屋に上がった。

織物見本や注文票や生糸の束で、部屋は足の踏み場もないほど散らかっている。そのすき間に、及川は膝立ちしたまま期待のこもった目で訊いてきた。

「で、ジャカードの経験はある?」

答えるどころではなかった。じっとりと後ろめたいものに和夫は支配されていた。あなたを殺したのは、このわたしなのだと、つい口から洩れそうになった。和夫ははたとそのことに思いあたった。今の時点では、まだこの自分は及川を手にかけていない。この男を殺すのは、四日後の三月七日のはずだ。今日の時点では何も起きていないではないか。

及川が困惑したような顔で、こちらを見ているのに気づいて、和夫は、すみませんとだけつぶやいた。

「……はた屋の経験、ないみたいだけど、どう？」

「あ、はい」

「いいよ、まあいい。来てくれる人がいるだけで大助かりだからさ」

及川が組合の話をしていたことを和夫は思い出した。人手が足りないので繊維組合のようなところに、働く人を頼んであったような口ぶりだった。そこに自分がやってきて、かんちがいしているらしい。及川に他意はないようだ。ましてや、この自分が未来の殺人者などとは気づくはずもない。和夫はようやく人心地ついた。

「学生さん……じゃないよね」

及川は和夫の膝のあたりに目をあてていった。

三十二歳の自分はどう見ても学生には見えないだろう。何と答えていいのかわからず、頭をかきながら目を落とした。

右膝のあたりが薄くほころび、小さな穴が開いているところに及川の視線が当てられている。やれやれと思った。こんな日に限って、穴あきジーンズをはいているとは。三十三年後の日本では、穴の開いたジーンズをはくのが普通になっているということを、どう説明すればよいのか。

「まだ、名前聞いてなかったね」

及川がいった。

「ああ、はい、えーと……小林和夫です」

そのとき、くぅー、とヒキガエルのつぶれたような音が腹から洩れた。

「あれぇ、ご飯、まだ？」

及川は冗談めかしていうと、少し咳きこんだ。

「ああ、はい」

「そっか、そっか、何もないけど」

及川は奥の間から盆をたずさえてもどってきた。黒々とした海苔の巻かれたおむすびがふたつ、皿にのっている。考えるより先に手が伸びていた。猛烈に腹がへっていた。口にふくむと甘い味が広がった。夢中になってひとつを食べきると、ふたつめに手を出した。それもまたたく間に平らげ、うすっぺらい沢庵を口にほうりこんだ。及川のいれてくれたお茶を飲みながら、自分がおかれている立場について必死に考えた。

四日後には、この男は自分の手にかかって殺される運命にある。いや、そうではない。和夫は息を大きく吸って吐いた。正確にいえば自分の前世の人間が手を下すのだ。今、ここにいる、この自分ではない。あたりまえの事実にようやく思いがいたって、息を大きく吐いた。

9

和夫は工場で仕事をはじめた及川を目で追った。

話していたときより、表情がかたくこわばっている。どことなく、思いつめたような表情にもとれるが、実際のところわからない。まさか、四日後に迫った死を予期しているわけでもあるまいに。男の死期を知っている自分が、ひどく残酷なような気がする。

及川はどんな事情で殺されるような羽目に陥るのだろうか。たった四日後に。このまま、及川のそばにいれば、その最期のときを見届けることができるかもしれない。及川が最期を迎えるそのとき、及川を殺す人間が現れるはずだ。それこそが、自分の前世だった人間ということになる。いったい、それはどこの誰なのか。

はた織り機の騒音が、ガラスを震わせ畳に伝わってくる。

ひどく現実離れしたところに自分がおかれているような気がしてならなかった。それはもっともなことだった。ここは本来、自分が身を置くべき時代でも場所でもなかった。

しかし、現実問題として、今、ここに自分がいる。三十三年後の世界にもどれるあてもない。当面、この世界で生きていくしか道はないではないか。そこまで考えて、もっとさしせまったことに気づいた。今日のところは安宿に泊まったとしても、すぐ金は底をつく。そのあとはどうするのか。

自分は本来、この世界には存在していない人間なのだ。履歴書一枚あるわけでもないから、おいそれと働くこともできない。財布をとりだして有り金を数えた。

二三四三七円。

八王子駅の売店で見た千円札のことを思い出し、ひやりとした。野口英世の印刷された手元の千円札をじっと見つめる。四、五年前までは夏目漱石だった。さかのぼって、伊藤博文の千円札など、子供の頃に使ったきりだ。

和夫は一万円札に印刷された福沢諭吉を穴の空くほど見つめた。ホログラム入りの一万円札が世に出たのは四、五年前のことだが、福沢諭吉が一万円札に登場したのは、和夫が小学校低学年の頃だった。

仙田からはじめて、お年玉で一万円札をもらい、そのときの印象がいまだに残っている。おそらく、夏目漱石の千円札も同じときの発行だ。ということは、今の時代、手持ちの札は使えない。使えるのは硬貨のみ。とどのつまり、有り金ぜんぶで四三七円。

唖然とした。年代こそちがっていても、同じ日本であると思いこんでいた自分が愚かしかった。このままでは飢え死にしてしまうではないか。

今、この世界にいるはずの母親のことを思った。三十三年前だから、文世は二十九歳。この自分を身ごもっているときだ。そんな文世と会って、あなたの息子です、といったところで信用されるはずもない。叔父の仙田にしても同じことだ。今のふたりにとって、自分はまったく赤の他人に映るはずだ。

工場で動きまわる及川の姿を見た。

この時代に来てしまった原因はもともと、この男の存在にあるような気がしてきた。相模湖でこの男が不慮の死を遂げたことさえ知らなければ、時空をさかのぼって旅をするようなこともなかったのではないか。今頃、圭介の精密検査につきそっていた。

しかし、そんなことをいってもしかたがない。何としても、この時代から抜け出て、元いた三十三年後の世界にもどらなくてはいけない。それこそ大命題なのだ。そのためにはどうすればいいか。いっそのこと、ここで働いてみればどうか。

及川のそばにいれば、ひょっとして、自分がこちらの世界に来てしまった理由が見つかるかもしれない。この男こそ、未来と今をつなげる鍵なのだ。最後のときが訪れるまで、この男のもとを離れない。そうするしか、元の世界にもどる手立てはないような気がする。

及川は和夫に仕事を教えると、車に乗って、工場からいなくなった。工場は暖房が入っていなかったが、寒さを感じる余裕もなかった。がちゃがちゃと音をたてて、織機が動き、ほこりが宙に舞う。天井からつるされた型紙を読み取り、複雑な文様を織りこめるジャカード織機という機械だ。三メートル四方の大きさで、ぜんぶで五台ある。ほかにも機械があって、二十畳ほどの工場は、歩いてすれちがうのがやっとの広さだ。その間を、シゲさんという五十すぎの女性がひっきりなしに行き来している。

和夫に与えられたのは、糸くり機という機械で、小管（こくだ）に糸を巻きつける簡単な仕事だ。そうしてできたものを、二十センチほどの細長い筒におさめる。筒はシャットルといい、ジャカード機に組みこまれて、緯糸（よこいと）を供給する仕組みだった。

このシャットルがくせ者だ。両端が槍（やり）のように、するどくとがっていて、足にでも刺されればひどい怪我（けが）をしかねない。糸がからまり機械がとまると、勢いあまって、横手から飛びでてくるのだ。あぶないことこの上ない。

あっという間に時がすぎていった。窓に当たる日のかげんから、午後三時をすぎたのかもしれない。機械がとまり、和夫は畳部屋で休みをとった。

慣れない仕事のせいか、ひどい疲れを感じた。時間をさかのぼって、きたせいかもしれない。きっと、そっちだ。

シゲさんは頭にかぶっている手ぬぐいをとり、服のほこりを落としてから、畳の間にきた。魔法瓶のお湯でお茶をいれる。シゲさんのいれてくれたお茶をすすりながら、この仕事は長いのですか、と和夫は訊いてみた。

「えいちゃんが小学校に入る前からだからね」

「えいちゃんって、及川さんのことですよね?」

「うん、うん」

及川栄一は八王子の工業高校の紡織(ぼうしょく)科に在籍していた高校二年の秋、両親が交通事故に遭って亡くなってしまい、それ以来、ひとりで工場を切り盛りしている。住まいも工場と同じ。

職人としての腕はぴかいちで、八王子のネクタイ織物業者では及川の右に出るものはいない。以前は三人の職人を雇っていたが、今はシゲさんだけだという。

シゲさん自身は、今年、還暦を迎えた夫とすぐ近所に住んでいる。

聞いていて、なぜか胸がしめつけられた。及川は未婚で天涯孤独な身の上らしかった。最後になって思い出したように、それで、小林さん、あんたはどこからきたのかね、と訊かれた。

「群馬の桐生です」

及川にいったのと同じことを口にした。

「こんなときにあんたもよく、働きにきたな」シゲさんは感心したようにいった。

「最近はどこもかしこも不景気だし、糸は国が買い占めちゃうしさ、織物屋はいじめられてばかりだよ」

「でも、絹織物はいいんじゃないですか？」

八王子で生まれ育った人間なら、絹ネクタイが三十三年後の世界でも、特産品として扱われていることを知っている。

「苦しいもんだよ。どんどん廃業して、今じゃ五十軒くらいしかやってないよ。さーてと、文句ばかりいってないで仕事仕事」

いわれて和夫も腰を上げた。その瞬間、からだがふらついて、尻餅をついた。

六時に機械がとまるまで、どうにか仕事をつづけた。シゲさんは、奥の間にある台所に入って夕食の仕度をしてから、工場を去っていった。きつかった。玄関のガラス戸越しに見える外はすっかり暗くなっていた。

病院からこれまでのことは、ひょっとして何かのまちがいではなかったか。何かの拍子に、病院からここに来てしまっただけではないか。ガラス戸に、夕刊がはさまれているのが目にとまった。土間に下りて夕刊をとり、首を伸ばして外を見た。

トタン屋根の隅に、ブリキの笠のついた裸電球がとりつけられ、黄色い光が砂利道を照らしている。静かだった。寒さが身にしみた。建てつけの悪いガラス戸を閉めて部屋にもどった。タイムスリップなどありえない。あるものか。

そう期待をこめて夕刊の日付を見る。和夫は落胆した。

昭和五十年三月三日月曜日。

まちがいない。自分はやはり、三十三年前の世界にいる。夕刊を放りだし、ごろんと横になった。天井近くに、及川栄一の名前が入った最優秀織物賞の表彰状が二枚、かかげられている。組合から授与されたものだ。及川がすんなり自分を受け入れた理由がのみこめた。

ハンガーに大きなラジオがつり下げられている。ナショナル製だ。スイッチを入れると、抑揚のないアナウンサーの声が響いた。

〈……先月、二月二十八日夜発生した東京青山の間組本社ビル爆破事件について、東アジア反日武装戦線の「さそり」が犯行声明文を新聞社に送りつけました。これにより警視庁は、昨年、八月に発生した東京・丸の内三菱重工ビル爆破事件からはじまった連続企業爆破事件と同じ過激派による犯行と断定した模様です……〉

連続企業爆破事件？

あの有名な三菱重工ビル爆破事件のことか。

自分が生まれる前の年にあったはずだ。それが、まだつづいているのか？　爆弾テロといえば、イラク戦争と相場は決まっているのに、この時代は国内むけに使われているらしかった。自分が生まれた年は、ひどく暗い年だったのだ。

ちゃぶ台の上にかぶせられたふきんをとってみると、ふたり分の食事が用意されてあった。おかずは酢豚だ。

こんな時間になっても、及川はどこをほっつき歩いているのだろう。

アパートが見つかるまで、住みこみで働かせてもらえませんかと頼んだら、及川はすぐ、いいよと返事をしてくれた。足元を見ているような気もしたが、及川は少しも気にしていないようだった。

月給は八万円で休みは日曜日。忙しくなれば日曜も仕事が入るという。即ＯＫした。それにしても、冷える。

押し入れを開けると、綿入れのはんてんが目にとまり、上着を脱いでそれをはおった。障子を開けて奥の間に入ってみた。石油ストーブがあった。あちこちに、茶封筒や印刷物がおかれている。織物組合の名前が印刷されているものが多い。台所には、「澤乃井」の一升瓶が三本まとめておかれている。

階段を昇り、二階に上がる。栄一の部屋になっているらしいが、ここも、注文つづりや見本品がちらばっていた。タンスの上に小さなブラウン管式のテレビがおかれてある。その上に三多摩繊維週報という業界紙がのっている。

一階に下りて夕飯をひとりで食べた。

少しだけ力がついた。おそるおそる、夕刊の一面を広げてみる。

『都知事選　美濃部氏固辞』

という大見出しが目に飛びこんできた。

社会党の名前を冠した記事が多い。三十三年後は存在していない政党なのに、この時代はよほど勢力があると見える。

自民党は対立候補として、石原慎太郎を推していて、美濃部でなければ勝てないとまで書かれてある。

まてよ、石原都知事は三十三年後も東京都知事だが、この年に都知事選に立候補などしたのだろうか？

たとえ、立候補したとしても、勝っていないはずだ。

ベストセラーを切るというコラムには、「ノストラダムスの大予言」は本物かと題された記事が載っていた。

及川は尋常ではない死に方をする。何か事件がらみで殺されたにちがいないのだ。

もしかしたら、及川が関係しているような事件もあるかもしれない。

全共闘運動の時代から連合赤軍のあさま山荘占拠事件など、一連の過激派の歴史が特集で組まれている。

それにしても、爆弾テロが起きるとは、恐ろしい時代だ。

八王子市内で、事件は起きていなかった。

ラジオを文化放送に切り替えて八時半になると、みのもんたの声が流れてきた。三十三年後とちがって、声に張りがあり、ずいぶんと若々しい。

家に風呂はなかった。寒さが耐えがたくなってきた。奥の間から石油ストーブを持ち出して、火をつける。そのとき、じりりりりと黒電話が鳴った。及川だろうかと思いながら、そっと受話器を取りあげる。ずいぶん重い。

女の声がした。相手はすぐ、及川でないことがわかったらしく、「あの、栄一さんはいらっしゃいますか？」と訊いてきた。

留守をしているというと、わかりましたといって、電話を切る気配がした。

「あの、どちらさまですか？　こちらからお電話するよう伝えますけど」

「……いいんです、またお電話しますから」

それきり電話は切れてしまった。

10

表で車がとまる音がした。及川が帰ってきた。壁時計を見ると午後十時をまわっていた。ごとごとと、ガラスの引き戸が開けられ、及川が顔を出した。

「おっ、ストーブ入れたか」

「ああ、はい」

「うち、風呂ないんだよ。銭湯なんだ。十一時まで開いてるからまだ行けるけど、どうする?」

「今日はいいです」

「ああそう、悪いねえ。明日、教えるから」そういうと、及川はハンガーにかかった和夫のジャンパーに指をあて、物珍しそうにこすった。「おやぁ、珍しい化繊だね、どこの? ウ……ニクロ」

「ああ、それは、あの……外国みやげで」

この時代にユニクロはないし、エアテックなどという素材もまだ生まれていない。繊維業界にいる及川としては、気になるのだろう。

部屋が温まってきた。及川は手早く食事をとるとあとかたづけをすませて、奥の間にふとんをしいてくれた。

そうしてから、工場に入り、糸くり機を動かして仕事をはじめた。

和夫も工場に入った。

「これ、気をつけないとあぶないですよね」

和夫がシャットルのとがった先端部を指していうと、及川はズボンのすそをまくり、そのあたりを明かりにかざして見せた。

「ぼんやりしてると、こうなるからさ、気をつけてよ」

左ひざの関節から五センチほど下、足の外側に一センチほどのひきつった傷痕が見えた。

和夫はどきりとした。その場所といい、傷の形といい、圭介のそれとうりふたつではないか。

「まともにくらうと、こうなるからね」

「ああ……そうですね、気をつけます」

手伝おうと申し出たが、今日はいいから休んでいて、といわれた。

和夫は畳の間にもどった。ちゃぶ台に、及川のショルダーバッグがおかれてある。貸してくれたパジャマに着がえて、奥の間にひかれたふとんの中に入った。携帯電話をどこにおこうか迷った末、ふとんの下にいれた。

見上げる天井は低く、部屋全体が黒ずんでいて想像以上に古い家らしい。掛けぶとんは木綿綿で、ずしりと重かった。

首のあたりをきつく引きよせた。まだ夢の中にいるような気がする。時空を飛び越えて降りたったこの世界に少しもなじめなかった。

しかも、よりによって、こんな場末の工場で横になっていること自体、信じられなかった。

考えてみれば、今朝起きてから三時間分、よけいにすごした勘定になる。

身も心も疲れ果てていた。すっかりエネルギーを使い果たしていた。なれない仕事をしたからではない。

一昨年の正月休み、駆け足でタイとベトナムを旅行して帰国した。あの、カルチャーショックに落ちこんでしまったような、何ともいえない疲れと似ている。

病院にいたのが、一週間も前のような気がしてくる。

どうして、時間をさかのぼって、こんなところまで落ちてきたのか。

同じ病院のあった場所なら、多摩丘陵（たまきゅうりょう）の山の中に放りだされているはずではないか。それが、よりによって、どうして、バスの中などにタイムスリップしてきたのだろう。圭介はあれから精密検査を受けることができたのだろうか。

機械のまわるモーター音がまだ響いている。こんな夜更けまで及川はどこにいっていたのだろう。四日後、及川は何者かによって殺害される。

ふと、ラジオで聞いた過激派という言葉がよみがえってきた。連続企業爆破事件を起こすような連中なら、人を殺めることもあるだろう。もしかすると、及川は……。

それもこれも、夢なのだ。自分は今、悪い夢を見ている。明日の朝、目が覚めたときには、ふだんどおり、子安町の自宅にいて、なじみの毛布にくるまっているはずだ。こんな時代にきたことなど、忘れ去っているにちがいない……と思いたい。そうなってほしい。どうか、そうでありますように。

翌朝、胸に圧迫感を感じて目が覚めた。おそるおそる目を開けてみると、低くて黒光りのする天井が見えた。もう一度目を閉じて、ゆっくり開けてみる。変わりなかった。重いふとんをはいで、むっくりと起きあがる。

からだの節々が痛かった。目がかすんで、あたりがぼんやりしている。疲労感がぬけない。あたりは空の管やら注文票やらで雑然としている。昨晩寝る前に見たものとまったく同じだった。

和夫はがっかりした。やはり、この自分は時間をさかのぼり、こんなところにきてしまったのだ。死後の世界でも何でもない。受け入れがたいことだが、これは現実に起きていることなのだ。しかし、生きていることに変わりはない。

及川は台所で朝食の準備をしていた。穴の開いた和夫のジーンズが哀れを誘うらしく、及川は厚手のコットンズボンを貸してくれた。和夫と背丈がほとんど同じで、すその長さもちょうどよかった。みそ汁と冷めたご飯と漬け物がのったちゃぶ台につく。

覚めやらない頭で、この時代に起きていたことをあれこれ思い出した。とにかく、何かきっかけをつかまなくてはいけないと思う。

「あの、田中角栄はもう捕まったんでしょうか?」

冷えた飯粒をかみながら、和夫は訊いた。

「田中角栄がどうして捕まるの?」

「ロッキードからピーナッツをもらって」

及川は怪訝そうな顔で和夫を見やった。

「ピーナッツ? 何それ?」

「あっ、すみません」

あわてて訂正する。

そうか、まだ、田中角栄は首相の座から降りただけで、逮捕されていないのだ。

「あの、オイルショックというのは、どうなったんでしたっけ?」

「オイルショック? おいおい、いいかげんにしてよ、もう一年以上も前だろ。おたく、おつむのほう、だいじょうぶ?」

及川はみそ汁をすすりながら答える。きついことをいうわりに嫌味はない。

「ああ、そうだ、そうですね。まあ、物価もおちついたみたいだし」

「物価がどうしたって？　ゴホッ」

及川はひとしきり咳きこんだ。

「いえ、その……ひどいインフレになったんじゃないかって。スーパーでトイレットペーパーが買い占められたりして」

つい過去形でいってしまったが、及川は気にしている様子はなかった。

「インフレ、しゃれた言葉使うねえ、あんた……あっ、そうか、気がつかなかった。すまんすまん」

及川は財布から一万円札をとりだして、和夫によこした。

まじまじとそれを見つめた。福沢諭吉のかわりに、聖徳太子が印刷されている。熱いものがこみあげてくる。……ああ、これで助かった。

「とりあえず、それで勘弁してくれるかな、ゴホッゴホッ」及川は咳きこみながらつづける。「ああ、ごめん、今日はどうも調子悪いや。そいつは、今月分の給料から差し引いておくからさ。覚えといてよ」

「はい、ありがとうございます」

「それから、はいこれ、不便だろうから、よかったら使ってくれていいよ」

及川はポケットから銀色に光る腕時計をとりだして、和夫によこした。

ずしりとした重さのある腕時計だった。SEIKO社製。硬そうなステンレスの台座に丸い文字盤が埋めこまれている。バンドもステンレスだ。

LM SPECIAL

というブランド名が文字盤に刻みこまれている。小さな窓枠があり、曜日を表す「火」と日付を示す「4」が並んで表示されている。四日、火曜日のことだ。はめてみると、ちょうどぴったりだった。

「LM……」

「ロードマチックの略だよ。自動巻きになってる」

「いいんですか？」

及川は飯をかみながら、人のよさそうな顔でこっくりとうなずく。

食事をすませると、及川は流しに立ち、和夫の分の洗いものもしてくれた。

及川の車はニッサンプリンス・スカイラインだった。マッチ箱のような長四角の車で、左右に大きなふたつのヘッドライトがついている。かなりの年代物だ。

九時前、及川は、どこへ行くともいわず、ショルダーバッグを大事そうに抱えて、徒歩で外出した。

入れ替わりにシゲさんがやってきて、工場が動きだした。昨夜、及川がシャットルを作っていた理由がのみこめた。ジャカード機は緯糸の入ったシャットルがないと織物ができないのだ。忙しく立ち働くシゲさんに、及川さんはどこに行ったんですか、と訊いてみたが、シゲさんは言葉をにごすだけだった。

「そうだ、ゆうべ、女の人から電話がかかってきたんだ」和夫がひとりごちる。

シゲさんの耳には届いていないようだった。

「及川さん、風邪でもひいているんですか？」

今度は少し大きな声でいった。

「えいちゃん、学生のとき、結核やったからねえ。冬場はこたえるんだよ」

「……そうなんですか」

結核という言葉を聞いて、背中から水を浴びせられたような気がした。圭介の肺には、結核が自然治癒した痕が残っている。自分たちはおろか、医者すら気づかなかった。その痕はほかでもない、及川が結核を病んだ名残である可能性があるのではないか。

昨日見せられた左ひざの傷といい、結核といい、まちがいない。圭介のいったことは本当だったのだ。及川栄一こそ、圭介の生まれ変わる前の人間なのだ。

そうしている間も、配達されてくる生糸を受けとったり、整経屋という業者がやってきて、二メートル近い棒に巻かれた縦糸を納入していく。そのたび、シゲさんは及川の作った小切手を渡す。現金より安全なのだろう。

十時近くに及川がもどってきた。シゲさんが心配げな顔で、工場に入ってきた及川に歩みよった。和夫は聞き耳をたてた。

「……どう、何かわかった？」

「ああ、何とかなりそうだ」

「そうそう、ゆうべ、ミヤヅさんから電話がありましたよ」

和夫のいったことをシゲさんは、ちゃんと聞いていたらしかった。それよりもシゲさんが口にした名前が気にかかった。たしかにミヤヅといった。

玄関の引き戸が開く音がした。和夫が出てみると、三十がらみの小柄な男が土間に立っていた。ご用聞きのように首をつんと前に伸ばし、目尻のつり上がった一重まぶたの目を和夫にむけている。

シゲさんが追いかけてきて、「あっ、佐久間（さくま）さん、こんちは」といい、仕上がったばかりの織物を運んできた。

そのまま工場にもどって、「シュウジさん、見えましたけど」と及川に伝えた。

佐久間シュウジ……これも、どこかで聞いたような覚えがある。

佐久間は、どっかりと上がり端（はな）にすわりこみ、織物をとりあげた。真横から見るとかなりの鷲鼻（わしばな）で、そっけなく刈り上げた髪に赤貝のようなつぶれた耳がはりついている。

急いでやってきた及川がその前にすわると、佐久間は待っていたかのように、「まあの仕上がりだな」と悟りすましたような、高慢な口調でいった。

「金曜までには残りも片づけたいと思ってますから、どうぞよろしくお願いします」

及川が丁重ないいまわしでいった。

苦々しい顔つきでそのやりとりを見ているシゲさんが気になる。

「そうだね、金曜までにやってもらわないと困るよな。ところで、例のやつ、月曜が締め切りなんじゃない？」

意味ありげな笑みを浮かべ、佐久間は織物の入った段ボール箱を持ち上げた。

「明日には間に合うからさ。ま、よろしくぅ」

佐久間はそういうと箱をかついで出ていった。表に車をとめてあるらしく、和夫も外に出てみた。佐久間は車のトランクを開けて、中に段ボール箱をつめこんでいた。

洗練されたクーペタイプ。たしか日野自動車の車だ。

CONTESSA

と、トランクの横腹にエンブレムがついている。コンテッサと読むのか。

車体はかなり古いが、美しいフォルムだと感心した。

佐久間は胡散臭げに和夫をふりかえると運転席に乗りこみ、去っていった。

「整理屋のくせに何だろうね、あの横柄な態度ったら、まったく」

シゲさんが車にむかって吐き捨てるようにいった。

「……整理屋さんて、何ですか？」

シゲさんは少しあきれ顔で、「ほんとに素人なんだねえ。うちで織った生地のほころびを直して、アイロンがけして、ぴんと伸ばすだけが能だよ」

「そうなんですか」

それでは織屋がいなくては、成り立たない商売ではないか。そんな男に、どうして及川はへりくだった態度をとるのだろう。それから五分としないうちに、及川はまたショルダーバッグをたずさえて、車で出ていった。

シゲさんに佐久間という男について、たずねてみると、「そりゃいろいろとあるのよ」と言葉尻をにごすような返事が返ってきた。

気になっていたことをもうひとつ、訊いてみた。「あの、ゆうべ、かかってきた電話の女性ですけど、ミヤヅさんていうんですか？」

「フミヨさんでしょ」

和夫はショックを受けた。

ミヤヅフミヨ。

まちがいなく、母親だ。

11

昼食をはさんで、三時すぎまで仕事をつづけると、シャットルが底をついたので、シゲさんに場所をあけわたした。

作業の合間、「その時計、大事にしなさいよ」と、和夫の手首に光るロードマチックを見ながら、シゲさんは念を押すようにいった。

「ええ、もちろん」

「ずいぶん、高かったのにね。えいちゃん、人がいいから」

そういわれても、むこうからいわれたのだからしかたない。

「それにしても、変ねぇ。先月は買ったばかりのケンメリ、売っぱらっちゃって、あんなボロ車に乗り換えたり」

「ケンメリ？」

「ニッサンの2000GT。あなた知らないの？」

そんなことより、気になることがある。ミヤヅフミヨの件だ。

「あの、ちょっとほしいものがあるんですけど、外に出てかまいませんか？」

「いいけど、四時すぎには帰ってきてね」

「わかりました」

和夫は工場から出て、奥の間に入った。

もしかしたら、母親の名前の入った住所録や手紙のたぐいがあるかもしれない。そう思って、引き出しや押し入れをあけて探してみた。一階にはないようだ。こっそり、二階に上がった。それらしいものを見つけることはできなかった。

しかたなく、上着を着て工場を出た。風はなく、どんより曇った日だった。顔に当たる空気は冷たかった。

道は狭くて舗装がはがれているところも多かった。今になってナイキのジョギングシューズをはいてきたことに気づいた。勘を頼りに路地から路地へ抜ける。家々は庭が広く、ほとんど木造でプレハブ造りの家はない。

庭木は枯れているが、葉の生いしげる夏場なら三十三年後よりも、ずっと緑が豊かだろう。

しばらく行くと三層構造になったコンクリート建築物が見えてきた。八王子市民会館にまちがいなかった。近づくにつれて奇妙なことに気がついた。建物の西側は、うっそうとした森のようなものになっていて、大通りはそこでぷっつり途切れてなくなっている。

三十三年前、ここはまだ南大通りが貫通していなかったのだ。足早にそこを通りすぎて坂道をのぼった。通りは三十三年前とくらべて、どことなく広いような気がする。見覚えのある養護学校をまわりこんでしばらく歩くと、がっしりしたコンクリートの門が見えてきた。遠くからでも、はた織りの音が聞こえてくる。

門柱の前にきて、『仙田織物』の名前を確認する。

まちがいない。叔父の工場だ。和夫の足はそこで動かなくなった。ここには仙田邦好がいる。しかし、何といって仙田と会えばいいのか。本名で名乗り出るわけにはいかない。この時代、自分は生まれていないのだ。

母親の文世は、宮城県の石巻から集団就職で八王子の織物工場に働きにやってきた。自分も同じ石巻出身であることを伝えてみてはどうだろう。

とにかく、なるようになるしかない。和夫は腹を決めて中庭に入った。

ハイエースらしいワゴン車が二台とまっている。工場の屋根は高く、奥行きもありそうだ。及川のところとは比較にならないほど大きい。工場の窓が開いていて、中を見ることができた。ずらりと並んだ織機の間に、五、六人の女たちが働いている。工場の脇にある事務所はガラス戸になっていて、中が素通しだった。三人の男女が机にむかって仕事にいそしんでいる。奥手に、どっしりした机がおかれていた。そこに作業着姿の男がすわり、電話で話しこんでいる。

若々しくて驚いた。幼い頃から記憶にある仙田邦好にまちがいなかった。

懐かしさと心細さで今にも泣きだしたくなった。足が勝手に動いて、気づいたときには仙田の前に立っていた。手首に光るシルバーのブレスレットは三十三年後も今も同じだ。仙田は黒電話の受話器を元にもどすと、和夫を見上げた。

和夫は胸がいっぱいで、言葉が出てこなかった。仙田が当惑した眼差（まなざ）しで和夫を見上げている。はっとして頭を下げた。

「えーと」仙田はいった。「どちらさんだっけ？」

「あっ、及川さんのところで働いてます」

とっさに口から出た。

「ああ、そう、彼氏のとこでねえ」どことなく馬鹿にしたようないいかただった。「で、何の用事？」

「ええ、わたし……」

あなたと同じ石巻出身ですといいかけて、言葉をのみこんだ。

及川には桐生の出だといってある。食いちがっては、おかしなことになりかねない。

仙田はじっと和夫の言葉を待っている。

「あの……こちらもネクタイを？」

「ネクタイは及川のとこへ下請けに出してるよ。あれは営業がきかない奴（やつ）だからさ。うちは着物が専門。本業はコンピュータのプリント基板工場。織り屋は奉仕活動みたいなもんだよ。聞いてるだろ？」

「あ、はあ」

「いっとくけど、今のご時世、いくら腕がよくたって、ネクタイ一本じゃあきびしいよ。うちみたいに多角化はからんと、やってけないからねえ」

面とむかいあっていると、気持ちが萎えてきた。自分の本当の名前を名乗り出ることなど、できるはずがない。ましてや、時間をさかのぼって未来からやってきたなどとは口が裂けてもいえない。いやというほど、そのことが、わかった。

「まあ、気がむいたら、いつでもうちで使ってやるからさ。そうだ、ちょうどよかった。ついでに、これ頼むわ。及川に渡しといてくれる？　発注書だっていえばわかるから」

仙田は茶封筒に何枚か紙をいれて和夫によこした。

もう一度お辞儀をして、仙田の前から離れた。

「おい、君」

仙田に呼ばれてたちどまった。

「名前は何？」

「ああ、すいません」

うつむいてそういうと、和夫は名乗らず事務所を出た。

冷や汗をかいていた。自分のとった行動に腹さえ立った。

ひっきりなしに音をたてる織物工場の脇をすぎる。そのとき、工場の窓から、ひとりの女の横顔がかいま見えた。思わず叫びそうになった。

母さん……。

和夫はぐっと、唾をのみこんでこらえた。まじまじと見つめた。信じられなかった。まさか、こんなところで出会うとは夢にも思わなかった。

見まちがうはずがない。髪もショートカットだし顔立ちは少しも変わっていない。若い頃の写真に写っている母、そのものだ。この時代では二十九歳、自分よりも若いはずだ。

視線を感じたらしく、文世は手をとめて、ちらりと和夫をふりかえった。正面から見る母親の顔は驚くほど若々しく、そして美しかった。

見つめ合っていると、文世はかすかに眉をしかめた。

和夫もふと我にかえり、その場をふりきるようにして歩きだした。

高揚した気持ちがさめきらなかった。母親と会えたことに感謝したい気分だった。しかし、それも長つづきしなかった。

工場のはた織り機の音が遠ざかるにつれて、和夫は気持ちが冷えこんできた。仙田にしても、母親にしても、会えたところで、名乗り出ることなど、決してできない。

そのことを思い知らされた。それでも、文世の顔が頭にこびりついて離れなかった。たった今、出会った文世の腹には、この自分が宿っているはずだ。だからこそ、よけい名乗り出ることなどできない。和夫は心底うらめしく思った。

いったい、どうして自分は時間の裂け目に落ちこんだりしたのか。神様がふといたずらを思いついて、この自分をこの世界に送りこんだのか。

叔父に会えば、窮地を救われると思いこんでいた自分が情けなかった。文世にしても面とむかって、わたしはあなたの子供です、などと切りだしたところで、信じてくれるはずなどない。変質者あつかいされるのが落ちだ。だからといって、このまま引き下がることなど、できない。

何とかして、この自分が文世の子供であることを伝えなくては。しかし、どう知恵をふりしぼっても妙案は浮かばない。

風が冷たく感じられた。工場にもどった。車はなかった。シゲさんに仙田からあずかった発注書を渡した。

シゲさんは仙田織物の名前が入った封筒を見て、意外そうな顔で和夫をふりかえった。「えいちゃん、あんたに行ってこいっていったの？」

「いいえ。ここにくる前、組合のほうから紹介されてまして。こちらでお世話になることを伝えないといけないと思っていたんです」

あらかじめ考えていた嘘をついた。

「ああ、そう」

シゲさんはすっきりしない様子で中身をあらためる。

「あの……昨日の晩電話のあった人、ミヤヅさんて言うんでしょ。仙田さんの工場で働いている方ですよね」

じろりとシゲさんは目を上げた。「そうだけど、どうしてわかったの？」

「ああ、はい、たまたま呼ぶのが聞こえたので」

やはり、母親にまちがいない。

シゲさんは、にやにやしながら和夫を見つめた。「あの人、きれいだもんね」

「勘弁してくださいよ、そんなんじゃないですから」和夫は否定しながらつづけた。

「宮津さんて、ここで働いてたんですか？」

「ここで？　まさかぁ、ずっと仙田さんとこよー、どうして？」

「いえ、電話かけてきたから……」

「だめよー、あの人は」

「かんちがいしないでくださいよ。そんなんじゃないですから」

「笑ってごまかしたってねえ、だめなものはだめなの」

「まったく、そんなんじゃないですってば」

「あはは」

シゲさんは封筒からとりだした紙を一枚ずつ見ていく。その中にネクタイのデザイン画らしいものがあった。小さな鶴が翼を広げ、今にも飛び立ちそうな感じに描かれている。つんとしたくちばしや翼の角度など、文世が好んで描く日本刺繡の図柄とそっくりではないか。もしかして、これは文世の手によるものではないか。文世は一時期、織物の柄のデザインを専門に、仕事をしていたはずだ。

もっと突っこんで、文世のことを訊いてみたかったが、仙田織物に話題を変えた。

小さな織物屋からはじめた仙田は、つぶれかけた織物屋の工場を買って規模を拡大し、縫製工場も持っている。ここ数年は、織物の代わりにコンピュータ用のプリント基板工場に鞍替(くらが)えさせて成功したという。

和夫にとって、はじめて聞くことだったが、三十三年後の仙田のことを思うと、さもありなんとうなずけた。何しろ、三十三年後の仙田は、実業家として八王子駅近くに駐車場ビルさえ持つまでになる。

五時すぎに機械がとまると、シゲさんにことわって、和夫はふたたび仙田の工場へむかった。どうしても、文世の姿をもう一度見てみたかった。見て安心したかった。できることなら、話をしてみたかった。ネクタイのデザインを口実に話ができるかもしれない。話すきっかけさえつかめば、あとは何とかなる。なると思いたい。

養護学校の裏庭から、工場の正門を見守る。

及川から借りたロードマチックに目をやりながら、じっと待った。

五時半、見覚えのあるクーペが門の中に入っていった。日野コンテッサだ。とまると、佐久間が降りて事務所に入っていった。ここでも、仕事をもらい受けるのだろう。夕焼けでオレンジ色に染まっていた西の空がかげりだし、あたりはうす暗くなりかけた。佐久間はもどってこなかった。

六時近く、工場の騒音がぴたりとやんだ。しばらくして、女たちが三々五々、出てきた。和夫は目をこらした。丈の長いコートを着て、ベレー帽をかぶった女が現れた。文世だ。同じ年頃の仲間たちに手をふり、文世はひとりになって歩きだした。和夫は走ってそこを離れた。

「あの」

追いついて和夫は文世を呼びとめた。

文世がこちらをふりむく。目があった瞬間、無表情だった顔に、ほんの少しだけ温かみが浮かんだ……ような気がした。

「えっと……」和夫は勢いこんでいったが、言葉がなかなか出てこない。「僕、及川さんのところで今度働くことになって」

「ああ、さっきの方？」

文世はつぶやいた。和夫は救われたような気がした。やはり、この自分を覚えていてくれたのだ。ほんの刹那(せつな)のことなのに、この自分に何かを感じてくれたにちがいない。

「和夫です……み……いや、えーと、小林、小林和夫と申します」

つい、宮津といいそうになり、あわてて偽名を使った。

「こちらこそ、よろしく、宮津と申します」

すんなり、いってくれたので、和夫は一安心した。これならいけるかもしれない。

「あっ、こちらこそ」ひどく喉が渇いてきた。「あの、うちにきたネクタイのデザイン画、描かれたのは宮津さんじゃないですか？」

文世は目をしばたたいて、和夫を見た。

「そうですけど……何か？」

「やっぱり」

「はあ？」

「いいえ、こちらのことですから。えーと、それとですねぇ、日本刺繍もやられてるんじゃありませんか？」

ふたたび、文世は困惑した顔になった。しまった、と思った。この時期、母はまだ、日本刺繍に興味を持っていないかもしれない。そんなことより、肝心なことを知らせなくてはいけない。今後のこともある。

「さっき、社長さんと話したんですけどね、僕も同じなんですよ、石巻なんです。あなたと出身が同じなんです……」

怪訝そうな顔で文世はこちらを見つめている。

いきなり、出身のことを持ち出したのが裏目に出たような気がした。

「……そうはいっても、幼いうちに桐生に移ってから、石巻はあまり行ったことがなくて、あのですね、よくわからないんですよ」

しどろもどろになってきた。これ以上、もちこたえられそうになかった。これでは怪しまれるだけではないか。

「あの、また、そういうことなので、よろしくお願いします」

和夫はぺこりとお辞儀をして、きびすを返した。文世も同じように、背をむけて歩きだした。高いかかとの革靴から小気味いい音を発しながら。

たっぷりとその後ろ姿を目におさめてから、和夫も反対方向に歩きだした。角を曲がったところで、ふり返って文世のいるほうを見やる。

文世が大通りを渡ったのを確認してあとをつける。

母親と面識ができたことで、この世界につながりができたような気がした。ちぢこまっていたからだが軽くなったような感じがする。それでも、自分が生まれる前の母親のあとをつけるということが、どこか後ろめたかった。

和夫の生年月日はこの年の十一月十日。八ヶ月後だ。母親の居所がわかったところで、どうするあてもないことはわかっている。しかし、住まいくらいは知っておきたい。

富士森公園の野球場を左手に見ながら、しばらく進むと、文世は右に曲がった。住宅街の道を西にむかって歩き、二軒長屋の庭先に入った。

文世は物干し竿(ざお)にかかったタオルを取りこみ、奥にある戸の鍵を開けて中に入っていった。戸が閉まると、中に黄色い明かりがともった。

長屋は全体がわずかに右側に傾き、木板の壁は、蛇腹のようにところどころめくれて、中の土が見える。こんなみすぼらしいところに住んでいたのか。

足音を忍ばせて、戸の前にある錆(さ)びついた郵便受けを見る。

文世の名前しか書かれていなかった。どことなく安心して、そこから離れようとしたそのとき、車のヘッドライトがさっと横切った。

あわてて建物の陰に身を隠した。道の反対側にバックで車が入っていく。日野コンテッサだ。車がとまるとライトが消えた。街灯の明かりに、小さいが、がっしりした体躯(たいく)が浮かび上がった。佐久間ではないか。こんなところにどうして、佐久間が現れるのか。息をとめて、近づいてくる佐久間を見つめた。

やがて、すぐ横にある戸を叩く音がして、内側から戸が開かれた。明かりが地面を照らした。佐久間が文世の家の中に入ると戸が閉まった。
心臓が早鐘（はやがね）を打っていた。わけがわからなかった。文世と佐久間。ふたりはどんな間柄なのか。

木の壁に耳を張りつけて中の様子をうかがった。物音ひとつ聞こえない。足音を忍ばせて裏口にまわる。そのとき、靴の先にふれるものを感じた。
がしゃん。ビール瓶のようなものが割れる音が、空気を切り裂くように響いた。家の中で人の動く気配がした。

和夫はその場でユーターンした。暗すぎて地面がよく見えない。目の前に物干し竿がせまってきた。左右にかわすと、鉢植えを踏みつけてしまった。ふたたび、瀬戸物のこわれる音が広がった。玄関の戸が開いて、人影が飛びだしてきた。

和夫はなりふりかまわず庭を横切った。物にあたる音が連続した。道に出る。きたときとは逆方向へ一目散に駆けだした。ふりかえる余裕はなかった。腕がちぎれるほど両手をふり、硬いアスファルトを蹴った。三百メートルほど、息をつがずに走りきる。息が切れかかった。とまることなく、ふりかえる。後ろには誰もいない。喉元から胃がせり出してきそうだった。息を大きく吸いこむ。どうにか、ふりきったようだった。ジムで水泳のトレーニングをしていなければ、きっと佐久間に捕まっていたにちがいない。

こんな羽目に陥るとは夢にも思わなかった。じんわりと汗が噴き出てくる。富士森公園をおおまわりして工場のある町にもどる。文世の家に、もどる気はしなかった。冷たい風が耳にあたり、ずきずき痛みだした。

12

冷えこみがきつくなった。工場にもどるころにはすっかり、からだから温かみが消えていた。ガラス戸の鍵は開いていた。及川はまだ帰宅していなかった。昨日と同じようにひとりで夕食をとった。

あれから佐久間は文世の家にもどったはずだ。ふたりはどんな関係にあるのか。一度会っただけなのに、佐久間という男を好きになれなかった。あんな男が母親を訪ねたのは意外というより、残念でならなかった。

だいいち、生まれてから一度も、あんな男のことを文世の口から聞いたことがない。しかし、ふたりが男と女の関係である可能性は否定できない。

あきらめとも何ともつかないものが和夫の内側に広がっていた。だからといって、この先、自分はどうなるというのか。

とにかく、自分ひとりで生きていく算段をしなくてはいけない。そんなことを考えていると、無人島においてきぼりになったような白々した孤独を覚えた。

夕刊を広げた。あいかわらず、美濃部都知事は三選不出馬を表明しているようだが、はっきりしない。田中金脈という見出しに目をひかれた。警視庁が宅建法違反で田中前首相の関係する企業の捜査を開始したとある。株式欄を見ておやと思う。株価はどれもおしなべて百円前後。千円を超えるものはほとんどない。

三多摩繊維週報の今週号がきていたので、広げてみる。

一面に〝生糸相場に政府が介入、西陣で反対の声上がる〟とある。

国内の蚕糸業者を保護するため、生糸が国際相場より高い価格に設定されている。それが八王子織物にとっても死活問題になっているらしい。昭和三十年代から四十年代にかけて、織物業は八王子の花形産業だった。市の長者番付に、織物業者が名をつらね、市の要職も織物業界から多く輩出していたことは和夫も知っている。しかし、この昭和五十年代、八王子の繊維産業は衰退期に入っているようだ。

それにしても、及川はいつになったら帰宅するのか。

二階に上がった。テレビはソニー製でトリニトロンと英語で書かれている。スイッチを入れると、小さな画面にカラー画像が映った。時代劇だ。見たことのない男優が伝七親分と呼ばれていた。

時代劇は苦手なのでチャンネルを変える。歌を歌う山口百恵の顔が画面に大写しになった。腕枕をして、しばらく見入った。昭和五十年。母親にしても歌い手にしても、日本という国はひどく若かったように思う。

「おぅ、いたのか」

いきなり階段から及川が現れたので、驚いて飛び起きた。

「あっ、すいません」

「ごめんなぁ、テレビ、下にはなくって」

及川は機嫌よさそうに、ジャンパーをハンガーにかけると階段を下りていった。話しぶりが、ずいぶん明るくなったような気がする。工場で機械が動きはじめた音が聞こえる。ゆうべ、母親の文世から、かかってきた電話を思い出した。いったい、何の用があったのだろう。仕事の話だろうか。居間のちゃぶ台に、及川が愛用しているショルダーバッグがある。こっそり、中を見てみたい気がしたが、ガラス越しに見られてしまう。結局、和夫も工場に入った。

及川がじろりと和夫をふりかえった。白目がどことなく、血走って黄色っぽいような気がした。

「いいよ、いいよ、慣れない仕事で疲れたんじゃない？」

及川は朗らかな口調でいいながら、染められた生糸をリングにかけていく。

「いえ、手伝わせてください」

及川のこめかみがごくわずかに、ひきつったように見えた。それもすぐ、消えてなくなり、笑みがもどった。和夫はほっとした。

「いいのかい？　銭湯は行ったんだろ？」

「いいえ、まだ」

「そうか、じゃあ、明日行くか」

「そうですね、つれてってください」

「はいよ」

調子よくいうと、青い生糸が〝枠〟に吸いこまれるように巻かれていく。

「きれいなもんですね」

和夫はそれを見ながらしみじみといった。

「生き物だよ、生糸は、だろう？」

上機嫌で語りかける及川の顔に、希望の色が浮かんでいる。

「生き物か、そうですね」

「ネクタイ一本作るのに、どれくらいの繭（まゆ）がいると思う？」

「わからないです」

「二百匹の蚕が夏の間、一生懸命、桑の葉を食べるだろ。まあ、六キロかそれくらい。それで、繭が三百グラムできるんだ。それを精練してやって、ようやく生糸が六十グラムできるっていう寸法だよ」

「それがネクタイ一本分ということですか？」

及川は生糸に得がたい愛着を感じているようにうなずいた。

十一時すぎまで仕事をすると、及川は二階に引きあげていった。階段を昇っていく足音が軽そうだった。やはり、今日、何かいいことがあったのだろう。

和夫は腕時計をはずして、文机の引き出しにしまった。引き出しには、お手玉も入っていた。どれも絹でできていて、きれいだった。織った布の余りで作ったのだろう。ふとんをしいて横になる。

考えてみれば、文世が叔父の工場で働いていたのはあたりまえのような気がした。文世は、はるばる石巻から集団就職で八王子にやってきた。同じ郷里出身の仙田が、文世を雇い入れたのは当然だったろう。目をつむると、工場に来て横柄な口を叩いた佐久間の顔がよぎった。まったく、嫌なやつだ。

佐久間……佐久間シュウジ。どこか聞き覚えがあるような気がして、何度か頭の中でくり返してみる。もやもやしたものが、次第にはっきりとしてきた。

がばりと跳ね起きた。及川栄一のことを調べるために中央図書館に出むいたときのことだ。一九七五年三月二十日の週、八王子市内で暴走族の集団暴走に巻きこまれて事故に遭った男がいた。その名前が、佐久間修次(しゅうじ)ではなかったか。

及川の死後、佐久間も数週間後に命を落とすことになる。

しかし、わからない。やはり、同姓同名の別人なのだろうか。

ズボンから財布をとりだし、クレジットカードの間にはさみこんでいる写真を引き抜いた。今年の正月、一家四人で撮った写真だ。右端に和服姿で写っている文世に、今日、見た文世の姿をだぶらせた。

あのきゃしゃなからだに、この自分が宿っていることを思うと、切なくなってきた。文世のおなかの中にいる自分の父親は、どこの誰なのだろう。文世の家に何食わぬ顔をして入りこんだ佐久間の顔が、ふたたび浮かんだ。あのとき、文世もすんなりと佐久間を受け入れたではないか。それだけは認めたくなかった。まさかと思う。そんなはずがない。この自分の父親があの佐久間修次などとは。

13

台所から話し声が聞こえて、和夫は目を覚ました。シゲさんがもう、来ているらしく、ふとんに入ったまま、耳をかたむける。

「えいちゃん、ほんとのことといってよ。だいじょうぶなのかい？」

あらたまった感じでシゲさんがいった。おやと思い、和夫はふとんに腹ばいになった。

「うん、今日の午後にはわかると思うよ」

及川の声は、おちついている。

「そう？」

「たしかな筋だから、今度ばかりはまちがいないと思う」

「ならいいんだけどね。うちのがもう少し、しっかりしてたら、出るとこに出るんだけど」

「シゲさんの気持ちは、ありがたく受けとっておきますから」

「そういってくれるとうれしいけどさ、今週かぎりで代がつぶれちゃうんじゃないかって思ってね。悔しくって、夜も寝られやしない」

代がつぶれる？　いったい、何がつぶれるというのだろう。この工場のことだろうか。

どことなく、和夫も心配になってきた。

「それより、シゲさん、金曜はおばあちゃんの一周忌じゃない？」

「そうそう、いいわすれてたよ。午前中、お暇くれる?」

「もちろんですとも」

着替えしてとなりの部屋に入ると、ふたりは話すのをやめた。

及川とむかいあって朝食をとる。

目玉焼きはシゲさんが作ってくれたのだろう。キャベツのみじん切りもついている。

昨日の朝は及川とふたりきりですませたのに、今日のシゲさんは、ふだんより早くからきているらしい。ふたりの交わしていた話からすると、シゲさんは心配でいてもたってもいられないという感じだ。

そんなシゲさんをよそに、今朝の及川は気分がいいらしく、ご飯のおかわりをした。

早めにすませて、和夫は台所に立って食器を洗った。みそ汁の入っていた鍋をたわしでこすりだしたとき、シゲさんが奇妙な声をあげた。

ふりかえると、シゲさんの手に携帯電話がにぎられていた。

まずいと和夫は思った。ゆうべ、隠しておくのを忘れたのだ。

「小林君、何これ?」

「あ……それは」

シゲさんは折りたたんであった携帯電話を開けた。

電源は切ってあったので、とりあえず和夫は胸をなで下ろした。

「えっと……テ、テレビのリモコンです」

「テレビの何？」

冷や汗が出た。またしても、まずいことをいってしまったらしい。二階にあるテレビを思い出した。この時代、テレビにリモコンはついていないかもしれない。

「というのではなくて、ですね……」

「カメラじゃない？」及川が横から口を出した。「レンズみたいのがついてるけどなぁ」

シゲさんは携帯電話を裏返して、小さいレンズを見つめた。

「ほんとだ」

「そうです、はい、カメラ……なんですよ」

あわてて和夫はいった。

カメラ付き携帯なのだから、まんざら嘘ではない。テレビ電話など、この時代の人には、まったく理解できないだろう。シゲさんの手から奪いとり、電源を入れた。カメラモードにしてからレンズを相手にむけてボタンを押してやる。

ジャラン

しまった。この音はいただけない。

ぽかんとした顔で、こちらをふりかえった及川に愛想笑いを浮かべる。携帯電話を折りたたんでズボンのポケットにしまった。及川は何事もなかったみたいに、注文票を開けてメモをつけはじめた。おとといより、ぐっと表情がやわらいだような感じがする。

そのとき、土間におかっぱ頭の小さな女の子が現れた。

「ゆっちゃん、早いなあ、今朝は」

満面の笑みを浮かべて及川は女の子を抱きあげた。三歳くらいだろうか。女の子は、少しも抵抗しないで、するりと及川の膝の中に入った。近所に住んでいる子供だという。

「チロのお散歩は行った？」

及川がいうと女の子はうなずいた。「うん、おかあさんと」

「今日は何して遊ぼうかなぁ」

昨日とはうって変わって、及川はずいぶんのんびりしている。

女の子が和夫の顔をじろじろ見ているのに及川が気づいた。「このおじさんはねえ、新しくおうちにきた人、小林さんっていうんだよ」

「こばやしぃ……」

いうと、女の子は恥ずかしそうに、べったりと及川の胸に顔をはりつけた。それでも、目だけは和夫にあてていた。どことなく、見覚えがあるような顔をしている。

「あれぇ、変だぞぅ、赤くなってるー」

及川がくすぐると、女の子はキャッキャッと笑い声を上げた。小さく浮かんだえくぼを見て、和夫は息の根が止まったような心持ちがした。まさかと思った。こちらを見つめる女の子と視線が交わると、弾けたように咳きこんだ。

「どうしたんだい」

「あ、いや、どうも、すみません」

和夫は立ちあがり、台所にもどった。

心臓がはねるように動悸を打っていた。

よりによってと思った。どうして、こんな場所にいるのだ。

女の子は幼い頃の幸恵にまちがいなかった。写真で見たのと、そっくり同じだ。

叔父の仙田、母親の文世、そして今日は朝っぱらから、呼びもしないのに三十三年前の妻がむこうからやってきた。どうして、次から次へと未来の家族たちと会わなくてはならないのか。

「おじちゃんに写真撮ってもらおうかぁ」

及川はいうと幸恵を抱いた。

和夫はしかたなく、携帯を開いて液晶画面を見た。笑みを浮かべるふたりはまるで親子のようだ。幸恵は安心しきった様子だし、及川もかわいくてしかたがないという表情を浮かべている。そんなふたりを見ていると、フレームがぼんやりにじんできた。胸が引き裂かれるような物悲しいものがこみ上げてくる。フレームに写りこんでいる男は、二日後、殺されてこの世からいなくなる。それを知ったら、幸恵はどんなに悲しむだろう。

何とかしなくてはいけない。そう思っている自分に気づいてどきりとした。

和夫はゆっくりとシャッターを押しこむ。撮れた。ミニSDカードに保存する。

タイムスリップする直前、カードのデータはパソコンに移し替えていた。だから、それまで撮った写真は一枚も残っていない。

幸恵は部屋の隅にある文机の引き出しを開けた。中に入っているお手玉をとって、畳の上におく。和夫がしまったロードマチックに気づいて、それを手にとった。

「それ、小林さんに渡してあげてくれる？」

及川がいったものの、幸恵は気にいったらしく、なかなか手放さなかった。

及川がお手玉を手にとると、ようやく幸恵は腕時計を和夫によこした。

まるで自分の子供みたいに相手をしている及川を、和夫は不思議な面持ちでながめずにはいられなかった。

幸恵が帰ると、及川からジャカード機の講習を受けた。なにしろ、一本でも糸が切れると機械は自動的にストップするようになっているという。

十一時少し前、及川は仕事をやめて、徒歩で工場を後にした。

入れ替わりに染物屋がきて、染め上がった糸をおさめていった。

昼前には意匠屋と呼ばれる女性が、型紙の束を持ってやってきた。ジャカード織の模様の元になるもので、文世がデザインした模様から起こしたものだ。

電話が鳴り、シゲさんが出た。仕事の話らしく、話すとシゲさんは受話器をおいて和夫をふりかえった。

「ここはいいから、ちょっと頼めるかしら」

「ああ、はい、何でも」

「仙田さんの工場に行ってきてもらえると助かるんだけどねぇ。昨日おさめた分の代金受けとってきてほしいのよ」

「昨日おさめた……？」

「ほら、佐久間さんがきて持ってったでしょ。あの人のとこで織物を整理してから、仙田さんのところへ直接、運んでくれるのよ。あとは仙田さんの工場で縫製してネクタイができあがるの。わたし、電話であんたが行くって伝えとくからさ。車、使っていいわよ」

昨日の夕方、佐久間が仙田の工場へやってきた理由がのみこめた。あのとき、ここで織ったものを加工して仙田の工場におさめたのだ。

和夫は工場を出て、スカイラインに乗りこんだ。

フロントパネルは簡素だった。スピードメーターは二百キロまで表示がある。マニュアル車は自動車学校以来だった。エンジンをかけて、まさぐるようにチェンジレバーをバックに入れ、アクセルを踏みこんだ。

がくっとエンストした。クラッチ加減を調整しながら、慎重にアクセルを踏む。ようやく、車は動き出した。狭い路地で切りかえしをして、ローギアに入れる。アクセルを踏みこむと、つんのめるように車が走りだした。いきなり、四十キロ近くまで加速したので、あわててアクセルから足を離した。まったく、何というレスポンスの良さか。

日のささないどんよりした天気だった。冷えこみがいくらか、うすらいだような気がしたが、窓を開けると風は身を切るように冷たかった。

仙田の工場へ行けると思うと和夫は心が躍った。しかも、きちんとした用事があるのだ。文世とも会えるだろう。いや、会わなくてはいけない。この世界にきてからもう三度目なのだ。今日こそは、何としても自分のことをわかってもらわなくてはいけない。正直に起きたことを話せば、きっとわかってくれるにちがいない。だめなら、財布にある一家四人の写真を見せるまでだ。これさえ見せれば、文世も認めるだろう。

仙田織物に着くと、まっさきに織物工場を見た。文世の姿は見えなかった。

事務所で仙田は同じ場所に陣どっていた。和夫をみとめると、引き出しから小さな茶封筒をとりだして、机におくのが見えた。

「おう、待ってたよ、はい、これ」

仙田は封筒を渡してきた。

中身をあらためる。十五万円の小切手だ。ネクタイ地百本分代金とある。まちがいない。

「ありがとうございます」

お辞儀をして、仙田の顔を見つめる。文世の居場所を訊きたかったが、どうしてか言葉が出ない。もう一度頭を下げて事務所をあとにする。織物工場の中をのぞきこむ。文世は見えない。

「及川は何してる？」

あとをついてきた仙田に声をかけられた。

「あっ、今、外出してますけど」

「最近、仕事が荒れてるみたいだから、そういっとけ」

「ああ……はい」

仙田はまだ何かいい足りなさそうに、和夫をにらんでいる。

「おまえ、こんなとこで、何してる？」

「いえ、別に」

「うちの工場で働きたいなら、そういえよ」

「今のところは、けっこうです」

「きどったこと、いってるんじゃないよ」仙田はふいに語気をあらげた。「だいたい、うちの従業員がネクタイのデザインやってるって、どこから聞いたんだ？」

和夫は耳を疑った。ネクタイのデザインをする従業員とは文世のことではないか。もしかして、文世が告げ口したのか。

「……それは」

「それはもへちまもないだろ。変に手ぇ出すと、痛い目にあうぞ。わかったか」

「…………」

「おまえ、どこの誰なんだ？　組合にも聞いたが、小林なんていう人間を紹介した覚えはないっていってるぞ。いったい、どこからやってきたんだ」

「群馬ですけど」

「群馬のどこかって聞いてるんだよ」

「えっと、桐生」

背筋がうすら寒くなってきた。やはり、文世がこの自分のことを告げ口したのかもしれない。石巻出身であることも。もしそうなら、残念でならなかった。しかし、非は自分にある。文世にしてみれば、ほとんど面識のなかった人間に、いきなり身の上話に近いことを切りだされたのだ。気味悪くて、仙田に相談しても、少しもおかしくはない。

和夫はその場をのがれるように、車に乗りこんだ。

バックさせたが、ふたたびエンストを起こしてしまった。

仙田が追いかけてきて窓に手をかける。「おい、逃げるつもりか」

「いえ、また」

うしろをふりかえり、バックさせる。

「このままじゃ、すまさんぞ。及川んとこへ行って、白黒つけさすからな」

興奮してまくしたてる声を聞きながら、工場を出てハンドルを切りかえす。

浅はかだった。一方的に助けを求めていった自分がどうかしていた。文世も仙田もこの自分を赤の他人と思っている。そう思われても当然なのだ。未来からやってきたなど、口が裂けてもいえない。いったところで、信じてくれるはずがないではないか。

ひどい後悔にさいなまれながら、アクセルを踏みこんだ。

14

及川は午後三時に帰宅した。朝とちがって、言葉数が少なくなっていた。

三人して黙々と働いた。シゲさんはふだんどおり、夕食を作ると帰っていった。

及川がラジオのスイッチを入れて、台所から澤乃井を持ってきた。

「さ、就職祝い」

及川はそういうと、コップになみなみと日本酒をついで、和夫によこした。

「あっ、どうも」

及川も自分のコップを満たして、和夫のコップに近づける。

「よろしく」

「こちらこそ、よろしくお願いします」

軽く合わせて、和夫はコップを口に運んだ。きりっとした辛い味が口中に広がる。

及川はさらりと半分ほど喉に通した。ラジオは相変らず都知事選の話だ。

「美濃部都知事は出馬しないのかな」

及川はひとりごちると、シゲさんの作った餃子(ギョーザ)を口に放りこんだ。

「出馬しますよ」

つい、和夫は歴史上の事実を口にしてしまう。

「ほう、じゃ美濃部と石原の一騎打ちか。君はどっちが勝つと思う？」

「美濃部です」

「ふーん、そうかな、石原も悪くないと思うけど」

それきり、静かになり、ラジオの音だけが響く。

〈……間組爆破事件関連のニュースです。爆破容器を特定するため、赤坂署では、現場で採取された遺留品の選別作業にかかっていますが、特定には困難が伴うと予想されています。次のニュースです。本日の正午ごろ、横浜の山下公園で現金三百万円の入った紙袋を、犬の散歩に来ていた主婦が拾って、加賀町警察署に届け出ました。落とし主は今のところ現れていないということです。さて、最後に……〉

「明後日の午前中、シゲさんはいないからね」

及川が口を開いた。

「おかあさんの一周忌でしたね？」

「うん。午後にはくると思う。さてと、飯食ったら少し仕事だ」

「ぼくも手伝いますよ」

そういうと、及川は笑顔を浮かべた。

15

三月六日木曜日。

シゲさんがやってきて、工場が動きだした。及川の様子をうかがいながら、仕事をする。九時すぎ、及川は、小脇にショルダーバッグを抱えて玄関に立った。戸を開けて、徒歩で出ていくのを横目で見守る。

シゲさんに、用事ができたとことわって、和夫は工場を出た。急ぎ足で路地に出る。スエードのジャンパーを着た及川の後ろ姿を見つけた。歩き方に、どことなく張りのようなものがある。昨晩の及川は明るい雰囲気だった。食事がすむと、ふたりして仕事をした。そのときも、どことなく、ふんぎりがついたような感じはあったのだ。

八王子駅に着いた。及川は切符を買って跨線橋を昇っていった。和夫もとりあえず立川までの切符を買って改札を通った。急ぎ足で及川のあとを追った。

及川は跨線橋から、中央線快速の上りホームに降りたった。和夫もつづいた。顔を隠すために売店で朝日新聞を買う。五十円。日経も同じく五十円だ。ホームの大時計は午前九時二十分を指していた。しばらくすると、東京行きの快速電車が入ってきた。電車の色はこの世界でも変わらないオレンジだ。

前から六両目に及川が乗りこむのを確認して、和夫はとなりの車両に乗りこんだ。ラッシュ時はすぎていて空席がある。扉の横に立っている及川が見える位置に移動して、つり革をつかむ。電車はゆっくりと動きだした。

ふと腕にはめたロードマチックに目をやる。八時十五分を指したまま、とまっていた。やれやれと思った。故障だ。一時間以上前から、動かなくなっていたらしい。はずしてポケットに入れた。

サラリーマンは一様にグレーやうす茶色のコートを着て、平たいカバンをさげている。女性の着ている服は、ひどくやぼったい。ふたりにひとりは、ジーンズか、足首まであるロングスカートだ。おまけに、はりぼてのような上げ底靴をはいている。立川をすぎ、国分寺をすぎても及川は扉の脇に立って降りる気配はない。車窓からながめる外は、驚くほど緑が豊かだ。

三鷹駅から高架になった。新宿駅に着いた。どっと人が降り、ほぼ同数の人が乗ってくる。及川は降りない。今日こそ、及川が何をしているのか、知らなくてはいけない。どこに出かけて、誰と会っているのか。仕事とは関係ないはずだ。

御茶ノ水駅のホームに電車が滑りこむと、及川はふっと見えなくなった。あわてて外を見やった。及川は電車から降りて、となりのホームにとまっている総武線に乗りこもうとしている。和夫も急いで電車を乗り換えた。

電車はすぐ発車した。神田川を渡り秋葉原をすぎ、浅草橋が近づくと、及川は扉にむきなおった。

ホームは大きな荷物を背負った行商のおばさんたちでにぎわっていた。及川は東口の改札から出た。和夫は改札で切符を精算し、急いで及川のあとを追った。

浅草橋は、はじめてだった。人形の問屋街になっているらしく、大きな看板が軒をつらねている。及川はそちらにはむかわず、日本橋方面にむかった。靖国通りを通りこして、南に進んだ。狭い通りにかかったアーケードをくぐる。

そこは洋品問屋や生地問屋が軒を並べた繊維問屋街だった。タオル専門の問屋や木綿だけを扱う問屋まである。軒先に〝小売りしません〟という貼り紙を貼った店も多い。

及川は仕事がらみで、やってきたらしい。及川は四ッ辻(つじ)を左に曲がった。ふたつめの小ぶりなマンションに入っていく。その前を通りすぎながら、それとなく様子をうかがった。マンションの名前は〝エクシード浅草橋〟とある。

及川は狭い玄関にある郵便受けを開けて、中を見てから、階段を昇っていった。

和夫は及川のいなくなったマンションの玄関に身を滑りこませた。マンションは古くて、エレベーターもない。

及川の見ていた郵便受けは三〇一号室。〝丸光(まるこう)商事〟と書かれてあった。繊維関係の問屋なのだろう。及川は仕事がらみできたのだ。ほかの郵便受けも、繊維関係の名前が多い。店をかまえず、ここの一室で商売をしているのだろう。

和夫は、及川が過激派に関係しているなどと邪推した自分が軽薄に思えた。

階段を下りてくる音がして、和夫はそこを離れた。

斜め前にある呉服問屋の軒先から、マンションの玄関を見る。

及川が現れた。相手は不在だったのか。及川の様子がおかしかった。眉根をよせて渋面を作っている。困ったことでもあるのだろうか。こんな表情は見たことがない。

及川はアーケードまでもどると、地下にある喫茶店の階段を下っていった。和夫はしかたなく、反対側にあるタオル問屋の中に入って、ガラス越しに通りのむこうをながめた。壁時計の針は十一時を指していた。

及川が出てきたのは、十一時半だった。和夫はふたたび、及川のあとをつけた。

及川は同じマンションにもどった。今度も不在だったらしく、二分とかからず降りてきた。さっきよりもまして、深刻そうな顔つきをしている。ショルダーバッグをかかえて歩く姿は、ひとまわりもふたまわりも小さくなったように見える。

及川は頼りない足どりで浅草橋駅方面にむかった。靖国通りをすぎる。浅草橋を渡らないで神田川に沿って歩いた。すぐ先は神田川が隅田川に注ぎこむ場所だ。その手前にある小さな橋に足を踏みいれた。柳橋という銘板がついている。

橋のなかほどでたちどまると、及川は上体を欄干にあずけて、川面を見下ろした。川の両側に船宿が並び、何艘もの小舟が舫っている。

和夫は下流側にある建物の陰から、こっそりと見守った。及川はじっとしたまま、動かない。ジャンパー姿が寒そうだった。橋のたもとにある枯れた柳の枝が、風にゆれている。八王子を出たときの生気はなく、肩を落として悄然としている。あのマンションで何かあったのだろうか。

向こう岸からコートを着た女がゆっくりと近づいてきて、及川の脇でとまった。及川は女をふりかえると、驚いた様子で女と正対した。びっくりしたのは和夫のほうだった。どうして、こんなところに文世が現れるのだ。

頭の中が疑問であふれかえる。ふたりは肩を並べて、川面を見下ろした。ときおり、どちらからともなく、口をきく。遠すぎて口の動きは読めない。五分近くそうしていると、ふたりは橋を渡っていった。木造の町屋が軒を並べた路地に入り、ふたりはそば屋の暖簾をくぐって中に消えた。

和夫は混乱した。ふたりが出会った様子から見て、待ち合わせしていたとは思えなかった。文世が及川を探して、あの橋にたどりついたとしか思えない。手こそ握り合っていなかったものの、身を寄せあうようにして歩くふたりは、どう見ても、仕事の関係だけとは考えにくい。まぎれもなく、互いのことを想いあう者同士の特別な空気を持っているように思えた。

和夫はわけがわからなくなった。ゆうべは、佐久間が文世の家に出むいている。いったい、三人はどういう間柄なのか。

和夫は斜めむかいの喫茶店に入って、そば屋をうかがった。一時近くになって、ようやく及川が店の戸を開けて出てきた。少し遅れて文世が現れる。ふたりして、もう一度、丸光商事のあるマンションまで出むいたが、結果は同じだった。

ふたりは浅草橋駅にもどり、総武線に乗りこんだ。御茶ノ水で、中央線の高尾行き快速に乗り換えた。車中、ふたりはろくに口をきかなかった。

八王子に着いたのは、午後二時半をまわっていた。ふたりは階段を昇り、跨線橋を南口にむかって歩いた。階段を下って、改札口にさしかかる。改札を出たところで、左右に分かれた。及川は文世から離れて、線路づたいの道を歩いてゆく。

文世は南口にある広場にむかって歩きだした。

その先に、見覚えのある車がとまっている。日野コンテッサだ。運転席には、きびしい顔つきをした佐久間の横顔が見えた。

助手席側のドアが開いた。文世はしばらくためらった末に、乗りこんだ。

和夫は及川とは別の道をとり、駆け足で工場にもどった。工場に着いたのは午後三時ちょうど。及川はまだ着いていなかった。ポケットにあった腕時計を文机にしまった。シゲさんに謝って、糸くりの仕事をはじめる。緯糸の糸管がたまったところで、ジャカード機を動かした。

だいぶ慣れてきた。五時すぎまで仕事をした。

駅で文世を待ちぶせしていた佐久間のことが頭から離れない。

及川がもどったのは六時すぎだった。いつものようにふたりで酒を飲み、夕食を終えると及川は二階に上がった。

和夫はラジオをつけ、夕刊に目を通す。社会面を開いた。

及川に関係していると思われる記事はない。八時前、及川に銭湯にさそわれて工場をあとにした。及川と歩く道は気づまりだった。

及川が気落ちしているのがはっきりとうかがわれた。浅草橋の一件だろうか。

それとも……佐久間。

ふたりは文世をめぐって、三角関係にあるとしか思えない。今日見たかぎりでは、及川に分があるようにも見えるが、実際のところどうなのかわからない。

文世のほうこそ問題だった。今の時期、もう文世の腹にはこの自分が宿っているのだ。自分の父親は及川か佐久間のどちらかの可能性が高いではないか。

「いいアパート見つかったかい?」及川はぽつりといった。「今日、ずっと留守してたんだって？」

シゲさんが告げ口したらしかった。

「あっ、いいえ、まだです」

「今のとこに住んでていいんだ。あせらなくていいから」

「あ、ありがとうございます」

明日はもう、及川は相模湖で殺される運命にあるのだ。

和夫はそのことを素直には信じられなかった。本当にこの男は明日、相模湖で非業の最期を遂げるのだろうか。

「あの、きいていいですか」

和夫はおずおずと口を開いた。

「どうしちゃったの？　あらたまって、変だぞ」

「あの……釣りなんかやりますか？」

「釣りかあ、自慢じゃないけど、生まれてこの方、一度もしたことないよ」

「そうですか、で……相模湖なんて行きますか？」

「ええ、相模湖ぉ、昔、小学校で遠足に行ったきりだけど、君は、好きなのかい？」

「えーと、滝見のついでに、よったりもしますけど」

「タキミって滝を見るの？」

「はい」

やはり、この男は相模湖に行く用事など、ないのだ。そんな男が相模湖で謎の変死を遂げる。犯人は不明。警察も動きだす。和夫はおじけづいた。

警察は当然、及川の身辺を探るだろう。四日前から同じ屋根の下で、いっしょに住むようになった自分も当然、あれこれ調べられる。身分証ひとつ持っていない自分を警察は怪しむ。金めあてで、及川を手にかけたと疑うにちがいない。

本当のことを明かしたとしても、警察が信じてくれるはずがない。容疑者の最有力候補としてまつりあげられるのは目に見えているではないか。

どうすればいいのだ。もう明日ではないか。逃げるあてなどない。

絶壁に追いつめられたような気分がしてきた。

及川の顔をうかがう。

この男が自分の父親なのだろうか。いや、それはないだろう。かりにも、圭介が生まれ変わる前の人間なのだ。

佐久間の顔が頭に浮かんだ。あの、つまみ上げたような鼻は、自分と似ているような気もする。

認めたくはなかったが、やはり、あの佐久間という男こそ、自分の父親である可能性が強い。及川の顔に圭介の顔がだぶった。和夫ははっとした。圭介はこの男の生まれ変わりなのだ。

及川と目が合うと、にこりと笑みを浮かべた。

明日には、まちがいなく殺される。そう思うと、和夫は胸が締めつけられるように痛みだした。明日という日に迫っている危機を教えないでいていいのだろうか。このまま、おめおめとこの男を死地に追いやってしまっていいものだろうか。

圭介を見殺しにするような気がする。

この人は運命から、逃れられない。厳粛な事実に、口を差しはさむ余地などない。にもかかわらず、和夫にはそれとは逆の気持ちがわいてきた。その気になれば、命を救うことができるのではないか。

難しい顔をしているのに気づいたらしく、及川がこちらに目をむけた。

「君の靴って珍しいよな」

「靴……ですか？」

「ニケとか書いてあるだろ。それ、どこのメーカーなの？　日本にはないけど」

靴に書かれているNIKEをナイキと読まず、ニケと読んだのだ。

「……アメリカ製ですけど」

「ふーん。昨日、仙田さんのとこ、行ったんだって？」

まずいと和夫は思った。あのときの仙田の剣幕からして、及川に連絡が入ったのだ。

「あの、何か……」

「きついことといわれただろ？　仙田さんから電話があったよ。あの変な奴、誰だって」

「……すみません」

仙田は自分が組合など通じていないことを及川に伝えたにちがいない。及川はすべてお見通しなのだ。それでも、自分を受け入れてくれた。

「何かいってくるかもしれないけど、気にすることないから。それより、前から聞いてみたいなって思ってたけど、いいかな？」

「何ですか？」

「君の着てる外套、どこの国製なの？」

「あれは……」

「商売柄、衣類には目が肥えていてね。あの外套、生地にしても縫製にしても、見たことないんだよ。もしかしてソ連製？」

ソ連……まだ、この時代は冷戦がつづいているのだ。じっとこちらを見つめる及川の目を見て、どきりとした。僕の目はだまされないよと顔に書いてある。

君はいったい、どこの何者なのか、とも。及川はこの自分を共産圏から送りこまれたスパイであると考えているのかもしれない。

16

朝刊の日付を見た。昭和五十年三月七日金曜日。とうとう訪れてしまった。まちがいない。今日だ。ひとつ屋根の下で暮らす男は確実に今日、死ぬ。いや……殺される。そのことばかり考えて、ゆうべは悶々として眠れなかった。自分はどうすればいいのか。このまま、手をこまねいていては、明日の今頃、確実に警察の留置場に放りこまれる。給料を前借りして、今日にでも出ていけばどうかとも考えた。しかし、人のよさそうな及川に、そのことを切りだすことはできそうもなかった。

及川とふたりして食卓をかこんだ。ご飯が喉を通らなかった。みそ汁をかけて、むりやり、胃の中に押しこんだ。お茶を飲みながら、新聞に目を通している及川を見つめる。

あなたは、死ぬのだ。今日。まちがいなく、殺されるのだ。何者かに。いったい、どこの誰がこの人を手にかけるのか。もしかしたら佐久間……。その名前が口からこぼれそうになったのを、ぐっとこらえた。

及川が工場の機械のスイッチを押した。工場は騒音につつまれる。今日の午前中、シゲさんはいない。

和夫は逃げることも何もできず、仕事にとりかかった。黙々と仕事をこなした。時間がゆっくりすぎていった。がちゃがちゃ。がちゃがちゃ。機械の動く音だけが響いた。ふだんと何もかわらない。

ふと、何も起こらないのではないかと和夫は思った。こうして仕事をしているかぎり、及川は命を落とさない。殺されるとしたら、何か、さしせまったときがきて、そうなるのではないだろうか。

でも、及川はまちがいなく、殺されるのだ、そのことを思うと、からだが石のようにかたくなる。今日のいつ、及川は殺されるのか。昼間にはちがいないだろう。しかし、何時に？　わからない。和夫の思いに割って入るように、いきなり電話が鳴りだした。

及川は真剣そうな面持ちで、となりの部屋に移った。受話器を取り、むこう側をむいた。三十秒とたたないうちに及川は受話器をおいた。背をむけたまま、すくっと立ちあがると、土間に下り、外へ出ていってしまった。

和夫は脱兎のごとく駆けだした。外に飛びでる。

及川の運転する車が路地で切りかえすところだった。

「及川さん」

大声をあげて叫んだ。声が届かない。車は猛烈な勢いで走りだした。

走って路地に出た。車は左折して大通りに入った。もう、追いつくことはできなかった。

及川が出ていって、またたく間に十五分ほどすぎた。仕事が手につかなかった。あの新聞記事は、やはり本当だったのか。このまま、及川は相模湖で殺される運命にあるのか。さっきの電話は誰からだったのか。

もし、そうなら……このまま、殺されてしまうなら……及川が不憫でならなかった。それでも、どうしようもなかった。何事も起こらないことを念じて、ただ、じっと待っているしかない。じりじり時間がすぎていった。少しずつ和夫は現実にひきもどされていった。及川が殺されたあとのことを考えると、気が気でなかった。警察はすぐ、ここにやってくるだろう。あれこれときかれたとき、どう受け答えすればいいのか。冷たいものが足元におりていった。シゲさんはいない。自分のアリバイを証言してくれる人がだれもいない。壁時計を見上げる。午前九時四十五分。

表の砂利道に、車が入ってくる音が聞こえた。和夫は胸をなで下ろした。及川が帰ってきたのだ。勇んで外に出た。

やってきたのはスカイラインではなかった。黒光りのするセダン……あれはクラウンだ。運転席を見て、和夫はあっけにとられた。仙田が何用なのだ。助手席に乗っているのは文世だった。

まずい。よりによって、こんなときに。何という間の悪さか。

自分を怪しんだ仙田が、文世を引きつれて、及川に直談判しにきたのだ。

クラウンは目の前まできて、とまった。作業着姿の仙田が運転席から首を出して、こちらをにらみつけた。

「及川、いるか?」

和夫は首を横にふった。

「いるのか、いないのか、どっちなんだ」

「い、いません」

仙田は車から降りて、工場に入っていった。その場で待っていると、すぐに出てきた。和夫のことなど見むきもしないで、早々に車に乗る。

ふと、考えがわいた。仙田にしろ、文世にしろ、もともとは自分と近しい人間だ。いや、身内だ。そのふたりが、ここにこうしてやってきたのは、何か因縁があるのではないか。そう考えはじめると、そうとしか思えなくなった。

和夫はつかつかと車に歩みより、後部座席のドアを開けて車に乗りこんだ。

「何だ、おまえ?」

驚いたようにふりむく仙田にむかって、

「知ってます」

と和夫は怒鳴り声をあげた。

「行ってくれませんか、相模湖に。及川さんはそこにいるんだ」

仙田がぎょっとした顔でにらみつけ、となりにいる文世の顔を見やった。

「早くしてください」

和夫は重ねていった。

「行ってもらえませんか」

と文世が渋らすと、仙田は「勝手にしろ」といい捨てた。ふりかぶるようにうしろをふりむき、バックで走りだした。

心配そうに見つめてくる文世に、和夫はうなずいてみせた。

甲州街道をひたすら西にむかって走った。仙田は小声で文世と話しこんでいる。うまく聞きとれない。京王線の高尾山口駅をすぎたところで、和夫はいらいらしてきた。

「あと、どれくらいかかりますか？」

バックミラー越しに仙田がじろりと和夫をにらんだ。「相模湖へ行くと及川がいったのか？」

「それは……まあ」

「いったのか、どうなんだ」

「いいましたよ、はっきりと」

嘘をつくしかなかった。一刻も早く着かなくてはいけない。大垂水峠まで上り、相模湖まで一気に下った。ぼんやりかすんだ相模湖が近づいてくる。

どうして、この世界に落ちてきたのか。和夫はずっと、そのことを考えていた。なぜ、及川の家に住むようになったのか。すべては、このときのためではないか。これから、相模湖で何かが起きようとしている。それをこの目で確認するために、自分はやってきたのではないか。それだけではない。もしかすると、自分にはもっと、別の役割が与えられているのではないか。

湖畔の様子は三十三年後のそれとはちがった。しゃれた噴水広場はなく、土がむき出しになった駐車場があるだけだった。湖畔には三角の屋根をいただいた漕艇庫らしきものがある。しかし、船着き場の様子は驚くほど似ていた。そのむこうにある店や遊技場も、あまりかわっていない。

車がとまると、和夫はまっさきに降りた。湖の上空は、あばら骨のような筋雲におおわれている。冷気が顔にあたった。上着を着ていないので、寒さが身にしみた。どんよりした湖面に、白鳥に似せた純白の遊覧船が浮かんでいる。あちこちに手こぎボートやモーターボートが浮かんでいる。それを見て、三十三年後の世界にもどったような錯覚を覚えた。湖の色もとりかこむ山々も、まったく同じだ。足元が凍りつくような不安を覚えた。

及川はいったい、どこにいるのか。

ぐずぐずしてはいられない。駆け足で遊技場までむかった。

遠足にきた園児たちが、おそろいの黄色い帽子をかぶり、二列縦隊で行儀よく歩いている。横切ろうとして、列の中に入ると、ひとりの子供とぶつかった。あやうく、倒れそうになるのを支えてやり、何とか通り抜ける。

船着き場の北側にある食堂もみやげ物屋も、ほとんど変わりない。遊技場の中に入った。ミニＳＬもメリーゴーラウンドもなかった。小さな遊具があるだけだ。そこから桟橋に出た。左右にボートが舫ってある。どこにも、及川の姿はない。

尖端(とったん)まで、歩いた。湖面に浮かんでいるボートを見やった。

どれも、ほとんどふたりで乗っている。

近いところのボートなら、乗っている人間を確認できるが、遠いボートはほとんど顔が見えない。遊技場にもどった。湖の側に並んだ双眼鏡にとびつく。百円玉を入れた。かちゃりと音がして、レンズの中に鮮やかな視界が開けた。

双眼鏡を湖にむけた。水面をなめるように移動させると、手こぎボートが見えてきた。若いカップルだ。はっきりと顔が見えた。ちがう。別のボートに双眼鏡をむけた。

遠目でぼんやりしているが、今度もカップルだった。及川ではない。

別のボートを見た。学生風の男たちが三人、乗りこんでいる。これもちがう。つづけて、モーターボートを確認した。かなりのスピードで走っているが、及川は乗っていない。胃のあたりが重くなってきた。

及川は湖のどこかで、もう水底に沈んでいるのではないか。そう思ったとき、圭介のいった言葉がよみがえった。

『ぼく、あそこで殺されたんだよ』

和夫は双眼鏡を対岸の入り江にむけた。灰色の湖面が林に吸いこまれるように、奥へ延びている。及川が命を落とすところは、あの場所なのか？

目を細めて、双眼鏡をのぞきこむ。ボートらしきものは見えない。

しかし、遠すぎる。距離にして、一キロ近く離れているかもしれない。こんなところにいても、及川を確認できない。こうなってはボートに乗って、あそこへ行くしかない。

決心をかためると、和夫は遊技場の出口にむかった。壁時計は十時半をさしている。

駐車場を見やったが、仙田と文世の乗っている車は見えなかった。行ってみるだけ行ってみる、というようなことを車内で仙田は口にしていた。もう、帰ってしまったのだ。そのとき、切符売り場のむかいにある食堂の戸が開いて、その人物が姿を現した。

及川さん。

間に合ったと和夫は思った。やっぱり、あなたはここにきていたのだ。

あの電話は、ここにこいという呼び出しだったにちがいない。そのとき、湖からエンジンの音が伝わってきた。ふりかえると、モーターボートが桟橋に近づいてくる。操縦している男を見て、息がとまりそうになった。

佐久間ではないか。

和夫は恐怖で全身が固まった。佐久間の視線は及川をむいていた。ふたりの距離がちぢまる。

和夫の頭の中で、目に見えない何者かが叫び声をあげていた。このままでは、だめだ。佐久間と及川は、文世という女をめぐって、醜い争いをしている。やはり、そうだったのだ。

血管が凍りついたみたいに、和夫はその場から動けなくなった。及川は佐久間のボートに乗せられ、あの入り江につれていかれる。

夢に見た情景がくっきりと脳裏に浮かんだ。自分のこの手が、やわらかな及川の首に食いこむ様が。もがき苦しんで、水の中に消えていく及川の顔が。その自分こそが、佐久間なのだ。佐久間は入り江で及川の首を絞めて、この凍てついた湖に沈める。

そうなのだ。佐久間こそ、この自分の前世の人間なのだ。情けなかった。絶望と怒りとがないまぜになってどっと押しよせてくる。

このまま、及川がボートに乗ってしまえば、及川は確実に殺される。

佐久間も追いかけるようにして事故死をとげ、この自分に生まれ変わるのだ。

佐久間に歩みよっていく及川を見つめた。

嵐のようなものが和夫の中で吹きあれていた。憐れみとか、そんなものではなかった。かわいそうで見ていられなかった。このままでは、及川は殺されてしまう。こんな冷たい水の中に落とされたら、さぞかし寒いことだろう。首を絞められて、どれほど苦しむのだろう。

和夫は呪った。いったい、どうしてこんな場に自分は居合わせているのだ。誰がこんなことをさせているのだ。神か？　もしそうであれば、自分はいったい、どうすればいいのだ。

自分の前世の人間が殺人を犯す。

いいのか、それで。自分なんだぞ、佐久間は。自分の魂を持った人間なのだ。

とても、そんなことは許せない。

では、どうすればいいというのだ。今、この瞬間、自分は何をすればいいのだ。

突然、ひらめいた考えに全身をつらぬかれた。ようやく和夫は理解した。この時代にやってきた理由。及川の家に住み着くことになったこと、佐久間という男を知ったこと。そのすべてを。自分のなすべき道がようやく見つかった気がした。

この宮津和夫という人間は、及川を佐久間を、そして自分自身の魂を、すべてを救うために、この時代にやってきた。これこそ、神様の与えてくれたチャンスなのだ。及川は死を逃れて、このあと長生きし、圭介となって生まれ変わってくる。佐久間も殺人という大罪を犯さずにすむ。そうなのだ。この自分はふたりの間に立つためにやってきた。

及川の見ている前で、佐久間がモーターボートを桟橋にぴたりとつけた。

和夫は意を決して一歩踏みこんだ。

「及川さん」

呼びとめると、及川は狐につままれたような顔で、和夫をふりかえった。

ボートから佐久間が勢いよく桟橋に上がってきた。何か様子が変だった。佐久間がこちらに近づいてくる。その顔にはりついている憤怒の表情を見て、和夫は息をのんだ。みるみる近づいてきたかと思うと、がっしりした佐久間の手が、首元に食いこんできた。おかしい、どうして、こんなことになるのだ。

ちがう、何やってるんだ、佐久間、おまえはこんなことをしている場合か。

訳がわからなかった。

和夫の手は無意識のうちに、佐久間の手をつかんでいた。

びくとも動かなかった。佐久間の息が顔にふりかかる。

「放せよ」

苦しまぎれにいうと、佐久間の手が離れ、姿が見えなくなった。不安げな顔でのぞきこんでいる及川の顔が見える。そのとき、背後から腕が腰元にからみついてきた。ふりむくと、うしろにまわりこんだ佐久間の顔があった。パニックに陥った。ふりほどこうとして地団駄を踏んだ。佐久間の足を踏みつける。からだが左にふられたかと思うと、足が地面から離れた。佐久間の腕が腹に食いこみ、そのまま、ふたりして宙に浮かんだ。

ゆっくり視界が傾きだした。灰色の湖面が近づいてくる。次の瞬間、電気が走ったような衝撃が起きた。視界が消え、冷たい水が口元から流れこんできた。

腰にからみついていたものがほどけた。すぐ前に、ぼんやりと佐久間の顔が見えた。自分と同じように水中でもがいている。

冷たかった。息ができなかった。からだが石のようにかたくなり、動かなかった。心臓がナイフを突き立てられたみたいに痛みだした。佐久間が自分より先に浮かび上がっていく。水面に出たらしく、立ち泳ぎをしだした。

和夫は磁石に引きよせられるように、底にむかって沈んでいった。手も足も自分のものではないような感じだ。指ひとつ動かすこともできない。意識がもうろうとしてきた。にごった灰色の中にからだが溶けこんでいく。

17

気がつくと息をしていた。少しも苦しくはなかった。すわっているようだ。ざわざわしたものが伝わってくる。慣れ親しんだものだ。違和感はない。紙のようなものを握りしめている。

身を切られるような、冷たい水の感触が、はりついたままだ。しかし、寒さは感じない。むしろ、暖かすぎるほどだ。頭をふった。

佐久間と格闘したときの力みが、腕に残っている。噴きだしたアドレナリンがさまようように、全身を駆けめぐっている。夢ではない。あれは現実に起きたことなのだ。が……これはどうしたことか。

和夫は手にしていた国保税納入通知書を机においた。全身の血液が足元にむかって流れ落ちていくのを感じる。目をつむり、しばらくそのままでいた。おちつくのを待って、薄目を開けてみる。

タヌキこと、係長の古沢が机にむかって書きものをしている。むこうには、庶務係のシマがあり、黒眼鏡が予算書をめくっている。その後ろにひかえているのは、課長のヒデ公だった。見慣れた風景だが、微妙に感じがちがう。自分がすわっている位置のせいらしい。

「ねえ、宮津さん、着がえてきたらぁ」

すぐとなりから声がかかり、和夫はふりかえる。

三浦さんがこちらを見てにやにやしている。係長席のすぐ右手だ。

どうして、こんなところに彼女がいるのだろう。その席は、この自分の席ではないか。三浦のさしたズボンを見やる。

ごわごわしたコットンズボンを見て、和夫はひやりとした。及川から借りたものだ。服は厚手のネルのシャツ。そしてナイキの靴。三十三年前の世界で身につけていたものだ。職員たちはみな、仕事に精を出している。壁時計は午前十一時半をまわったところだ。全員の注目を受けているような気がしたが、和夫の存在に気をとられている職員はいなかった。

少しずつ現実感がもどってきた。ひとつ席がちがっているだけで、職場の見え方がひどくちがうのはショックだった。それに、三浦さんは受付係の人間なのだ。それが、どうして国保税係にいるのか。

黒眼鏡がタヌキに近づいてきて、何やら話しかける。税率改定表うんぬんというのが聞こえてきて、耳をそばだてた。

「三浦主任ー」

タヌキが救いを求めるような甘い声を出すと、はいはいと三浦は返事をした。三浦さんが主任？　彼女は平職員ではないか。机にある席次表を見た。自分の名前のところに主任の二文字が入っていない。かわりに、三浦の名前に主任がついている。黒眼鏡とタヌキの間に入って、税率改定表の説明をはじめた三浦を呆然と見守った。それは僕の仕事じゃないか、と声を上げそうになるのをこらえた。身のまわりを見やる。

愛用していたはずのノートパソコンは三浦の机の上にある。自分のものらしき机の上は、すっきりとかたづいて本一冊ない。引き出しを開けてみた。〝宮津〟の印鑑や自分の筆跡で書かれたファイルやらが、ずらりと並んでいる。

どうやら、ここはまちがいなく自分の席だ。

見慣れない携帯も入っている。スライド式のドコモだ。見てみると、家族や知りあいの携帯番号が登録されていた。これが、この世界で自分が使っている携帯らしい。

タヌキのまわりには、人だかりができていた。三浦の説明が、まだるっこしかった。自分がかわってやりたかった。ひどいジレンマにかられた。三浦より仕事ができる自分が、どうして主任ではないのか。

ほんの十数分前まで、相模湖にいたことがとても信じられなかった。こうして、無事、元の世界に帰ってきたらしいのに、いったい、これはどうしたことなのか。

席を立ち、誰もいないロッカールームに入った。もう一度、服をあらためた。水一滴ついていない。折りたたみ式のドコモの携帯がポケットに入っていた。宮津と書かれたロッカーには、見たことのない革ジャンが入っている。自分のものらしい。ロッカーの上に放りだされた新聞紙が目にとまった。課長のヒデ公が毎日、持参してきてあそこにおく。新聞をとって、日付を見た。

平成二十年三月三日月曜日。

胸のつかえがおりた。やはり、自分は舞いもどってきたのだ。三十三年後の世界。自分の属する世界に。しかも、三十三年前にタイムスリップした日と時間がぴったり一致している。

和夫は席にもどり、机の引き出しからスライド式のドコモをとりだした。それに、これまで使っていた携帯のミニSDカードを挿入する。電源を入れ直して、カードに保存されている写真を調べた。一枚だけ入っていた。及川と三歳ぐらいの幸恵が仲良くおさまっている写真だ。あれは夢ではなかった。ほんの少し前まで、この自分はいたのだ。三十三年前の世界に。

そして、本来いるべき、自分の世界にもどってきた。……はずなのに、これはどういうことなのか。あの慣れ親しんだ世界は、どこへいってしまったというのか。この世界が現実とは、承伏しがたい。主任であるべき自分はどこへ消えてしまったというのだ。

そのことを思い出して、はっとした。三月三日……今日は、圭介を病院につれていく日ではないか。精密検査の時間は十一時半。こんなところで油を売っている暇などないはずだ。

和夫はあわててスライド式のドコモを手にとった。電話帳にはずらりと番号が入っている。家族のフォルダから文世の携帯を選びだしてかけた。今頃、文世は圭介をつれて、病院の待合室にいるはずだ。この自分が行かないので途方に暮れているにちがいない。なかなか、つながらない。いったん切る。

もしやと思い、自宅に電話をしてみた。こちらもすぐには出なかった。切ろうとしたそのとき、文世の声がした。

「もしもし」

「……ああ、かあさん」

「カズかい？　何か用？」

どうして、文世は自宅にいるのだろう？

「病院じゃないの？」

「病院？　予約は来週だよ、何いってるの？　これから、出かけるから切るよ」

「ああ、ちょっと待って」

電話はいきなり、切れてしまった。和夫は携帯を耳にあてたまま、考えをめぐらせた。今自分がいるこの世界は、本来の世界と比べて少しばかり様子がちがう。圭介の精密検査の日取りも、文世がいうとおり、来週にずれこんでいるらしい。

いつもと同じように配達されてきた弁当を食べた。昼休みはロッカーに入れてあるマンション関係の本を読んですごした。

仕事にもどる。この世界で和夫に与えられている仕事は、国民健康保険の加入や脱退の受付だった。本来ならそれは三浦さんの仕事だ。自尊心が傷ついたが、勝手知ったる仕事なのだ。二時間ほどつづけると、高ぶっていた神経がおさまってきた。

ほんの半日前まで、自分がいた三十三年前の世界について考えた。

相模湖で佐久間と格闘したあと、及川はどうなったのだろう。佐久間は、及川をモーターボートに乗せて、あの入り江までつれていったのだろうか。ふと、思い出して、上から二番目の机の引き出しを開けた。グッチのセカンドバッグがあった。

ほっとした。おととしの誕生日、幸恵がプレゼントしてくれたものだ。しかし、中に入っている財布ははじめて見るものだった。何枚もカードがおさまる革製の長いタイプ。自分が使っていたのは、二つ折りの定期券入れ付きタイプだ。免許証をとりだしてながめた。自分が写っているカラー写真は見覚えがある。以前のものと同じだ。印刷されている誕生日も十一月十日。変わりはない。ひと安心する。となりにある端末機の前に移動する。

パスワードを入力し、住民基本台帳システムにログインする。私的に使うのは少し気が引けたが、今はやむおえない。おそるおそる、キーボードでその名前を打ちこんでみた。

〈及川栄一〉

リターンキーを押す。たちどころに、住民基本台帳が表示された。

〈及川栄一　昭和十九年六月二十一日生

六十三歳〉

やはり、及川は生きている。生きてこの世界に住んでいる。あのとき、及川は死ななかった。いや、殺されなかった。歴史は変わったのだ。いや、和夫自身が変えた。そういうのが正しい。今いる世界のことがようやくのみこめたような気がした。

そう、歴史は変わってしまった。あのとき、相模湖でとっさの判断をして、及川の命を救った。それが元で、世界は少しずつ変容していったのではないか。

そうとしか思えなかった。でなくては、自分が平職員のままだったり、財布が変わっていたりするはずがない。

この自分が変えたのだ。この三十三年後の、今、自分がいる世界を。

自分の前世の人間は、罪を犯さなくてすんだ。自分の魂は汚れていない。そう思うと、晴れ晴れしたものが胸の中に広がった。五時になり職員たちが帰宅の仕度をはじめる。家に帰るのが怖いような気がした。

自分の席で五時半まで待った。人っ子ひとり、いなくなった。

ロッカールームで革ジャンをはおる。ぴったりだ。この世界の自分は、好みまでちがっているらしい。庁舎を出る。日は沈みかかっていた。裏手にある駐輪場にむかう。いつもおいてある場所に自分のスクーターは見あたらなかった。

しかし、和夫はあせらなかった。ゆっくりとまわってみる。奥から二列目の角に、見覚えのあるスクーターがとまっている。宮津と書かれているのを確認して、キーをさしこむ。一発でエンジンがかかった。ゆっくり駐輪場を出る。

いつもなら、日吉町から散田町へ抜ける道をとる。今日はそうしなかった。

日吉の交差点を左折して甲州街道に入った。高さ百メートルの高層マンションが行く手に見えてくる。八幡町の交差点をつっきった。三十三年前の世界にタイムスリップしたときの交差点だ。大丸百貨店の建っていた場所は、二十階建ての高層マンションになっている。駅前までスクーターを飛ばした。そごう百貨店があり、東急スクエアがある。ユーロードはきれいに整備されている。見たところ、街はどこにも変化は見られない。

自分が世界を変えたというのは、少し大げさだったかもしれない。自分の身のまわりがほんの少しだけ変わったのだ。考えてみれば、それはそれで当然なような気もする。変わらない方がおかしいくらいだ。前の世界で使っていた携帯をふたつに折り、壊してからゴミ箱に捨てた。家が近づくにつれて、不安が少しずつ大きくなる。

三十三年後の世界で、及川が生き長らえていることにとまどいを感じた。難を逃れた及川は、それから数年後のしかるべきときに亡くなると勝手に思いこんでいたからだ。しかし、及川は今現在、生きている。これはどういうことなのだろう。

及川は圭介として生まれ変わるべき人間ではなかったか。それが、どうしてまだ、生きているのだろう。考えられることはひとつ。圭介は及川の生まれ変わりではなかったのだ。

すっかり暗くなり、夕闇があたりを包みこんでいる。ようやく家に着いた。ひょろ長い敷地に建てられた平屋を見て、和夫は安心した。家の壁も玄関のドアも小さな庭に植えられた梅の木も、何もかも変わっていない。車止めのむこうにある玄関の表札を見つめた。宮津となっている。まちがいない。我が家だ。

幸恵は帰宅していないらしく、駐車スペースは空だ。スクーターをとめて、ヘルメットをはずした。玄関のドアを開けて中に入る。ひんやりした空気が流れていた。

ずいぶん長い間、留守にしていたように思える。見たところ、玄関はきれいに片づいている。桐でできた下足入れも見慣れたものだった。

「ただいま」

小さくいってみた。返事がない。靴を脱いであがった。右手にある部屋の襖(ふすま)を開けた。文世がこたつに入っていた。一心に手を動かして、日本刺繍をしている。しばらく、その後ろ姿を見つめた。髪の毛はほとんど白髪だ。背中がずいぶんと丸い。妙な気分だった。ほんの十数時間前は、まだ三十歳にもならない文世といっしょに、いた。

その文世が魔法でもかけられたみたいに、またたく間に老けこんだような感じがする。時間を旅したせいだとわかっていても、実際の感覚がついていかない。

和夫の帰宅を察したらしく、「おかえり」と文世はつぶやくようにいった。

「ああ……ただいま」

「昼間はどうしたのさ、病院の予約のことなんかきいてきて」

「ああ、ごめん、いいんだ」

「わたしの予約は来週だよ」

わたしの？　圭介ではないのか？

どことなく、よそよそしい感じがする。ゆっくり襖を閉じる。

「圭介っ」

家中に聞こえるほど、大声で叫んだ。圭介は現れない。

幸恵と出かけているのだろうか。物足りないと感じたのは、家の匂いだ。何かが欠けている。縁側から居間に入った。蛍光灯をつける。

目を見張った。寒々としているほど、きれいに片づいている。何もないといったほうが正しい。落書きだらけの圭介の机がない。圭介の描いた絵が一枚も壁に貼られていない。煌々(こうこう)とともる蛍光灯のあかりが妙に白々しい。人のいる気配はない。台所も暗い。変だ。壁時計が七時を打った。

ぼんぼんぼん。

聞きなれた音が部屋の隅々に広がる。どうして文世は夕食の仕度をしないのだろう。食卓兼用のこたつの上には、ずらりとおかずが並んでいるはずなのだ。しかし、こたつそのものがない。そのとき、ヘッドライトの光が射(さ)しこんできた。エンジンがとまる音がする。幸恵が帰ってきたのだ。和夫はたまらなくなって、玄関から外に出た。

駐車スペースに見たことのない車がとまっている。ホンダのフィット。誰の車だろう。我が家の車はホンダのステップワゴンなのに。見ていると、からだを海老(えび)のように曲げて、幸恵が下りてきた。ぱんぱんにふくれあがった買い物袋を両手にさげている。車のことをきこうとしたが、幸恵に先を越された。

「ちょっと、お願い―」

さしだされた買い物袋を受けとる。指がちぎれるほど重かった。ユーターンして、台所に運び入れる。

「ごめんね、遅くなっちゃって」

台所に入ってきた幸恵は、壁にかけてあるエプロンをさっと身につけた。冷蔵庫を開く。買い物袋から、手際よく中身をとりだす。

牛乳、長ネギ、豚の細切れパックが次々と所定の位置におさまっていく。最後に箱詰めの冷凍食品をどさりと冷凍庫に放りこみ、ちょんと足でけって閉めた。台所で手を洗い、タマネギの皮をむきはじめる。あっけにとられながら、その様子を見る。

いったい、どうしたというのか。いつも帰ってくるなり、こたつにすわりこみ、「今日のおかず何？」と文世にきくのが習わしなのだ。文世は作らないのか。

圭介はどこにいるのだ。表に出た。フィットをのぞきこむ。人影はない。

おかしい。幸恵が圭介をつれて出かけていたのではなかったのか。それとも、まだ、友だちの家で遊んでいるのだろうか。家にもどり、文世の部屋をのぞいた。

「かあさん、圭介はどこ？」

文世はぽかんとした顔で和夫を見やった。一言も発せず、手元に目を落とした。話にならない。台所にいる幸恵に同じことを訊いた。

幸恵はふりかえりもしなかった。器用な手つきで、まな板の上にあるタマネギを切っていく。しばらく、その見事な包丁さばきに見入った。家の匂いのことを思った。やはり、何かが抜け落ちている。あるはずのものがない。欠けているものの正体がうすうすわかりかけてきた。電流のような戦慄がからだを駈けぬけていった。その場に立ちすくんだ。足が動かなかった。そんな馬鹿なこと……あるはずがない。

和夫は寝室に入った。タンスのいちばん上の引き出しを開ける。ブラウス、シャツ……幸恵の服だ。二段目を開けると、和夫のシャツやズボンがつまっている。三段目は幸恵の下着、四段目は和夫の下着。五段目、幸恵の服、六段目、和夫の服。圭介のものが、どこにもない。

押し入れを開けた。夏物衣類の入ったプラスチックケースがある。ふたを開けて、中身を調べる。圭介のものは靴下一足見当たらない。ぎっしりとおもちゃのつまった段ボール箱もなかった。となりの部屋に入った。和夫の部屋だ。

壁に貼ってあったデ・ニーロの「ミッドナイト・ラン」のポスターがなくなっている。本棚を見た。見覚えのある本がほとんどだ。しかし、圭介が好きだった絵本のたぐいは一冊もない。

机にあるデスクトップパソコンは、富士通製からNEC製に変わっている。それを見て、和夫は絶望に似たものを感じた。パソコンを立ち上げて、中に入っているデータを調べた。思ったとおり、圭介の写真は一枚もなかった。

あたりの壁を見やった。圭介のつけた落書きや傷のたぐいはひとつもない。

ひざ頭が震えてきた。あまりに理不尽だった。これは質の悪い、いたずらなのだ。そういい聞かせて、玄関に舞いもどる。下足入れを調べた。子供用の靴はひとつも見当たらなかった。

叫び声を上げそうになった。こらえて居間にもどった。最悪の事態を頭に描いた。仏壇の前にひざまずき、頭を垂れる。

どうか、それだけはありませんように。

祈りながら位牌をとりだした。文世の母方の先祖の戒名が記されているだけ。前と同じだ。圭介は死んではいない。台所で小気味いい音をたてて、幸恵は鍋でタマネギを炒めている。小さく切ったかまぼこを入れ、ボウルからたっぷり五個分はある生卵を注いだ。見る間に玉子丼の具ができあがっていく。

こんな手際のいい幸恵を見るのははじめてだった。

「かあさん……料理しないのか？」

うしろから、そっと声をかける。

「そうねー、年に一度でいいから、してくれるとうれしいのにね」

嫌味のたっぷりこもった口調で幸恵はいった。

食器乾燥機の中を見た。圭介のスプーンや茶碗はない。台所の狭いテーブルに、手際よく三人分の食器を並べていく幸恵を見守る。その真ん中に、どんと、できあがった玉子丼の具を鍋ごとおいた。

「あなた、お願い」

そういうと、幸恵は冷蔵庫の上にある小型テレビの電源を入れた。ジャーからどんぶりにご飯を盛りつけ、玉子丼の具を乗せる。一人分だけやって、これ以上は、何もしませんからねといわんばかりに椅子にすわりこみ、テレビを見上げる。

啞然（あぜん）として見つめていると、幸恵がなじるような目で和夫を見た。

「どうしたの？　早く呼んでこないと冷めちゃうじゃない」

幸恵は文世を呼びに行けといっているのだ。

和夫はいわれたまま、文世の部屋に赴いた。夕食のしたくができたことを告げると、文世は重そうに腰を上げた。

文世は台所にくると、冷蔵庫から沢庵の入ったポリ容器をとりだしてテーブルにおいた。どんぶりにご飯を盛りつけ、玉子丼の具を皿にとりわけて席についた。湯飲み茶碗にお茶をついで口を湿らせ、ご飯を口に運びだした。

視線を合わせようとしないふたりを交互に見やった。一言も口をきかない。

幸恵は会話をしなくてもすむように、テレビを見ている。ぽりぽりと文世が沢庵をかじる音が虚しく感じられた。どうして圭介がいないのか。

熱いものが目頭からあふれた。頬をつたってズボンの上に染みを作った。目の前にいる妻も母親も、和夫の変化に気づかなかった。どうしてこんなことになってしまったのか。テレビが不妊治療の特集番組になった。幸恵がさっとリモコンをとり、別のチャンネルに変えた。

文世が自分の使った食器を洗う。それをすませて台所を出る。そのとき、幸恵にささやきかける声が聞こえた。

「いつになったら、孫の顔、おがめるのかねぇ」

幸恵の顔がぱっと赤らんだ。がたっと音をたてて椅子から跳ねあがり、台所の戸に手をかけた。たたきつけるように閉める音が響いた。

「そりゃ、いいわよ、あんたが産むんじゃないんだから」

吐き捨てるようにいうと、幸恵は自分のどんぶりをつかみ、まだ残っているご飯を手荒くゴミかごに放りこんだ。和夫はびくびくしながら、その様子を見守った。

18

夕食は喉を通らなかった。家中を見てまわった。アルバムにも圭介の姿はない。圭介の存在を感じさせるものはひとつとしてなかった。あきらめることなどできなかった。部屋を移動するたび、今にも圭介が飛びでてくるのではないかと思ったが、声ひとつ聞けなかった。

午後十時。

文世は寝ついたようだ。風呂から上がった幸恵はタオルを頭に巻き、化粧台の前で顔の手入れに余念がない。

間を離してしかれたふとんの上にすわった。

圭介のことを話したかった。身長は少し低くて、プリンが大好物で、よく風邪をひいて熱を出す。父親の血筋を引いて、ガンダムのプラモデルを愛していた大の甘えん坊。これ以上愛らしいものはこの世にいないことを、幸恵に話して聞かせたかった。ふたりにとって、かけがえのない存在であったことを教えたかった。

我慢しきれず、ゆっくりと口から洩らした。「け・い・す・け」

それから先は出てこなかった。

圭介は存在したのだ。この手で、この腕で、毎日、しっかりと抱きしめていたではないか。圭介はこの世に生まれ、この家で生活していたのだ。怒りと絶望がごちゃまぜになって、押しよせてくる。どうにかなりそうだった。誰でもいいから、圭介のことを話したかった。もう小学校に入るというのに、幼児語の抜けない圭介のことを。

今、幸恵の中に圭介という人間は存在していないのだ。かわりにしぼんだ声が出た。「ゆ、幸恵」

「何ぃ？」

幸恵は顔にローションをぬっている。

一度、唾をのみこんでから口を開いた。「子供って、どうだろうな？」

「子供？」

だしぬけにいわれて、幸恵も返す言葉がないようだ。

「……もう、そろそろかなと思って」

鏡に映っている幸恵の表情が曇った。やはり、まだ夕食のときのことが尾を引いているのがわかった。

「どうしたのよ、やぶからぼうに」

思ったとおり、幸恵のかんに障ったようだった。

幸恵はため息をつく。「七年前だよねぇ」

「七年前が何？　どうした？」

あわてて和夫は訊いた。

幸恵はすわったまま、和夫をふりかえった。目がつり上がっている。「……忘れたの？　流産のこと」

「流産？」

「たったひと月で流れちゃったじゃないの。あなた、怒ったよね。覚えてる？　わたしのせいだって」

幸恵は鏡にむきなおる。

和夫はおどろいた。やはり、圭介は幸恵のおなかに宿ったのだ。圭介はこの世に生を受けたのだ。いや、受けようとしていた。それもつかの間、この世から消えてしまった。たった、ひと月で。

決定的なものを感じた。どうにもならなかった。全身から力が抜けていくのがわかった。からだの半分が消えてしまったような、激しい喪失感がやってきた。息もできないほどだった。

「おやすみなさい」

蛍光灯が消えて暗闇につつみこまれる。身を横たえてふとんをかぶる。暖房を切ったので、部屋はとたんに寒くなった。まんじりともせず、圭介のことを考えつづけた。これも夢なのだろうか。そうであるならば。

タイムスリップして迎えた、はじめての夜がよみがえってくる。あの晩のほうがまだ、救いはあった。どうして圭介はいなくなったのだろう。一度はこの世に生を受けたのに、なぜ、消えてしまったのか。考えられることはたったひとつしかなかった。

及川栄一。

彼こそ、圭介として生まれ変わり、この世に生を受けるべき人間だったはず。しかし、及川は死なず、まだ生きている。死ぬべきときに死ななかった。だから、圭介はその魂を引き継ぐことができないまま、あっけなくこの世から消え去ってしまったのではないか。

激しい自己嫌悪にさいなまれた。腹にすえかねるものがわいてくる。どうして、自分はあのとき、及川栄一を助けたりしたのだ。悔やんでも悔やみきれなかった。自分で自分を叱（しか）りつけ、罵倒（ばとう）した。それでも、なにひとつ変わるものでもなかった。圭介はいない。

19

顔にはりついた冷気を感じて目が覚めた。窓の外は明るくなりかけていた。眠ったのか、眠らなかったのか、わからない。頭がぼんやりしている。おそるおそる、となりに目をやった。幸恵がむこうをむいて寝ている。圭介の寝ているふとんはなかった。

幸恵の枕元にある時計はまだ、六時前。ふとんを頭からかぶって、もう一度目を閉じる。

次に目が覚めたとき、幸恵はふとんからいなくなっていた。台所から物音が聞こえる。七時半をまわっていた。淡い期待をいだきながら、パジャマのまま、家の中を歩いた。壁を見てまわる。圭介が書いたりつけたりした跡はない。居間の大黒柱を手で触った。圭介が身長を測るたびに、つけた傷はなかった。

圭介がいた痕跡はきれいさっぱりない。

台所で幸恵が朝食のしたくをしていた。前の世界でも、朝食は幸恵の受け持ちだった。ご飯と大根のみそ汁を自分でよそって、テーブルにつく。おかずは、ほうれん草のおひたしと漬け物だけだが、前の世界とたいして差はない。

八時すぎ、幸恵は車で出かけていった。後かたづけは文世の仕事らしい。台所で三人分の食器を洗いながら、文世が声をかけてきた。

「カズ、明日、街に行くけど、何か買ってくるものないかね？」

「講座なの？」

「ほかにないだろ」

文世は日本刺繍講座の補助講師をつとめている。それはこの世界でも変わっていないようだ。毎週、火曜と木曜の午前九時から、本町にある〈いちょうホール〉にバスで出かける。いちょうホールは市の文化施設の拠点で、昔、大丸のあった場所のすぐ北側にある。

「いいや、ない」

仕事をする気が起こらなかった。八時半、役所に電話を入れて半休を取ることを伝えた。しばらくして家を出た。空はからっと晴れていた。日差しがまぶしい。

足は自然と子安公園にむいた。圭介とよくきて遊んだ公園だ。

圭介は、ビニール製のボールで、キャッチボールの真似事をするのが好きだった。

ぽっかりと日だまりに浮かんだベンチに腰をおろす。

小さな滑り台をながめた。ステンレス板の上を滑り下りる圭介が思い出された。小さなブランコにすわってみる。ひざの上に乗って、けらけらと笑う圭介の声が聞こえたような気がした。じんわりと涙が頬をつたった。真正面から照りつける太陽が目に痛かった。それ以上、我慢できなかった。圭介のいない世界など、認めることはできなかった。

風が出てきた。セーター一枚しか着ていないことにようやく気がついた。家にもどる気は起こらなかった。通りのむこうから子供たちの歓声が聞こえてくる。聞きなれた声だ。こぢんまりとした園庭で、子供たちが寒風をついて走りまわっていた。圭介の通っていた幼稚園だ。

塀にもたれかかり、じっと見つめた。半ズボンをはいた太り気味の男の子が、どたどたと走っている。ナカチンこと中田俊行君だ。やせっぽちで神経質そうな大石勇夫君もいる。ふたりとも、圭介の大の仲良しだ。見ているだけで、目頭が熱くなってきた。走りまわる子供たちを目で追いかける。

もしかして。

いつもと同じように、この子らの中に圭介はいるのではないか。男の子の顔をひとりずつ確認する。いない。砂場やジャングルジムにも子供たちがいる。ここからではっきりしない。

門のすき間から中に入った。砂場に歩みより、子供たちをながめた。ここにも圭介はいなかった。誰もいない教室の中に、写真が貼りだされているのが目にとまった。それに引きよせられるように、ふらふらと入りこむ。冬休み明けで、教室に勢ぞろいした園児たちが写っていた。

指をあてひとりひとり、じっと見ていく。ナカチンもイサオ君もいる。

しかし、どこを見ても圭介の姿はない。

「どちらさまですか」

きつい声がしてふりむいた。五十すぎの女性が入り口に立って、こちらをにらみつけている。

「園長先生……」

つい、口に出してしまった。園長先生はしきりと誰かを呼ぶ仕草をしている。

和夫はあわてて教室を出た。校庭の端を走った。わずかに開いた門をすり抜ける。うしろはふりむかなかった。息が切れていた。

和夫は相模湖で及川を見つけたときのことを思い出す。佐久間と格闘したことも。そして、ふと考える。三十三年前の世界にまだ、自分がとどまっていたとしたら、どうなっただろうかと。

幸恵とは結婚しないし、圭介も生まれてこないだろう。

「いったい、何のつもりだ？」

声をかけられ、和夫はカウンターごしに客を見た。

季節はずれの真っ赤なヨットパーカを着た、ごま塩頭の男がじっとこちらをにらみつけている。

男がさしだしたのは国保税納入通知書だ。先月、組合健保をやめて国保に加入したことになっている。請求額は六万五千円。やれやれと思った。組合健保の保険料は給料天引きなので国保税に比べて安く感じられる。しかし、国保に入るときは、たいてい無職のため金がない。いきなりとんでもない額の請求がきて、驚いてやってきたのだ。

「先月からご加入いただいたわけですね？」

「んなこたぁ、わかりきったこったろ。こんな金、誰が払えるんだあ？」

けんか腰の客の相手は苦手だが、税の算定方法をとりあえず説明する。係長をはじめ、課長もじっと聞き耳を立てている。

話をしていると、男はさらに興奮の度合いを増した。いきなり、和夫は胸ぐらをつかまれた。

「てめえら、何様だと思ってるんだ」

「ですから……」

守衛が駆けつけてくるまで、和夫は生きた心地がしなかった。

ようやく三時の休憩時間がきた。受付をかわってもらい、和夫は心をおちつけて端末機の前にすわる。住民基本台帳システムにログインする。

〈宮津圭介〉と入力してリターンキーを押す。

〈該当する方はいません〉

無情な点滅がくり返される。何度試みても、いないものはいない。

佐久間のことが頭をよぎった。相模湖で佐久間は、おぼれてはいないはずだ。さっと浮かび上がり、立ち泳ぎをしていた光景が脳裏に焼きついている。どちらにしても、すぐ助け出されたはずだ。あのあと、自分はどう扱われたのだろう。

佐久間こそ、自分の前世の人間であるはず。しかし、及川栄一と同じように、まだ生きていたとしたらどうだろう。もしそうなら、佐久間は自分の前世の人間ではないということになる。むしろ、そのほうがありがたいような気がする。

〈佐久間修次〉と入力してリターンキーを押す。

〈佐久間修次
八王子市明神町(みょうじんちょう)一丁目40の2
昭和五十年四月五日死亡〉

やはり佐久間はこの世を去っている。相模湖でふたりして水の中に飛びこんでから、ひと月足らずの間に。しかし、何かがちがう。じっとモニターを見つめる。

そうだ。亡くなった日付だ。過去にタイムスリップする前は、三月二十日の週に死んだはずだ。四月五日死亡とはどういうことなのか。自分と同じように相模湖でおぼれて意識を失いでもしたのか。それが原因で植物状態に陥ってしまったのか。そして、ひと月経(た)ってから病院で息をひきとったのか。

勤務を終えると、和夫はスクーターで中央図書館まで走った。二階の参考図書室に駆けあがる。司書にマイクロフィルムで、三十三年前の毎朝新聞、地方版を閲覧させてもらうように頼んだ。

閲覧機にフィルムがセットされ、電源が入る。該当する日付まで、円形のつまみを回しつづける。一九七五年三月七日の朝刊が現れた。前に見たものとほとんど同じだ。明くる日の朝刊に進める。一九七五年三月八日土曜日。目を皿にして社会面を見つめる。

八王子市役所人件費問題チラシ合戦。ニセの警察手帳を持った少年を補導。

相模湖という文字はどこにもない。前日、及川栄一が殺されなかったからだ。それはわかる。しかし、自分はどうなったというのだろう。

あの日、この自分は相模湖にいて、湖に落ちた。そして、三十三年後の未来へ舞いもどってきた。それはまぎれもない事実だが、端(はた)から見れば、この自分は相模湖の湖底に沈んだままだ。誰も助けようと思わなかったのか。及川という目撃者もいた。単なる事故として片づけられ、ニュースバリューがないと判断されたのか。

つまみを回し、日を進めた。一九七五年三月二十日。和夫がタイムスリップする前の世界で、佐久間が暴走族による集団暴走に巻きこまれ、亡くなった日のあたりだ。

……ない。二十一日も見る。同じくなし。二十二日にも二十三日にも、それらしい記事はなかった。一九七五年四月六日まで進める。

〈野猿(やえん)街道でひき逃げか

四月五日未明、八王子市北野町(きたのまち)の野猿街道で佐久間修次さん（三五）が倒れているのを、通りかかった車が発見し一一九番通報したが、すでに死亡していた。現場は見通しのよいカーブで、八王子署はひき逃げ事件と見て捜査を開始した。しかし、現場にブレーキをかけた跡はなく、さらに前日夜は激しい雷雨であったため、ひき逃げしたと思われる車の塗料の採取など捜査は難航している〉

北野町といえば、佐久間の住んでいる明神町から十分も走れば着く。しかし、真夜中、どうしてそんなところに佐久間はいたのか。おまけに雷雨だ。いずれにしろ、佐久間は死ぬ運命にあった。それはたしかなようだった。日が少しずれただけという見方もできる。

やりきれないものを感じた。やはり、佐久間は死亡し、この自分として生まれ変わってきた。それでも、調べるのをやめなかった。ひとつでも、手がかりを見つけたかった。三月のはじめまで、マイクロフィルムをもどした。

自分がタイムスリップした三月三日分から、一日ずつじっくりと目を通した。

問組爆破事件が大きく扱われている。美濃部都知事三選問題もクローズアップされている。社会面には、東京で老父を殺した姉弟が奈良で自殺した事件もある。日を送り、三月七日以降のものに目を通した。横浜の山下公園にコリー犬の散歩にきていた主婦が現金を拾った後日談もある。

自分や及川が関係しているとおぼしい事件はなかった。もしかしたらと思い、棚から昭和史の本や新聞縮刷版をとりだし、机にすわって目を通してみた。バブル景気や9・11の同時多発テロも起きている。及川を救ったことによる歴史の改変は、和夫自身の身のまわりに限られていて、社会全体には影響を及ぼさなかったようだ。閉館時間がやってきた。

外は暗くなっていた。圭介のいない家はとても我が家とは思えない。家路につくのが億劫でならなかった。寄り道するところはもうない。

佐久間の記事を読んでいて思ったのは、文世に対する疑問だった。三十三年前のあの晩、佐久間は文世の住んでいた長屋を訪れた。三月四日火曜日のことだ。それから一日おいて、文世は浅草橋で及川栄一と会っている。文世にとって、ふたりはどのような存在だったのか。

20

幸恵が帰っているらしく、駐車スペースにはフィットがあった。それとは別に、白いセドリックがとまっていた。誰のだろう。見たことがない車だ。

玄関のドアを開けると、上がり框に仙田が腰かけていた。タイムスリップする前、仙田の車はセルシオだったのに、この世界ではセドリックか。グレーのスーツも、どことなく地味なような気がする。部屋に上がりもしないで、こんな場所で話しこんでいるのも奇妙だった。困り顔で、すわりこんでいる文世もどこかおかしい。

「あっ……こんばんは」

あいさつしたが、仙田は軽く首をふっただけで、和夫はほとんど無視された。

「あっ、カズ、ちょうど、よかった、ね、どうする？」

文世が和夫を見上げ、救いを求めるような声でいった。

「どうかしたの？　変だよ、ふたりとも」

そういうと、仙田が迷惑そうな顔で、ちらりと流し目をくれる。

「この前の話だよ」

文世がふたたび口を開いた。

この世界では、何か別のことが進行しているようだった。しかし、それが何であるかはわからない。その場に固まったように動かないふたりを見て、かなりの困りごとであると思われた。ここは、じっくり話を聞くしかなさそうだ。

「まあ、とにかく、おじさんもそんなところにいないで。上がってもらえばどうなの」

仙田は肩で息をついて、のっそり立ちあがった。文世をじろりとにらんでから、

「じゃ、またこの次に」というと、和夫の脇をすり抜けて玄関から出ていった。

「おじさん」

和夫は呼びとめたが、仙田はふりむきもしなかった。セドリックはターンすると走り去っていった。

ほっとしたような様子の文世にわけを聞いてみた。

「忘れちゃったのかい？　どうも、最近、あんた、おかしいんだから。この家を立ちのいてくれっていう相談じゃないか」

「立ちのく？　またどうして？」

文世は情けない顔で和夫を見た。「ここに仙田さんがマンションを建てるんだよ」

「なんだよ、そんなやぶからぼうに。だいいち、俺たちの持ち家だろ。そう簡単にいくかよ」

そういって和夫は上がった。

「どうかしちゃったんじゃないかい、あんた」文世があとをついてくる。「この家の土地は仙田さんのものだよ。うちは借りてるだけだよ。まったく、わたしが払ってやってるの忘れてるわけじゃないだろうね」

この家が借地？

和夫は文世をふりむいた。

「じゃあ、この家は誰が建てたの？」

「何、いってるのさ、わたし以外に誰が建てるっていうの」

ああ、家までちがうのか、と和夫は思った。以前の世界では、家も土地も自分たちのものだった。しかし、この世界ではそうではないらしい。

寝室に引っこんでいるらしく、台所に幸恵はいなかった。テーブルには、冷たそうな稲荷寿司とかんぴょう巻きがぽつんとおかれている。料理はほかになかった。昨日の嫁姑争いが、まだつづいているらしかった。

文世は不機嫌そうにお椀をとり、即席のみそ汁を入れて湯を注ぐ。

和夫は寝室をのぞいた。幸恵は化粧台の前にすわり、書きものをしている。

「ご飯、すんだのか？」

声をかけても幸恵はふりむきもしなかった。やれやれと思った。こんなとき、圭介がいればと思う。さっさと母親の腕をとり、台所につれだすのが目に見えるようだ。いや、圭介がいれば幸恵と文世が角突き合わせるようなこともない。

あらためて仙田のことを思った。前の世界では肉親のように、あれこれ世話を焼いてくれた。それが手のひらを返したように、冷たい。まったく、ひどいことになったものだ。電話の脇においてある住所録を手にとった。

ぱらぱらめくってみる。仙田の名前は見つからなかった。及川のことを思い出して、

『お』の項を見たが、なかった。

こっそり、文世の部屋に入った。タンスのいちばん上の引き出しを引いた。思ったとおり、革製の住所録があった。文世が昔から使っているものだ。そこには、仙田も及川も載っていなかった。まさかと思いつつ、佐久間の名前を探したが見つからなかった。

気になるのは及川だった。浅草橋でふたりが密会したときの光景が頭に焼きついて離れなかった。この世界では及川は、まだ、生きている。自分がそうさせたのだ。その代償はあまりに大きい。圭介として生まれ変わるべき人間がこの世界では生きている。そのことを思うと胸がしめつけられた。

及川は知っている。三十三年前、相模湖でこの自分に命を救われたことを。知らないはずがないではないか。

21

三月五日水曜日。

元の世界に帰ってきて二日がすぎた。三十三年前の世界に落ちていった日も、今の世界に帰ってきた日も、同じ三月三日の午前十一時半。この日のこの時間は、特別な力でつながっているとしか思えない。

家にあった物理の本に、時間について論じられている項目があった。その中で気に入ったのは、時間を一次元としてとらえた〈時間の輪〉という考え方だ。一枚の紙の縦軸を時間、横軸を空間と考えて、その紙を縦軸を中心にしてまるめて円筒を作ってみる。この筒を縦におくと空間はその筒の間の狭い空間だけに限られるが、時間は縦方向にむかって無限に開いた時空ができあがる。それと反対に、横軸を中心にしてまるめると、空間は横にむかって無限大に開かれるが、時間は筒の中の閉じた空間を永遠にまわるということになる。どちらにしても、その円筒の中へ入って先に進むと、ある時点で、元の場所にもどってくるらしい。しかも、これは一般相対性理論では可能であるらしいのだ。

その考えからすると、二〇〇八年三月三日と一九七五年三月三日は、この円筒の中の、ちょうど糊代（のりしろ）にあたる日ではなかったのだろうか。くしくも、この日は同じ月曜日だ。

日時と曜日がことなった年の間で一致するのは、珍らしいのではないだろうか。調べてみると、次にそうなるのは二〇一四年と二〇二五年らしい。当時の八王子の天気は、晴れ、ときどき薄曇り。

今年の三月三日も同じだ。

まったく同じ日時、曜日に、地球やそのほかの天体の運行が重なりあい、気圧配置も気流も温度も湿度も、すべてが一致した。そして、地球の地磁気がゆらいで、見えない〈時間の輪〉がぱっくりと口を広げる。〈ワームホール〉と呼ばれているものかもしれない。あとは、たとえば病院のＭＲＩのような磁場が加わり、自分は過去へとほんの少し押しだされたのではないだろうか。

午後三時が近づいた。来客がひとりもいなくなった。何の変化もない一日がすぎようとしている。休憩時間になった。未読だったマンションの本を開く。文章が少しも頭に入ってこない。ついつい、圭介の顔を頭に描いてしまう。

圭介のいない世界が、いまだに信じられない。

圭介のことは誰にも話せない。

圭介を失った悲しみを分かち合える人間はひとりもいなかった。服の切れ端でも何でもいい。圭介に通じるものを見つけたかった。何かあるにちがいない。たとえ、住んでいる世界がちがってしまったとしても、圭介はたしかに存在していたのだ。煙のように消えてなくなってしまうなんて、あまりにひどすぎる。

今や圭介は和夫の記憶の中にだけ存在している。ある朝目が覚めたら、圭介の記憶がすっぽりと抜けおちてしまっているとしたら。そのときこそ、完全に圭介という人間は消滅する。和夫は戦慄した。

及川栄一のことが胸をよぎった。昨日までは、及川が生きていること自体、許しがたいように思えていた。及川さえ死んでいれば、圭介として生まれ変わっていたはずだった。

しかし、そのわだかまりが少しずつ、薄らいでいくのがわかった。それどころか、及川のことを思うと、胸の奥で小さな火がともったみたいに、懐かしさに似たものがこみあげてくる。いったい、どうしたことだろう。

仕事を終えて、寒風の中、甲州街道を東にむかって走った。

中央線の踏切を渡った。上野町に入る。区画整理が終わり、細い路地はとりはらわれて、三十三年前の面影はすっかり消えていた。どの家も土地いっぱいに建てられている。そのせいで、家並みに余裕がない。線路ぞいにできた新しい道を少し行くと、こざっぱりした二階建ての家が見えてきた。その前でスクーターをとめる。〈及川織物〉と表札が出ていた。

三十三年前の赤茶けたトタン塀の工場は、モダンな住居兼工場に変わっていた。低いモーター音が洩れてくる。道路から石段を五段ほど上がるとアルミサッシのドアがあり、ガラスごしに、蛍光灯がともっているのが見える。

ここに住んでいる人間こそ、唯一、圭介に通じている存在なのだ。そう考えると、期待とも何ともいえない感情が胸の中にふくらんできた。

和夫は石段に足をかけ、透明なガラスごしに中をのぞきこんだ。

玄関のむこうは細長い事務所になっていて、左手が工場になっている。何台かのジャカード機らしい織機が動いていた。人の姿は見えない。ドアの脇にある呼び出しブザーを押した。

和夫は胸が躍った。及川とはつい、二日前に別れたばかりだ。しかし、実際は三十三年会っていない計算になる。及川はこの自分のことを覚えているだろうか。三十三年前、ほんの数日の間、寝起きをともにしたこの自分のことを。相模湖で命を救ったこの自分のことを。覚えているはずだ、と和夫は思った。いや、覚えていてほしかった。

工場から老人がのっそりと姿を現した。ドアを開き、和夫は狭い玄関先に身を滑りこませた。あいかわらず、及川は小柄な体つきだった。太りも痩せもしていない。わずかに猫背になり、長く伸ばした髪は白髪が目立つが、昔とさほど変わっていない。黄みがかった白目がこちらをむいたとき、和夫は顔がほてるのを感じた。

「市役所の方？」

及川がおちついた声でいった。張りはないが、まちがいなく及川の声だ。

「あっ、そうです。お忙しいところ、申しわけありません」

いうと、和夫は相手の顔をまじまじと見入った。こちらを見つめる及川の顔に、異変は見られなかった。及川はこの自分の顔を忘れ去ってしまったようだ。

「あまり、たいしたことは教えてあげられないと思いますけどね。それでも、いいんですか?」

「もちろん、かまいません」

ここにくる前、あらかじめ電話で、保険年金課で発行している〈国保だより〉に、八王子のネクタイ織物の特集を組むことを伝えた。その取材にお邪魔したいと申し出て、及川はそれを引きうけてくれたのだ。じっさい、そんな特集を組む予定はないのだが。

「お仕事はおひとりでされているんですか?」

「ひとりで細々とですけどね」及川がいった。「昔と比べて機械はよくなったし、何とかこなしてますよ。で、どんなことをお話しすればいいんでしょうね?」

「三十四、五年前の……えーと昭和五十年頃のネクタイ織物をとりまく状況のようなものをお聞かせいただければと思うんですけど。当時は何軒くらいあったんでしょうか?」

及川は白髪まじりの眉をよせて腕を組んだ。

「そうだねえ、ネクタイ織物屋は五十軒くらいあったかなぁ。その頃は、すっかり傾きだした頃だなあ」

「日米繊維交渉の影響が大きかったと思いますが、どうでしょう？　沖縄を返還するかわりに、日本からアメリカへ輸出する繊維を自主規制するという案をむりやり政府にのまされたわけですから」

「そうだね。あれには煮え湯を飲まされた。〝糸を売って縄を買った〟なんて当時はいわれたよ」

縄というのは沖縄のことだ。

「絹といえば、生糸の輸入価格がどんどん高くなっていったと聞いていますけど」

「政治家が養蚕農家を保護するために、価格統制に踏み切ったんだよ。それまでの倍近くに跳ねあがって採算がとれなくなってね。そりゃ、ひどいもんだった。同業者はどんどん転業していったよ」

シゲさんが糸を国が買い占めるといっていた。価格統制とはそのことだろう。しかし、そんなことはどうでもよかった。こうして、及川は時代の荒波にもまれながらも、何とか生きのびているのだ。住民票で見る限り、及川はひとり住まいだった。戸籍を調べても、結婚したという形跡はない。

「立ちいったことになるかもしれませんが、よろしいでしょうか？」

及川はきょとんとした様子で、和夫を見た。

しばらくためらった末、和夫は値踏みするように切りだした。「ちょうど、その頃なんですけど、及川さん、あなたは宮津文世という女性とお付き合いされていませんでしたか?」

及川は太い眉根をよせ、じっと考えこむ仕草を見せた。しばらく、及川の言葉を待ったが、返事は返ってこなかった。

「すみません、こんなことをきいたりして。でも、どうしても気になったものですから。僕、宮津文世の息子なんです」

及川は、すっと目を細め、あらためて和夫の顔を見入った。その目の奥にほのかに光るものを見たような気がした。

「三十三年前……昭和五十年の三月七日、あなたは相模湖にいましたよね?」

及川の表情がみるみる曇り、幽霊と出会ったような顔つきになった。それもつかの間、和夫から視線をはずした。

そのとき、アラーム音が鳴り響いた。機械の糸がからまったのだ。

背をむけて工場に入っていく及川を見送った。これ以上、長居してもむだだろうと和夫は思った。相模湖で起きたことをきけなかったのは心残りだったが、及川の目に困惑の色が浮かんだのはたしかだった。及川は三十三年前に出会った小林という人物のことを思い出したのだ。そして、小林が目の前にいたこの自分とうりふたつであることに気づいたのではないか。

当時と容貌が少しも変わっていないことに驚きを覚えたはずだ。もしそうなら、この自分のことを小林の息子であると思ったのかもしれない。……いや、そこまでは考えつかないかもしれない。何しろ、三十三年前のことなのだ。

あいさつもしないで及川織物をあとにした。もう、二度とくることはないだろう。

スクーターにまたがり、家路につく。

風が冷たかった。及川の家が遠ざかるにつれて、むなしさがつのってきた。何のために及川の家を訪れたりしたのだろう。及川に圭介の影を追い求めていただけのことではなかったのか。

及川に面とむかって、こう吐きたかったのではないか。『お前が生きているせいで、圭介がいなくなってしまったのだ』と。

しかし、それは見当ちがいも甚だしかった。圭介とつながっているなんて、及川にしてみれば、こちらの勝手な思いこみにすぎないのだ。及川と圭介は親子でも何でもなければ、知り合いですらない。赤の他人だ。

家に着く頃には、当時のことを知っているもう片方の当事者のことで頭の中はいっぱいになった。文世だ。今日こそ、文世の口から直接きかなくては。及川と佐久間、ふたりとは、どんな関係にあったのかを。

三人して冷たい食卓をかこんだ。夕食をすませると文世は自分の部屋にもどった。

幸恵はさっさと風呂をわかして、一番風呂に入った。

その間に、和夫は文世の部屋を訪ねた。

歴史が変わったのは、及川栄一を助けた日以降だ。それまで、及川と佐久間の二人が文世と何らかの形でつきあっていたのはまぎれもない事実だ。

文世はどうやって、この自分を産み、育ててきたのか。女手ひとつで家を建て、この自分を大学まで行かせてくれた。その金はいったい、どこの誰が負担したのか。

「ねえ、かあさん、僕が生まれた頃、仙田のおじさんの工場に勤めていたよね？」

「そうだけど何？」

不機嫌そうに文世は答える。

「何の仕事してたの？」

「決まってるだろ。朝から晩まで、織機にはりついてたよ。わたしだけじゃない、集団就職してきた生徒はみな、同じだよ」

「でも、かあさんは織物のデザインもしただろ？　けっこう、いい実入りがあったって、前にいってたじゃないか」

「お涙分しかもらってないよ。それに、すぐやめさせられちゃったし」

「えっ！　やめさせられた？」

「ああ、意匠屋さんに勤めたんだけど、そのうち、みんなコンピュータでやるようになってやめたんだよ。とても、ついてけなくてさ。それから『徳竹』さんに世話になったりして、そりゃもう大変だったよ。身を粉にして働いたんだから」

意匠屋は、織物の柄をデザインする業者のことをいう。『徳竹』は近所にある仕出し屋だ。この世界で、文世がそんなところでも働いていたというのか。驚いた。

「どうして、そんなに働いたの？」

「あんたを大学まで出さなきゃいかんという一念で、ずっとやり通してきたんじゃないか。何をいまさら、そんなことあらたまってきくんだい、まったく」

「及川栄一さんのこと知らない？」

文世がかすかに反応を示したように見えた。

和夫はつづける。「上野町でネクタイ織物をしてる人だよ。聞いたことない？」

「仙田さんのところで働いていたとき、そんな名前聞いたことあるけど、それがどうかした？」

だめだと和夫は思った。文世はシラを切るつもりだ。三十三年前、浅草橋で目撃したことが、つい、口をついて出てきそうになった。が、どうにかこらえた。ついで、佐久間修次の名前を出した。

及川栄一の名前を出したときに比べると、今度は無視も同然だった。

やはり、文世には秘密がある。そのことを和夫は確信した。子供の自分にもいえないような秘密が。それは何なのだろう。

その晩、床につくと、久しぶりに母親の生家がある石巻に帰ったときのことがよみがえってきた。あれは中学の二年か、三年のときだった。冬休みの大晦日に近い日だった。仙台駅まで新幹線に乗った。東北なのに、雪がつもっていないのが不思議だった。仙台駅から仙石線に乗り換えた。しばらくして、車窓に入り組んだ海岸が見えるようになった。ここが有名な松島だと文世は教えてくれた。

だんだんと雪が目立ちはじめた。降りたのは、蛇田という変わった名前の駅だ。小さな駅舎を出たときの、凍えるような冷たさを鮮明に覚えている。

駅には親戚の男の人が迎えにきてくれた。その人の運転する車で実家にむかった。生まれてはじめて、地吹雪というものを見た。道路に降りつもった雪をはらうように、ごうごうと音をたてて風が舞う。実家が近づいてきたと文世は耳元でささやいた。

幼い頃、何度か会っているはずだが、実家にいる伯父や伯母の顔はまったく記憶に残っていなかった。それが少しばかり不安だった。ゆるい上り坂にさしかかった。雪道に慣れているはずなのに、その坂の途中で車はスリップして動けなくなった。運転していた男の人のあせった様子が忘れられない。

実家は文世の兄夫婦が小さな民宿をしていた。そこに着くなり、二階の客間に通された。伯母がやってきて、まるで本物の客のように扱われた。

一階には伯父夫婦が暮らす部屋もあり、子供の声もしたが、子供たちは上がってこなかった。夕食に出された刺身がうまかったことだけは今でも覚えている。聞いたことのない魚の名前が、伯母と文世の間でやりとりされた。遅れて上がってきた伯父に頭をなでられたが、どこかしっくりこなかった。年を越えて滞在するといっていたはずなのに、明くる日の朝、タクシーで駅にむかった。実家に泊まったのはその晩だけだった。

あれ以来、石巻を訪ねたことはない。伯父夫婦が八王子にやってきたこともなかった。

22

三月六日木曜日。もうもうと湯気の上がるガス釜から、幸恵がジャーに飯を移している最中だった。ふだんなら炊飯器で飯を炊いているのに、今日に限って、どうしたことだろう。しかも、朝の七時から。

「あれ？　五目ご飯？　今日は何かあったっけ？」

「急に食べたくなったの。いいでしょ」

幸恵は五目ご飯を茶碗に盛りつけて、和夫の前においた。茶色い飯の中に細かく刻んだゴボウや鶏肉がまざっている。五目ご飯といえば、春先の竹の子ご飯と秋口の栗ご飯が幸恵の好物だ。

夕飯を考えてのことだろうか。五目ご飯なら、おかずはあまり作らなくてもよい。いまだに文世との冷戦はつづいているということか。和夫はパジャマのまま椅子にすわり、新聞を広げた。幸恵がみそ汁をよそって、和夫の前におく。

外出する身支度を整えた文世がやってきた。これからすぐ、日本刺繍の講座に出かけるのだ。ゆうべ、及川のことをたずねたことなど、すっかり忘れ去ったようなそぶりだった。

冷蔵庫の上にあるテレビを見やった。朝のニュースが流れている。時刻のスーパーは七時五十分。新聞を読んでいる余裕はなさそうだった。

みそ汁を一口すすり、五目ご飯を口にほうりこむ。

「うまく、炊けてるみたいねー、幸恵さん」

文世はほめたが、幸恵は無関心をよそおったまま、台所で漬け物を切っていた。

「食べていきなよ、かあさん」

「いいよ、帰ってきてからいただくから。じゃ、幸恵さん、戸締まりお願いね」

文世はそういうと、台所から出ていった。

文世はこれからバスで本町のいちょうホールまで行く。最寄りのバス停は万町(よろずちょう)だが、ここから歩いて五分はかかる。

「気をつけて」

誠意のこもらない言葉を幸恵がかけた。

八時十分。和夫もぐずぐずしている暇はなかった。食事をすませ、急いで着替えをした。幸恵もすぐあとで出勤するはずだ。文世が帰ってくるまで、今日の午前中は家には誰もいなくなる。また圭介のことが頭をよぎった。

おととい買ったばかりのユニクロのジャンパーを羽織る。スクーターを駆って南大通りを西に走った。国道一六号線の交差点を突っ切る。

市民会館の前を通り、甲州街道の千人町(せんにんちょう)の交差点が近づいてくる。ちょうど、信号が青になった。そのとき、西の方角から甲州街道を走ってくる救急車のサイレンが聞こえてきた。交差点にゆっくりと救急車が進入してきた。いったん停止して、救急車をやりすごしてから、交差点を横切った。

役所に着いたのは八時二十五分。自分の席についたとき、ちょうど始業の音楽が流れた。受付には、すでに三人が並んでいた。

先頭の客の話を聞く。協会けんぽ離脱で国保加入。届け出用紙をさしだし、書き方を説明する。相手が書いている間に、次の客の話を聞く。

高額療養費請求だ。窓口がちがうので、ふたつめの給付係に出むいてくれと話した。

そうしているうちに客が増えてきた。ほかの係員は席でお茶を飲んだり、むだ話をしている。こっちにきて手伝えといいたかった。

そうしていると、胸ポケットの携帯が鳴り出した。忙しくてそれどころではない。客にことわり、とりだして見る。幸恵からだった。

通話を切る。ボタンを押して、ポケットにもどした。

それから、二十秒とたたないうちに、三浦からお呼びがかかった。

「宮津さーん」

「はいぃ」

「奥さんから電話」

まったく、何だというのだ。受付をかわってもらい、電話に出た。

「あのね……おかあさんがね……うち出るとき、電話がかかってきて、たいへん……」

ひどく、あわてている様子で、何をいいたいのかさっぱりわからなかった。

「どうしたんだよ、最初からおちついて話せよ」

「……事故、おかあさん、事故にあったのよ」

「事故？」

「たった今、うちに電話が入ったの。おかあさんが乗っていたバスがトラックとぶつかって、おかあさん、意識がないそうなの。今、救急車で運ばれていく途中よ」

声が出なかった。冷たいものが背筋を伝わる。

さっき見た救急車は事故現場にむかっていたのだ。文世が乗っていたバスはちょうど、あの頃、甲州街道を走っていたはずだ。

23

文世は、あおむけでベッドに横たわっていた。頭から額まで、包帯でおおわれ、目は閉じていた。ベッドサイドから伸びた酸素チューブが、右の鼻の中に差しこまれている。ほかにも血圧計やら何やらの器機にずらりととりかこまれている。かすかに胸が上下するだけで、息を吸う音も聞き取ることができない。

文世を乗せたバスは中央線の踏切を渡り、国道十六号線を北上し、甲州街道と交わる交差点を右折した。そのとき、直進してきたトラックがバスの後部左側に衝突した。運悪く、そこに腰かけていた文世は床に投げ出されて、頭にひどい怪我を負った。

午後三時。幸恵は一言も口をきかないで、文世の指をにぎりしめたままだ。五十歳前後から白衣に着替えた医師がそっとドアを開けて、様子を見に入ってきた。手術着だろう、銀縁メガネをかけていて、いかにも誠実そうな感じがする。血圧や脈拍をチエックしてから、医師は沈痛な面持ちでそっと和夫に話しかけた。

「あまり、よい状態とはいえません」

「ええっ……？」

「頭の中に出た血液は手術でとりのぞきましたが、全部ではありません。浮腫がひどくて今でも、じわじわと脳の内側から血がにじみ出ています」

医師は包帯でぐるぐる巻きになった文世の頭を指さした。

「包帯で見えませんが、あの下の頭蓋骨は切ってとってあります」

和夫は息をのみこんだ。

「……脳がむき出しってことですか？」

そういうと、医師は両手で円を作って見せ、「ちょうど、これくらい」といった。

ふたりのやりとりを聞いている幸恵が顔をしかめた。

「だ、だいじょうぶなんですか？」

「別のところに保管しています。骨はあとで接合手術すれば問題ありません。それより、宮津さん。このまま、頭蓋内圧が下がらないと、おからだが保ちません」

「保たないというと？」

「今夜が山場です。それまでに下がらなかったら、お覚悟してくださいますか」

そういった医師の顔を信じられない面持ちで和夫は見つめた。

嘘のようだった。つい、今朝方まで元気にしていたのに……こんなことって、あるだろうか。バスに乗っていて事故にあうなんて。生きるか死ぬかの大事故に。

医師が出ていくと、幸恵はたえきれずにわっと泣き出した。和夫は幸恵の肩にそっと手をおいた。震えが伝わってきた。

和夫も泣きたかった。泣いてすむのなら、どれほど楽だろうと思った。

幸恵から離れて窓際によった。締めきられたカーテンをあけると、八王子の街並みが見えた。ここは圭介が通っていた病院だ。そのことを思うと、よけい、たまらなくなった。ほんの数日間のうちに、子供がいなくなり、今度は母親まで生死の境をさまよっている。いったい、自分のまわりで何が起こっているというのか。

我慢ならなかった。何としてでも、助かってほしかった。このまま手をこまねいて、ベッドサイドにいたところで、文世にとって何のプラスにもならないではないか。和夫は病室を抜け出した。

診察時間の終わった病院は静まりかえっていた。エレベーターで脳外科病棟から一階に降り立った。昼間だというのに、廊下はところどころ照明が落とされ、非常口のサインがぽっかりと暗がりに浮かんでいる。

事故の報に接してから、ずっと和夫は恐ろしい考えにとりつかれていた。

圭介は消えてしまい、文世までが命を落としかけている。

これは、タイムスリップしてしまったことが原因ではないのか。三十三年前の世界に落ちていかなかったら、圭介が消えてしまうことはなかった。文世だって、事故にあうことはなかった。すべては、この自分がタイムスリップしたことによる結果ではないのか。どこかで、誤った方角へ進んでしまったにちがいない。それはこの病院からはじまったのだ。

誰もいない待合所を通り、アリの巣のような回廊を歩いた。板張りの長い渡り廊下を渡る。しばらく行くと、その札のかかった部屋を見つけた。『加納』と書かれている。やはり、加納はいる。この世界にも。あの日、圭介の口から及川栄一の名前を引き出した人間が。

ノックもしないで、そっとドアを押し開いた。

痩身の男がこちらをふりかえった。ジーパンにネルのシャツというラフな出で立ち。催眠療法士の加納だ。胡散臭そうな顔で、和夫を見ている。

「えーと、何か」

いわれて、和夫は昂(たか)ぶっていたものが、すっと冷めてしまったような気がした。

今の加納は、圭介はおろか、和夫の名前すら知らない。そんな人間に圭介のことや自分がタイムスリップした事実を口にしたところで、どんなことになるのか、結果は見えていた。五分もしないうちにこの部屋を追い出され、警備員を呼ばれてしまうに決まっている。

和夫は圭介の主治医の名前を出し、自分の名前と身分を告げた。

「小畑先生ですね。了解しました。それで、どんなご相談でしょう？」

「前世……いや、催眠療法についてお伺いしたいと思いまして」

加納の顔から疑いの色が消えて、人なつこそうな表情になった。

すすめられるままに、椅子にすわる。

和夫は自分たちの例をあてはめながら、人の生まれ変わりについて訊いてみた。

加納によれば、人は何代にもわたって生まれ変わりをくり返すらしい。霊魂になって天上界にとどまり、ふたたび人間の世界にもどっていく。その間隔は数ヶ月のときもあれば、数十年ということもある。それだけではなく、人の魂は別の入れ物に入って、自分自身を見つめたり、視点を自由に変えて見通すことができるという。

タイムトラベルについても、一般的なことを尋ねてみた。過去にタイムスリップして、過去を改変し、ふたたび現在にもどってきたとき、どうなるかを。話を終えると、和夫は礼をいい、部屋を出た。

加納からいわれたことが、尾を引いていた。タイムスリップして、過去を変えたのち、現在にもどってきたとしても、その瞬間に、歴史は書き換えられている。だから、頭の中も、同時に書き換えられていて、過去にタイムスリップした記憶は消えてなくなってしまう。そのときの記憶が残っているとしたら、タイムトラベルが完結していないときに限られる、と加納は教えてくれた。

その話が本当なら、こうしている今も、自分はタイムトラベルの途上にあるということだろうか。このタイムトラベルはいつ終わりになるのだろう。いや、終わりなどくるのだろうか。その答えを探るように、和夫の足はそこにむかっていた。つい、一週間前、タイムスリップしたあの場所へ。

いくつか渡り廊下を渡り、検査病棟らしき建物に入った。エレベーターに乗り、五階のボタンを押す。思った通り、開いたところは放射線科だった。

タイムトラベルはまだ未完成なのだ。

その思いが強くなる。CT検査室を通りすぎて、その部屋の前に立った。

巨大なドーナッ形の器械が見えた。ほかには何の表示も出ていない。しかし、ここにまちがいない。人のいる気配はなかった。そっとドアを開けて入った。

とたんに、まわりの空気の密度が濃くなったような気がした。耳鳴りのようなものがしたかと思うと、ふいにからだが動かなくなった。壁がゆがみ、羽音がしてきた。足元がぱっくり割れて谷底に投げこまれたような気がした。黄色い光に包みこまれ、閃光が脳天に走った。激しい風とともに、からだごと、その中に吸いこまれていった。目を開けていられない。経験したことのある感覚だった。

24

あたりが少しずつ明るくなってきた。黄色い光の中に吸いこまれていく。目を大きく開けてあたりを見た。

羽音のようなものが聞こえたかと思うと、すぐにやんだ。窓のむこうには、ビルがつらなっている。和夫はふたたびバスの最後列にすわっていた。

からだが左に傾いた。交差点を右折する。見覚えのある光景だ。八王子にまちがいない。もしかしたら……。

「次、とまります」

車内アナウンスが流れる。

バスはゆっくりととまった。和夫はあわてないで、席を立った。バスの前面にある運賃表示板を見る。いちばん安い運賃は三十円だ。財布から同じ金額をとりだし、運転手に万町から乗ったが、整理券をなくしてしまったと告げて、三十円を支払ってバスを降りた。ぴりっとした冷たい風を顔に受けた。

大きなビルが目の前に立っている。入り口の上にＤＡＩＭＡＲＵのエンブレムがある。大丸百貨店だ。

片側二車線の広い道路には、古くさい車がひっきりなしに往来している。青っぽい排気ガスをまき散らして、スバル三六〇が走り去っていく。少し先の歩道にはアーケードがついている。まちがいない、ここは昔の八王子、甲州街道だ。

和夫はある確信を抱きながら、駅にむかった。案の定、駅前には織物タワーが立っていた。丸井百貨店もある。みすぼらしい駅舎には『八王子駅』の看板がかかっていた。売店でそっと新聞を抜きだした。

昭和五十年三月三日月曜日。

やはり、そうだ。三十三年前の八王子に自分はもどってきたのだ。

新聞を元にしまい、ピンク電話のあるスタンドにむかった。前回と同じように、電話帳で名前を探した。仙田の名前があり、及川の名前もある。文世の名前は見当たらない。前と同じだ。ふりかえり、駅舎を見た。午前八時三十五分。

前にタイムスリップしたときと同じだ。

和夫は丸井百貨店の前で、しばらく思案にくれた。どうして、また同じ時代の、しかも同じ時間帯にもどってきたのだろう。それに奇妙な一致もある。

自分がタイムスリップしてきた場所……あのバスだ。

あれは三十三年後、文世が乗り合わせて事故にあったときと、ほぼ同じ時間帯を走っていたバスではないか。それより、さしせまった問題がある。

これからどうするかだ。また、三十三年後の世界にもどれるという保証は、どこにもない。ベッドに横たわる文世の顔が浮かんだ。この世界では、文世は元気で働いているだろうか。この八王子に住んでいるのだろうか。そう思うと、和夫の足は勝手に動きだした。

熊沢書店の角を左にまがり、駐車場ビルの前を通る。高層マンションはひとつも見当たらない。ビルも三十三年後とはちがって、どれも低い。空が広く感じられた。薄日の差すどんよりした天気は前と同じだ。尻ポケットにはドコモのスライド式携帯が入っている。

陸橋を渡り、線路に沿って西にむかった。及川のことがふと、頭をよぎった。やはり、四日後には悲劇的な結末が待っているのだろうか。その奇妙な運命と、ふたたび、同じ時期にタイムスリップしてきた自分のことを考える。市民会館をすぎて丘を登る。養護学校をすぎてしばらく行くと〈仙田織物〉の門が見えてきた。

中庭に入った。ハイエースが二台とまっている。工場の窓は開いていた。織機の動く音が騒々しい。そっと近づいて中をのぞきこむ。目まぐるしい勢いで動く織機の奥に、その姿が見えた。和夫は息がとまりそうになった。かあさん……。

頭にスカーフを巻いた文世がせわしなく動いていた。和夫はほっとして、ため息をついた。やはり、まちがいない。ここは、文世のいる三十三年前の八王子だ。

「何か用かね？」

声をかけられふりむくと、作業着姿の仙田邦好が立っていた。じわりと目頭がゆるんだ。いちばん、助けがほしいときに、さっと現れてくれる大事な人。今も昔もそれは変わりないはずだ。

「はい、仕事のことで伺いました」

和夫は、はっきりといった。

「仕事って何？」

仙田はいぶかしげな目で和夫を見やった。手首に光るブレスレットを見て、懐かしさがつのった。今もずっと後も、少しも変わらないと思う。

「働き口を探してるんです」

「ほう……で、何でうちにきたの？」

「ジャカードなら少しできます」

仙田はようやく警戒をといた。「ああ、そう。でも、うちは間に合ってるよ。ほかをまわってもらえないかな」

「あの、僕、石巻出身なんです」

つい、口から出た。

郷里の名前を出せば、便宜を図ってくれるにちがいない。

「ほう、宮城かあ」

「はい」

期待をこめて仙田を見つめた。

「じゃあ、繊維組合を紹介しようか？」

和夫は落胆した。

「いいえ、いいんです」

「どこか、あてあるの？」

ここがだめなら、そこしかない。ほかのどこで働けというのか。

「及川さんのところに寄ってみますから」

「及川？　ネクタイ屋？　知りあいなの？」

「はい」

「奴のとこだって、そんなに手はいらないと思うけどな。まあ、いいさ」

仙田は興味をなくしたらしく、事務所に入っていった。

しかし、和夫は心が軽くなったような気がした。こうして、心配してくれる仙田がいて文世もいる。和夫は上野町をめざして歩いた。

金剛院の塀に沿って歩き、見覚えのある路地に入った。がちゃ、がちゃという音が聞こえてくる。砂利道をふみしめて、トタン塀の家をまわりこむ。ガラスの引き戸を引くと、工場が見通せた。髪を長く伸ばした小柄な男がこちらをふりむいた。及川栄

―だった。

懐かしさとも何ともいえないものが胸いっぱいにふくらむ。やはり、もどってきた、と和夫は思った。ここだ、と思う。ここにくる以外、どこへ行くというのだろう。玄関先まで及川がやってきた。

「組合から？」

「そうです」

及川は笑みを浮かべていった。

「早かったじゃない、さあ、こっちへどうぞぅ」

畳部屋に通される。

「で、ジャカードの経験はある？」

「少しだけあります。糸くりなら、すぐできます」

「それは助かるな」

「申し遅れました。小林和夫といいます」

及川は人なつこそうな顔で、にやりと笑みを浮かべた。

25

和夫は誰にも教えられることなく、〈糸くり〉にとりかかった。その様子を見ると及川は安心したように、車で出かけていった。シゲさんは、ジャカード機に専念している。自分がまるで、ずっと前からここにいるような気がする。

月給や待遇面での条件は同じだった。石巻出身と伝えて及川の反応を観察した。昼食をはさんで、シゲさんから及川のことをひととおり聞き、自分のことを宮城県の石巻出身と伝えた。

六時で機械をとめると、シゲさんは夕食を作って帰っていった。酢豚だ。奥の間から、石油ストーブを持ち出して火をつけた。

和夫は配達されたばかりの夕刊をながめ、ラジオを聞く。

〈……先月、二月二十八日夜発生した東京青山の間組本社ビル爆破事件について、東アジア反日武装戦線の「さそり」が犯行声明文を新聞社に送りつけました。これにより警視庁は……〉

つい、この前聞いたのと、そっくり同じ文句が流れだす。業界紙の三多摩繊維週報が目にとまり、読んでみた。

〈織機を国が買いとり〉という大見出しが出ている。八王子市内に五百軒あった織物業者が次々に転廃業し、今では三百軒まで減っているとある。転廃業を促進するため、政府は織機を一台十万円で買いとる政策をとっているが、これでは自殺しろというのと同じだと締めくくられている。小さな囲みで、〈悪質問屋が横行、八王子にも被害業者〉という記事が載っていた。右島(うじま)という記者の署名が入っている。

ラジオを聞きながら、ストーブの前でまんじりともせずに待った。

たしか、八時半だったと思う。文世から電話がかかってきたのは。今回もかかってくるだろうか。もし、かかってきたら何と伝えようか。

思い切って、自分のことを話してみようか。

『今日、工場を訪ねてみました、あなたの後輩です』ぐらいはいいのではないか。

そんなことを考えていると、電話が鳴った。

「あの、栄一さんはいらっしゃいますか?」

予想はついていたが、和夫はどきりとした。

やっぱり、かあさん……。ふいに、病院のベッドに横たわる文世の姿が重なった。

それだけで、和夫は胸がいっぱいになった。

「あの……」

「あっ、すみません、及川さんはいないんです」

「そうですか、またお電話します」

電話はあっけなく切れた。

和夫は観念しながら受話器をそっとおいた。

ジャンパーについているユニクロのエンブレムをはさみで切り落とし、壁にかけた。

押し入れにあるふとんをとりだして、しいた。押し入れの奥に、野球のグラブがふたつあるのに気がついた。

午後十時すぎ、及川が帰ってきた。和夫が石油ストーブを出し、ふとんまでしいているのを見て、驚いた様子だった。

「うち、風呂ないんだよ。銭湯なんだ。十一時まで開いてるからまだ行けるけど、どうする？」

「今日はいいです」

「わかった」そういうと、及川は手早く食事をとった。及川の使った食器を洗うことを申し出ると、及川はうれしそうに礼をいい、休憩もとらずに工場に入っていった。

しばらくすると、工場の明かりが消えて、及川がもどってきた。

「仕事、はかどったみたいだね」

及川が感心したようにいう。

「糸くりなら、そこそこ慣れてますから、まとめてやっておきました」

「助かるよ」

「野球、やるんですか？」

「高校のとき、野球部だったんだ」

「へえ、ポジションは？」

「ショート」

「すごいですね」

「君もやるのか？」

「中学のとき少し」

ふいに、圭介のことを思い出した。

「まだ、銭湯、間に合うけど行かないか？」

「よしておきます」

「わかった、ひとっ走り行ってくるから、先に寝ててよ」

及川が出ていくと、和夫はひとりきりになった。

二階に上がってみた。部屋の隅に及川が持ち歩いているショルダーバッグがあった。

こっそり中身をとりだして見る。

一万円札が二つ折りにされ、無造作にゴムでとめてある。数えると五十万円あった。印鑑もある。実印のようだ。銀行の定期預金通帳も入っていた。去年の九月に二百万円、十一月に百万円が引き出されている。口座には一銭も残っていない。茶封筒から、金銭借用証書が出てきた。きちんとした公正証書になっている。去年の十一月二十日付けで、江原繊維という会社に百万円貸し付けている。同じ日、及川が定期預金から引き出した額と同額だ。それを、そっくり江原繊維に貸し付けたらしい。

返還日はひと月後の十二月二十日になっているが、定期預金通帳には、金がもどされた形跡はない。

和夫は棚から請求書の束をとりだして、ぱらぱらとめくった。江原繊維から及川あての請求書が何枚も見つかった。ここ数年来、及川は生糸をこの江原繊維から買っているようだ。この繊維不況で、江原繊維も資金繰りに苦しんでいるのだろう。及川は長年のつきあいで借金をせまられ、ことわり切れなかったのだ。いや、それだけだろうか。

及川は毎日、仕事以外の用事で出歩いているようだし、シゲさんは、『今週かぎりで代がつぶれる』などといっていた。

及川自身も資金繰りにゆきづまっているのではないだろうか。だとしたら、江原繊維に貸した百万円は大きい。その取り立てに、浅草橋へ出むいた可能性もある。

和夫はもう一度、借用書を見た。江原繊維の住所は池袋になっている。浅草橋ではない。それにしても気になる。三多摩繊維週報の記事を思い起こした。悪質な繊維問屋が横行しているらしいという署名入りの記事だ。もしかしたら。

江原繊維は借金を踏み倒す気なのかもしれない。

それらを元のバッグにしまいこんで、和夫はふとんの中に入った。

低い天井のせいで、息苦しく感じた。前回ほどではないが疲れていた。表で戸が開いた音がしたと思ったが、和夫はすぐに眠りに落ちていった。

26

翌朝、及川がコットンズボンと腕時計を貸してくれた。当座の一万円も。そして、九時前、及川は通帳の入ったショルダーバッグをかかえて出ていった。及川はおそらく、そう遠くには行かないはずだ。和夫はシゲさんに買い物があるとことわって、工場を出た。追いついた。及川は金剛院近くの踏切を渡っている。肩が落ちて顔は青ざめ、元気がない。ふた区画歩いて、甲州街道の角にある都市銀行に入った。

和夫もそれにつづいた。三十三年後とちがって、保安要員もおらず、のんびりした空気が漂っている。及川はいちばん隅の窓口にすわり、黒縁メガネをかけた男の担当者と話しこんでいる。額に手をあて、ひどく困った感じだった。

和夫は及川の近くにあるカウンターにむかった。振替用紙を手にとり、ボールペンで書きこむ仕草をしながら、ふたりのやりとりを見守った。

行員は小さな紙をとりだし、及川の目の前においた。「どうしましょう、江原繊維さんがあなた宛てに振り出したこのヤクテですが」

ヤクテ……約束手形のことだ。

「はあ」及川は身をちぢこませて答える。

「もう一方のあなたが江原繊維さんに振り出した手形は、とっくに割り引かれて現金化されていますよ。ご存じですか？」

「そうみたいです」

「他人事（ひとごと）のように仰られても困るな。あなたが振り出した金、三百五十万円は、三月十日、今度の月曜が支払期日になってますからねえ。今日を入れても、残り一週間しかない」

「………」

「それとも、江原さんから、別途お金を返してもらうような約束でもされていますか？」

「いえ」

「江原繊維については、いろいろと情報が入ってきてましてねえ。あまり、かんばしくないです」行員は間をおいて続ける。「及川さん、うちが融通手形に気づかないとでも思っているんですか？　このままだと、おたくも江原さんも手形取引ができなくなりますよ」

「それは……はい」

「いずれにしても、この手形、来週の月曜日には交換所にまわります。それまでに、口座のほうへ入金していただかないと不渡りになりかねませんよ。よろしいんですか？」

及川は行員から顔をそむけて、床に目を落とした。

そのとき、奥から別の行員がやってきた。及川はうながされてカウンターの中に入った。そのまま、三人で奥の別室に入っていく。

それを見届けると、和夫は銀行をあとにした。

及川の窮状がのみこめてきた。大学で簿記をかじったから、手形のことはわかる。金に困った業者同士が一時しのぎのために、架空の手形をやりとりすることがある。融通手形といわれるものだ。相手も金に困っているから手形が不渡りになる可能性は高い。おそらく、江原繊維は資金繰りに困って、及川から借金をし、それでも足らずに、及川をそそのかしてこの手口を使ったのだ。

三十分後、工場にもどってきた及川は、少しばかり明るい顔つきになっていた。別室で何かいい話でもでたのだろうか。

江原繊維や手形のことを、直接、及川の口から聞き出したかった。貸した金の返済も受けられず、さらに三百万以上もの金を融通した。どうして、そこまで信用するのか。去年の九月、定期預金からおろした二百万円のことも気になる。あれは何に使ったのか。

しかし、昨日、雇われたばかりの人間が、そんなことを口にすれば、ここを追い出されてしまう。シゲさんが文世から、及川あてに昨夜、電話があったことを伝える。

そうしていると、表の戸が開いて小柄な男が現れた。佐久間だ。

前回と同じだ。

「おっ、あんたか、石巻出身って」

佐久間は物珍しそうに、じろじろと和夫をながめながらいった。

仙田織物で、和夫のことを聞いてきたらしかった。

「あ、はい、よろしくお願いします」

「佐久間さん、こんちは」

シゲさんがそういうと、仕上がったばかりの織物を佐久間に見せ、及川を呼びにいった。

「まあまあの仕上がりだな」

やってきた及川に佐久間は高飛車な態度でいう。

「金曜までには残りも片づけたいと思ってますから、どうぞよろしくお願いします」

及川はあいかわらず丁寧だ。

「そうだね、金曜までにやってもらわないと困るよな。ところで、例のやつ、月曜が締め切りなんじゃない？」

意味ありげにいうと、佐久間は織物を日野のコンテッサに積みこんで去っていった。

月曜が締めとは、何のことなのだろう。ふと、約束手形のことを思い出した。

それから五分後、及川はショルダーバッグをたずさえ、車で出ていった。

三時すぎ、和夫はシゲさんにことわって、工場を後にした。

午前中と同じ道を歩いて甲州街道に出る。八幡町に入った。繊維会館の脇にある路地を北にむかう。角ごとに、のこぎり型の屋根をいただく織物工場がある。染色工場や佐久間が勤める整理屋の工場もあった。

電信柱の住居表示を頼りに、三階建てのビルの前に立った。入り口に、『(株) 三多摩織維週報』という看板が掲げられている。

二階に上がり、編集部らしい部屋のドアを開けた。

机が四脚、むかいあわせに並んでいるだけのこぢんまりした所帯だ。

書きものをしている四十がらみの女が和夫をふりむいた。

「すみません。こちらに右島さんはいらっしゃいますでしょうか？」

和夫は女にいった。

「何でしょう？」

窓際にあるソファーにすわっている男が和夫を見やった。

和夫は持参した三多摩繊維週報を見せながら、少し話を聞きたいのですがと丁重にきいた。右島は手招きをすると、和夫を自分の前にすわらせた。

「えっと、どちらさん？」

和夫は市内の織物屋で働いている小林です、と答えた。

右島は、わざわざ訪ねてきたことに、悪い気はしていないようだった。着ているワイシャツはシワだらけだが、黄色の絹ネクタイはぴんとして新しい。肉づきのいいからだをしていて、下腹がふくれている。三十そこそこで中堅記者という感じだ。

和夫はさっそく、記事を見せた。

右島が書いた〈悪質問屋が横行している〉という記事だ。

「ふむふむ」右島はうなずいた。

「もしかしてこの業者、江原繊維じゃありませんか？」

和夫は訊いた。

「そうだけど、おたくも引っかかった口？」

「いえ、僕ではなくて知り合いが」

「そう……今、帰ってきたばかりだけど、おたくは行かなかったの？」

「どこへですか？」

「組合で江原繊維の債権者が集まって、情報交換したばかりだよ。記事になると思って、わたしも駆けつけたんだけどね」

やはり、江原繊維はよからぬ会社らしい。

「おおぜい、みえたんですか？」

「三人だけだったよ。八王子より、西陣の業者の方が被害にあってるみたいだしね」

「西陣というと京都ですか？」

「そうだよ、ここと西陣が本場でしょ。おたく、どちらの工場？」

「ちょっと前、働いていた工場をリストラされて、今は職探し中です」

「リストラ？　何、それ？」

「あっ、すいません、会社を馘（くび）になったんです。その会議に及川さんとか見えましたか？」

右島の目の色がわずかに光った。

「いたけど……おたく、知ってるの？」

「はあ」

銀行で及川は奥につれていかれた。あのとき担当者から、組合で債権者会議が開かれることを及川は知らされたのではないか。

「彼んとこが、いちばんやられたんじゃないの？」

「さあ、どうでしょう。それにしても、江原繊維ってひどい会社ですよね」

右島は同意した様子は見せなかった。「うーん、でも、長いつきあいだからねぇ。悪い業者じゃなかったし、支払いが遅れがちな織物屋の面倒も見てたからね。多いときは八王子だけで、三十軒近くに卸してたんじゃないかな。それがこの不況でしょ。どっかで、貧乏くじ引いたのかなあ」

どことなく、江原繊維をかばったようないいかたが気になる。

「やっぱり、不渡りを？」

「ああ、今年に入ってすぐ。去年の秋口から、苦しいっていう噂は立ってたんですよ。でも、それまでの信用があったから、どうにかやりくりしてたようだけどね」

和夫は及川の苦境を確信した。

思ったとおりだ。資金繰りに困った江原繊維は、融通手形という汚い手口を使って、及川から金をだましとった。手形は不渡りになる可能性が大で、及川自身が全額、負担する羽目に陥るはずだ。そうなれば及川自身が倒産してしまうだろう。

連鎖倒産などではない。明らかに詐欺だ。まったく、ひどい業者に引っかかったものだ。

とにかく、六日後の月曜日までに、及川は三百五十万円が必要になる。その金を工面するために、及川はあちこち出歩いているのだ。バッグに入っていた現金五十万円は、及川が知り合いを頼って、借りうけたものだろう。いずれにしろ、三百万足りない。

午前中やってきた佐久間がいったことを和夫は思い出した。

『金曜までにやってもらわないと困るよな。ところで、例のやつ、月曜が締め切りなんじゃない？』

あの締め切りとは、その約束手形の決済期日のことをいっているのではないか。もしそうなら、佐久間は及川の苦境を知っていることになる。いずれにしても、今度の月曜日がタイムリミットなのだ。それまでに不足分の三百万をどこかで融通してもらわなければ、及川は破産する。

「江原繊維は池袋ですよね？」和夫は訊いた。

「そうだよ」

「で、何か情報はありましたか？」

「社長は雲隠れしちゃってる。でも、浅草橋で別名義の会社を立ち上げたらしいんだな。ほら、あそこは卸問屋が何千軒ってあるだろ。紛れこむにはもってこいの土地だからね」

「その新しく立ち上げたという会社、丸光商事といいませんか？」

右島がわずかに身を引き、言葉をつまらせるのがわかった。

肯定も否定もしなかった。どうやら、当たっているらしかった。ふと、右島のしめているネクタイの柄が目にとまった。

及川は今日、債権者会議に参加して、丸光商事のことを知ったのだ。直談判するために、あさっては浅草橋に行くだろう。もしかすると今日も行ったのかもしれない。

「あの、そのネクタイの柄、鶴ですよね」

和夫がいうと、右島は、生白い指をネクタイに持っていった。

「そうだけど何か？」

「そのネクタイ、及川さんが織ったものじゃありませんか？」

「ああ、これ」右島はとりつくろうようにいった。「そうかもしれない」

「デザインは宮津文世さんですよね？」

右島は少し時間をおき、疑り深そうな顔で口を開いた。

「どうして、知ってるの？」

「柄に見覚えがあります。いい型だなと思います」

「去年の織物デザインコンテストで準優勝したくらいだからなあ」

「そうなんですか？」

「まあ、うちがさぁ、というか、このおれが……」そこまでひとりごちると、右島はそれから先をのみこんだ。

何か、いいにくい事情でもあるのだろうか。

話を終えて事務所を出た。その足で和夫は佐久間が勤める整理屋に出むいた。

有限会社・白石（しらいし）の看板のかかった工場は、ブロック塀でかこまれている。さかんに機械の動く音が洩れてくる。鉄格子のはまった窓が開いていて、中をのぞきこんだ。

もうもうと蒸気を立てている機械の前で、佐久間が汗みどろになって働いていた。

及川の工場にきたときのような威勢の良さはない。

ほかにも三人の従業員が忙しそうに働いている。声をかけることなど、できそうになかった。

及川は今頃、浅草橋だろうか。それとも、金の無心に知り合いをまわっているのだろうか。

靴屋により、スポーツシューズを買い求めて、その場ではいた。店を出て、最初に見つけたゴミ箱にナイキの靴を捨てる。

工場にもどり、五時まで仕事をした。シゲさんに断りを入れて外に出た。

市民会館の脇を通り、坂をのぼる。台町に着く頃、日は落ちてあたりは闇におおわれていた。文世はすでに帰宅していて、黄色い蛍光灯の明かりがともっている。表の道路に車のヘッドライトが見えた。日野コンテッサのシルエットが浮かび上がる。

ドアが開いて佐久間が降り立った。やはり、佐久間はこの日の夕刻、文世を訪ねてきたのだ。どうしても、これだけは確認したかった。

佐久間は、自分の前世の人間であることはまちがいない。その佐久間とは、文世にとっていかなる人間なのだろうか。やはり、恋人……なのか。

たとえ、佐久間がこの自分の前世の人間であるとしても、この世界で文世には及川と結ばれてほしかった。

これまでの経過は、前回、タイムスリップしたときと少しも変わっていない。

佐久間はおそらく及川を手にかけるだろう。

放っておけば、この自分の前世の人間が、殺人という大罪を犯す。前回はその瀬際でくいとめた。今度も自分さえその気になれば、あのときと同じように、犯罪を阻止できるかもしれない。しかし、そうすれば、また息子の圭介は……この世に生を受けてこれなくなる。

そこまで考えると、和夫は目の前が真っ暗になった。

三十三年後の世界にもどれる保証など、どこにもないのだ。

このまま、ずっとこの世界に住みつづける覚悟をしたほうがいい。

工場にもどり、冷え切ったからだを石油ストーブで温めた。

工場に入った。青い絹糸をリングにからませて、糸くり機の電源を入れた。うなりをあげて同軸がまわりだす。一時間ほどつづけると、二日分の糸管ができあがった。

ちょうど、及川が帰ってきて、いっしょに仕事を再開する。

及川は機嫌よさそうに、繭の話をしてくれた。

「……それで、繭が三百グラムできるんだ。それを精練してやって、ようやく生糸が六十グラムできるっていう寸法だよ」

及川は、首尾よく金を集めることができたのだろうか。この苦境の折、何ひとつ疑うことなく自分を雇い、いっしょに住まわせてくれた。どうして、そこまでしてくれるのか。話を聞いていて、和夫は強く意識した。

この男をそう簡単に死なせるわけにはいかない。

「あの、及川さん」和夫はあらたまった口調でいった。「今日、染物屋さんから聞いたんですけど、江原繊維って、ひどい会社みたいですね」

及川の表情がみるみる硬くなった。

「……そうだよ」

「得意先から借りた金を返さないそうじゃないですか？　本当なんですか？」

「うちも少し貸しがあるんだよ」

　そう認めた及川をまじまじと和夫は見つめた。

「だいじょうぶなんですか？」

「何とかなるだろうって思ってるよ。先代からの長いつきあいだし」

　この期に及んで、江原織維のことをかばう及川に、はがゆいものを感じた。このままではこの工場はつぶれてしまうではないか。この自分にいったい、何ができるというのか。そう思ったとき、前回のタイムトラベルで聞いたニュースが突然、よみがえってきた。横浜の山下公園で主婦が現金を拾った件だ。

27

　翌朝、工場に幸恵がやってきた。携帯は隠してあるので、前回のようなへまはしなくてすむ。それにしても、幸恵は及川のことが気に入っているみたいだった。及川の膝から離れようとしない。

　迎えにきた祖母がなだめるように、いってきかせて、ようやく帰っていった。それからすぐ、及川はショルダーバッグをかかえて、徒歩で工場を出ていった。金策で今日は三時すぎまで帰ってこない。壁時計を見た。午前十時三十五分。仕事をしているシゲさんに和夫は声をかけた。

「仙田織物に何か用事ないですか？」

シゲさんはぱっとひらめいたようにいった。「そうそう、昨日おさめた分があるんだった」

「小切手、もらってきましょうか？」

「そうしてもらえると助かるわ。ついでに銀行で、お金に換えてきてもらえると助かるんだけどなぁ」

「いいですよ」

「車で行ってね」

「そうします。それから、市内のアパート、何カ所か見てきたいんですけどいいですか？」

「いいわよ、あまり遅くならないでね」

「わかりました」

和夫はスカイラインに乗りこんだ。

ダッシュボードに、八王子市内の道路地図があった。広げてみる。この時代、橋本へ抜ける八王子バイパスはまだできていない。八王子街道となっているだけだ。横浜と八王子の距離を計算してみる。橋本まで十キロ、そこから東名横浜インターまでは二十キロ。インターから横浜の桜木町まで同じく、二十キロ。合計五十キロ。往復で百キロだ。うまくいけば、四時間で行って帰ってこられる。この時代、道路を走っている車の数は、三十三年後に比べて半分か、それ以下だ。

燃料計を確認する。針はちょうど中間あたりを指している。三十三年後の世界にもどれる保証などない。困っている及川を助ける。今はそれだけだ。

和夫は工場を後にした。八王子街道を南下する。三十三年後の八王子街道はいつも渋滞しているが、この時代は思ったとおり、空いている。交差点の数もびっくりするほど少なかった。

橋本まで十五分で着いた。この調子なら、横浜まであと四十分でいける。あさっての三月七日、及川は佐久間に殺される運命にある。しかし、この自分がいるかぎり、それを防ぐことができる。

圭介のことはともかく、佐久間と文世が結ばれることは到底許せない。

十一時半に横浜港の山下公園に着いた。公園の駐車場に車をとめて、歩いて公園に入った。沖合にあるはずの横浜ベイブリッジもなければ、ランドマークタワーもない。

マリンタワーがぽつんと立っているだけだ。

港から吹きつける風は冷たかった。季節柄、観光客はほとんどいない。

している。

氷川丸のある場所まで五分とかからなかった。左手には大桟橋があり、客船が停泊している。

ニュースでは今日の昼前、犬をつれて散歩している主婦がいるということだった。はっきりした時間はわからない。もしかしたら、その主婦はすでにここにきてしまっているかもしれない。それでも、まだきていないほうに賭けた。

近くにあるベンチや植込みを調べた。紙袋のようなものは見当たらない。

腕時計を見た。日付を表す窓には、今日の日を示す、『水』と『5』。

三月五日水曜日。今日にまちがいない。

十一時四十五分になった。大桟橋の方向から、コリー犬をつれて歩いてくる女が現れた。和夫は植込みの陰に引っこみ、女を見守った。前回のタイムスリップで、一九七五年三月五日の昼前、横浜の山下公園で現金三百万円の入った紙袋を拾った主婦がいたというニュースを聞いた。あの女にまちがいない。

四十歳前後、白い帽子を目深にかぶっている。黒い革靴を履き黄土色の長いスカートの裾が風で揺れている。女は氷川丸の手前で岸壁から離れた。和夫の前を通りすぎて、水の守護神のある丸い池にむかっていく。

女の行く手を予測した。池をすぎれば、公園の中央口がある。女を視界の隅におきながら、和夫もそちらに移動する。池をすぎると、思ったとおり、女は中央口を目指した。そのとき、中央口の左手にある通路の奥に、茶色っぽいものが見えた。紙包みらしい。ベンチの下だ。

女はいきなりコリーに引っぱられるように走りだした。ちょうど、行く先が紙包みのあるベンチの方向だ。植えこみを乗りこえて、和夫は駆けだした。コリー犬の力は強く、女が制したくらいではとまりそうもない。角で、あやうく犬とぶつかりそうになった。その拍子に犬は走るのをやめて飼い主にじゃれついた。和夫は狭い通路を走った。ベンチに駆けよる。

紙包みをベンチの下からとりあげた。その瞬間、すぐうしろをコリー犬と女が通りすぎていった。

立ったまま、和夫は紙袋をのぞきこんだ。息がとまった。

銀行の名前の入った帯封のついた札束が三つ、入っている。どれも一センチほどの厚さがある。三百万円だ。和夫はあたりを見わたした。誰もいない。急ぎ足でそこを離れて車にもどった。すぐさま、エンジンをかけて発進する。アクセルを踏みこみ、駐車場を出た。

心臓が跳ねるように動悸を打っていた。

和夫が金を拾わなければ、あのコリー犬をつれた女が警察署に届け出ただろう。この時代の三百万円は大金だ。しめたと思うより、不安のほうがまさっていた。つい、四日前、三十三年後の世界にもどった翌日のことだ。中央図書館を訪ねて、三十三年前の三月の新聞をマイクロフィルムで調べた。

そのとき、ニュースの後日談を目にした。

今日から三日後、金を保管していた加賀町警察署に、ひとりの男が自分の金ですと名乗ってやってくるはずだ。警察が金の出所を問いただすと、男の説明に不審な点が多く、金は渡されなかった。

警察は独自に捜査をする。その結果、男が前年から横浜一円で、悪徳不動産業者を相手に詐欺をくり返していたグループの一味であることがわかる。男は逮捕され、ほかのメンバーも芋づる式に捕まるという記事だ。あの日は、騙した相手に気づかれてしまい、あとを追われて、仕方なくベンチの下に隠したらしい。三百万円は詐欺で得た金なのだ。

その金を借用するのに、後ろめたさは感じずにすんだ。

八王子にもどったときは、ちょうど二時だった。仙田織物に着くと、すぐ事務所にまわった。仙田はいつもの場所に陣どっていた。

和夫はお辞儀をして、声をかけた。「あの、昨日おさめた織物の代金をもらってくるように頼まれました」

「そうか」

仙田から受けとった封筒をあらためると、十五万円の小切手が入っていた。礼をいって、早々に事務所を出た。工場には文世はいなかった。ふと思いたって、裏手にまわった。ガラス窓から中をのぞきこむ。文世が椅子にすわり、着物のデッサンを描いていた。ほかに人はいなかった。

どうするべきかしばらく迷った末、和夫は窓に指をあてた。こんこんと叩く。文世がこちらをふりむいた。和夫は軽く会釈をしてガラス窓に手をかけた。窓はすっと横に開いた。

「あの、すいません、及川さんのことで」

つい、口から出てしまった。ほかに言葉が思いつかなかった。

及川の名前は効果てきめんだった。文世の顔から疑心が消え、窓に近づいてきた。

「ぼく、及川さんのところで働いてます。小林といいます。小切手を受けとりにきました。怪しい者じゃありません」

「……はい」

文世は小さく返事をした。

「及川さんの工場ですけど……その、今、困っていて……」

「知ってます。月曜までにお金を工面しないと、いけないんでしょ？」

やはり、文世はそのことを知っていたのだ。

「それなんですけど、もしかしたら工面がつくかもしれなくて」

文世の顔がぱっと華やいだがすぐ元にもどった。

「よかった……で、及川さんは今、どちらに？」

「えっ、今ですか」

じっと文世は和夫の顔に見入っている。

「例の……」和夫はいった。「江原繊維、あるじゃないですか？」

「あ、はい」

和夫は浅草橋で江原繊維が『丸光商事』という別会社を立ち上げたことを説明した。

文世は納得した様子だったが、表情から明るさが消えていた。丸光商事のことは、及川から聞かされているのかもしれない。明日、文世も浅草橋に行くのだから。しかし、三百万円を拾ってきたことを教えるわけにはいかない。

「あの、ぼくがお話ししたことは、及川さんには、ないしょにしておいていただけないでしょうか？　ぼくがいっしょに働いてる……」

「シゲさん？」

「そうそう、彼女からの又聞きだし、お知らせしていいものかどうかわからないし」

「もちろん、そうします。教えていただいて、ありがとうございます。決していいつけたりはしませんから」

そのとき、部屋のドアが開いて、仙田が姿を見せた。和夫は、「じゃ、よろしく」とだけいって窓を閉めた。足早に表にまわり、車に乗りこんだ。

とにかく、伝えるべきことは伝えた。あとは、この金をどうするかだ。

銀行に寄り、小切手を現金に換えて工場にもどった。シゲさんからは何もいわれなかった。それからすぐ及川も帰ってきた。三人で二時間ほど仕事をすると、及川が機械をとめた。午後五時ちょうどだった。シゲさんがいつものように夕食を作りはじめる。和夫は押し入れからグラブをふたつ、持ち出した。片方のグラブには、軟式野球のボールが入っている。

「よかったら、キャッチボールしませんか?」

及川はおやっという顔でグラブを受けとると、腰を浮かせた。

キャッチボールをするのは、何年ぶりだろう。

及川の姿が圭介とだぶった。和夫は路地の奥に立つ及川めがけて、ボールを放った。高くかかげた及川のグラブに、ボールはすぱっ、とはまりこんだ。

及川は両手をふりかぶると、大きく円を描くように腕を振った。和夫の心臓めがけてボールが飛んできた。ずっしりと重い球だった。

黙々と投げ合った。五分ほどそうしていると、からだが温まってきた。

そうするうちに、圭介を失った悲しみが胸に満ちてきた。圭介とキャッチボールをする日は永遠に訪れない。からだの中を冷たい風が吹き抜けていった。

涙をこらえて投げ返す。ボールの軌道が横にそれた。

ふと、和夫の脳裏に自分の父親のことがよぎった。名前すらわからない父親と、こうしてキャッチボールすることができたら、どんなにいいだろう。そのことを想像するだけで、胸に温かいものがこみあげてくる。少しだけ目がかすんだ。

和夫は本気になって、ボールを投げ返した。心地いい音をたてて、及川のグラブに吸いこまれていく。和夫の気持ちはようやく固まった。この人のためなら、何だってできる。

28

三月六日木曜日。午前九時三十分。及川は工場を出た。和夫はその後をつけた。

前と同じように、及川は八王子駅から東京行きの快速に乗りこんだ。和夫は新聞を買い求め、同じ電車に乗った。及川の行き先はわかっているので、新聞をゆっくりとながめることができた。

腕にはめたロードマチックに目をやると、八時十五分をさしてとまっていた。前回、同じ時間に故障したことを思い出した。はずしてズボンのポケットに入れた。

及川は御茶ノ水で総武線に乗り換え、浅草橋で降りた。和夫もつづいた。東口の改札から出た及川にぴったり、はりついて歩く。及川は繊維問屋街に着くと、ふたたび、そのマンションに入っていった。エクシード浅草橋。〝丸光商事〟の入居しているマンションだ。

和夫は斜め前にある呉服問屋に入って、マンションを見守る。壁時計を見た。午前十時五十分。及川はマンションから出てきた。元きた道を歩いていく。

このあと及川は、喫茶店で四十分近く時間をつぶしてもどってくるはずだ。

和夫は思いたって、マンションに入ってみた。三〇一号室の郵便受けには、丸光商事と書かれてある。今日は、問屋街はどの店も開いている。及川は相手に気づかれて、居留守でも使われたのではあるまいか。

音をたてないように階段を昇った。三階に着く。〝301〟と書かれたドアの前に立った。頑丈そうな鉄製のドアだ。のぞき窓がついている。人はいなかった。

腰を折り、ドアの取っ手近くにそっと耳をあてた。及川もこうして、中の様子をうかがったにちがいない。冷たい鉄の感触がつたわる。

何も聞こえなかった。やはり、不在らしかった。我慢して三分ほどそのままでいた。物音ひとつ聞こえなかった。やはり、誰もいないようだ。

立ちあがろうとして耳を離したそのとき、ごとりという音が中から洩れた。スリッパで歩くような音が聞こえた。ぼそぼそと人の話し声がする。人が歩みよってくる気配を感じた。

和夫は足音をたてないよう、ドアから離れた。忍び足で、一階まで下りた。

呉服問屋に入り、マンションの玄関に目をやる。

背広を着たノーネクタイの男が下りてきた。髪は短く、運動靴をはいているのがアンバランスだ。六十歳前後か。見たことがない。つづけて、スキー帽を深々とかぶった男が現れた。和夫の目は男の姿に釘付け（くぎづ）けになった。

佐久間だった。

和夫は混乱した。どうして、こんなところに、佐久間がいるのだ。ふたりは、マンションの前で別れた。佐久間は駆けこむように、三十メートルほど離れた対面にあるビルに入った。和夫は店から出た。道の反対側にある電信柱の陰から佐久間の入ったビルを見る。

二階にある喫茶店の窓際に佐久間の姿が現れた。席につくと、タバコに火をつけ、道路を見下ろした。佐久間の視線は、丸光商事の入っているマンションの入り口に注がれている。

ようやく佐久間の企みがのみこめた。及川を張っているのだ。及川が先ほど、丸光商事を訪ねたとき、ふたりは部屋にいたのだ。及川があきらめて、帰るのを待ち、部屋を出てきた。

今しがた別れた男は、丸光商事の関係者ではないだろうか。佐久間は丸光商事とどういうつながりがあるのか。八幡町の工場で働いていた佐久間の姿がよみがえってくる。両者の接点は想像できない。和夫はじっと目をこらして、そこから佐久間の様子を見守った。

三十分後、通りのむこうから及川がやってきた。和夫は顔をそむけてやりすごした。及川はふたたびマンションに入っていったが、五分としないうちに出てきた。そのまま、浅草橋駅方面にむかって歩きだす。

ふと見上げると、佐久間が消えていた。電信柱の陰から出ようとしたとき、目の前に佐久間の姿が現れた。

佐久間は遠ざかりつつある及川の背をにらみつけ、そっと歩きだした。五十メートルほど距離をおき、及川に張りついて尾行をはじめた。

及川は神田川に沿って歩いた。柳橋にさしかかる。橋の中ほどで立ちどまると、欄干に身をあずけて、川面を見下ろした。佐久間は近くにある店の中に姿を隠した。しばらくすると、橋のむこうから文世がやってきた。

前回とまったく同じタイミングだった。及川が驚いてふりむいた。

ふたりはしばらくその場にとどまっていたが、身をよせあうように橋を渡りはじめた。佐久間が店から出て、ふたりの後につづいた。及川と文世は路地をまがり、そば屋に入っていった。このまま、ふたりは長居するはずだ。

佐久間はそば屋を通りすぎた。酒屋の前にある公衆電話に歩みより、受話器を耳にあて、小銭を投入してダイヤル式の電話をかける。しばらくして、佐久間は話しはじめた。離れていて、話の中身は聞きとれない。

何度かうなずく。佐久間は電話帳を手に取って台の上におくと、荒々しくページを開けた。胸ポケットからボールペンをとりだし、そこに何かを書きつけると、ページごと破りとり、受話器を叩きつけるようにおく。

佐久間はそば屋をふりかえりもせず、浅草橋駅の方向へ歩き去っていった。一足先に八王子に帰るのだろう。電話ボックスには、電話帳が開いたままになっている。気になって、電話ボックスに入った。

佐久間が何か書きつけて破りとったすぐ下にあるページを注意深く切りとり、電話帳を元にもどした。折りたたんで、ポケットに入れる。駅にむかった。

途中、気が変わり、丸光商事の入居しているマンションにもどった。三階まで一気に駆けあがる。三〇一号室の前までくると、鉄扉に耳を押しつけた。何も聞こえてくるものはなかった。ドアを叩いた。

人のいる気配はまったくない。和夫はマンションを出ると、浅草橋駅にむかった。

29

帰りの快速高尾行きは混雑していなかった。椅子にすわり、佐久間のことを考えた。

どうして、丸光商事にいたのか。まるで、及川がくるのを見越していたみたいだった。後からやってきた文世と合流したのを見届けると、役目がすんだとばかり、去っていった。

文世、及川、佐久間。

今日こそ、三人の関係をはっきりさせなくてはいけない。八王子駅に着いた。駅の時計は午後二時半をまわったところだ。南口の改札を出た。

思ったとおり、目の前に日野コンテッサがとまっていた。一度その前を通りすぎてからユーターンする。佐久間は気づいていない。コンテッサの後部ドアに手をかける。あっけなく開いた。後部座席に身を滑りこませた。

ぎょっとした顔で佐久間が和夫をふりかえった。

佐久間は一重まぶたの目を丸くして、和夫の顔を見つめた。

「こんちは」

和夫は声をかけた。

佐久間はひと言も発しないまま、眉間にしわをよせて和夫に見入っている。和夫が誰なのか、わからないらしい。車内はタバコの臭いがきつかった。

「今、ぼくも駅に着いたところです。迎えにきてくれたんですか？」

佐久間の表情がわずかにゆるんだ。和夫のことを思い出したのだ。「おまえ……及川んとこの」

和夫はゆっくりうなずいた。「そうです。たった今、ぼくも浅草橋からもどったところです」

佐久間の顔がわずかにひきつった。「何か用か？」

「ですから、浅草橋に行ってたんですよ」

「浅草橋がどうしたって？」

「あなたも行ってたでしょ？」

佐久間は鷲鼻をまげて、せせら笑った。「おまえ、寝言いってるのか」

和夫はひと息にいった。

「日本橋馬喰町（ばくろちょう）、エクシード浅草橋、三〇一号室丸光商事」

佐久間はわけのわからない顔で和夫を見やった。

「いえないなら、かわっていいましょう。あなたは、そこで丸光商事の社長と会っていた」

佐久間は顔をそむけた。

「丸光商事というより、江原繊維の社長といったほうがわかりやすいですかね」

佐久間は顎をひき、一重まぶたをひきつらせて和夫を見た。「もし、そうならどうしたっていうんだ」

「あなたは知ってるんでしょ？　及川さんがその男のせいで、ひどい目にあってることを」

佐久間は、しらっとした顔つきでハンドルに右手をのせた。

その表情をバックミラー越しに見つめる。

「あなたはそれを知っていて、男を及川さんに引きあわせなかった。どうしてですか？」

佐久間はハンドルを指で神経質そうにたたく。

「及川さんの工場がつぶれてしまえばいいと、あなたは思っている。だから、江原繊維の社長と会わせないようにしたんじゃないですか？」

佐久間の目がきょろきょろと動いた。

「宮津文世さんですね？」

和夫がいうと佐久間の指がとまった。

「及川織物がつぶれてしまえば、あなたにとって都合がいい。そうやって、及川さんから文世さんを引き離そうとしている。奪おうとしているんだ」

佐久間は目をしばたたいた。「おい、まだ名前を聞いてなかったな」

「小林ですよ」

「石巻のどこ出身だ？」

「蛇田」

「ほう……蛇田か、なあ、小林さん、俺も石巻の出なんだよ。稲井だ」

いうと、佐久間はセブンスターをふところからとりだして、マッチで火をつけた。

和夫は驚いた。稲井という地名は知らないが、蛇田の近くなのだろう。

「俺とあんたと、そう年は離れてないだろ。あんたも集団就職の口か？」

佐久間がぽつりといった。

意外な言葉に和夫は息をのんだ。

「日野のトラック工場あたりから八王子に流れてきた口なんだろ？　ちがうかい？」

佐久間はからかうようにいった。

和夫は必死で考えた。ここは、調子を合わせるしかない。

「ちぇっ」和夫は精一杯演技した。「佐久間さん、あんたもそうだったのか」

佐久間は上機嫌で和夫をふりかえった。「おう、そうだよ。日野の工場だ。狭っ苦しい四人部屋に押しこめられてさ、くる日もくる日も生産ラインにおっ立って、ばかでかいエンジンのネジどめだ。あれならよ、漁船に乗ってイワシでも釣ってるほうがまだましだったさ。寮をおん出て、ほんと苦労したぜ。八王子におちついたときには、もう三十すぎだ」

佐久間は深々とタバコを吸い、フロントガラスにむかって煙を吐いた。

「それで、仙田さんの世話になったんだね」

同じ故郷を持つ者同士だ。仙田ならさぞかし、頼りになったことだろう。その気持ちは和夫にもわかる。

「まあ、それはおいておくとしてだ」佐久間はいった。「宮津さんがどうのこうのって、いったい、何だ？」

佐久間はバックミラー越しに和夫の顔をうかがった。

「何度もいわせるなよ」和夫は語調を荒らげた。「汚い真似はするなってことだ」

「なんか、かんちがいしてるぞ、あんた」

「かんちがいしてるのは、そっちだよ」

佐久間はぽつりと洩らした。「宮津文世の実家、知ってるか？」

「知らない」

「蛇田の駅前にサンストアってちっちゃなスーパーあるだろ？　あれだぜ。地元の人間なら、誰でも知ってるだろう？」

和夫は答えず、バックミラーから目をそらした。

「あのスーパーな、文世の兄貴がやってたんだが、去年の夏、つぶれてな。五百万近い借金作って、兄貴はとんずらこいた。親もいねえだろ。だから、そっくり連帯保証人になった文世のところへきたってわけだ。もともと、開業のとき、適当な文句を並べて、はんこを押させた兄貴も兄貴だが、文世本人もまさか店がつぶれるなんて思いもしなかった。自分の有り金ぜんぶはたいて、それでも足りないから必死で分割返済の約束を取りつけて、ようやく八王子に辿り着いた」

和夫は昨日、及川のかかえた借金を返済する目途がついたことを文世に話した。あのとき、さほど喜ばなかったのは、文世自身、問題を抱えているせいだったのだろうか。この男のいっていることは嘘ではないのかもしれない。

文世は兄の作った借金の一部を、及川に肩代わりしてもらった可能性がある。去年の九月、及川は自分の定期預金から、二百万円を引き出している。あれだ。

しかし、そんなことはこの際、問題ではなかった。

この男こそ、自分の前世の人間なのだ。このままでは、明日、殺人という大罪を犯すことになる。それだけは何としても阻止したかった。

「宮津さんのことはどうでもいい。及川さんのことだ」和夫はいった。

「及川が何ぃ？」

「決して近づくな。あの人を呼びだしたりもするな」

「おまえさん、ここ、おかしいんじゃないの？」

佐久間はこめかみに指をやって、くるくるまわした。

和夫は佐久間の肩に手をあて、ぐいと押した。「だまれ、つべこべいうな。及川さんには金輪際、近づくな。担当も代わってもらえ。いいな、わかったな」

佐久間は和夫の手をふりはらった。「何、いってるんだよ。おめえ、わけがわかんねえな、ったく」

「いいか、佐久間、これだけはいっておくぞ。よく聞け。このまま、及川さんから手を引かなかったら、おまえは大変なことになるんだぞ。来月の五日、真夜中だ。おまえは野猿街道でひき逃げにあって死ぬんだ。でも、犯人は決して捕まらない。それでも、及川さんにつきまとう気か？」

佐久間の様子が変わった。和夫のことは眼中になくなったみたいに、しきりと考えをめぐらしているようだった。

「降りろ」いきなり佐久間がいった。「早くしろ」

佐久間が顔をむけたほうを見ると、ちょうど、文世が階段を下りてくるところだった。和夫は反射的に車のドアを開けて、外に飛びでた。文世に背をむけて、車から足早に離れた。

30

「いいアパート見つかったかい？　今日、ずっと留守してたんだって？」

歩きながら、及川がぽつりといった。

「まだ、見つかりません」

「今のとこに住んでていいんだよ。あせらなくていいから」

「ありがとうございます」

和夫は夜空を見上げた。銭湯へ行く道は暗く、星々がくっきりと輝いている。

「あの、きいていいですか」

和夫は口を開いた。

「どうしちゃったの？　あらたまって、変だぞ」

「及川さん、人の魂ってどう思いますか？」

「ええ、魂？」及川はおどけたようにいった。「そりゃ、あるんじゃない。また、どうして？」

「いえ、ちょっと思ったもんですから。人が死んだら、魂はどうなるのかなって」

「君はどう思う？」

「……やっぱり、肉体は滅びても、魂は残るんじゃないかなって思います。及川さんはどう思いますか？」

「肉体が滅びれば、魂も消えてなくなると思うけどね」

「どうしてですか？」

「人間って動物とちがって死というものを知ってるじゃない？　死が怖くて怖くてしかたないからね。その恐怖から逃れるために、せめて霊魂だけは不滅だと思いたいんじゃないのかな」

及川の達観したような考えは、早くに両親を亡くしたせいなのだろうと和夫は思った。「けっこう、ドライなんですね」

「霊魂は何も人の専売特許じゃないと思うよ。動物にだって植物にだってあると思うんだよな。でも、そんなのがいつまでたっても消えないで、世界じゅうに残ってるとしたら、煩わしくないかい？」

「それはそうかもしれないですね。それより、及川さん、ぼく、シゲさんからいろいろ聞きました。工場のことです」

「工場の何？」

及川の声が真剣味を帯びた。

和夫は悪徳業者のせいで、及川が借金をかかえ、このままでは工場がつぶれること。工場の土地も担保に入っていて、銀行にもっていかれることなどを話した。

「……まあ、嘘じゃないけどね」

及川が素直に認めてくれたので和夫は安堵した。

「あの……ぼくのこと、どう思います?」

「いきなり変な人だねえ、どうしたんだよ」

「組合に問い合わせ、しませんでしたか? 住民票も何も持たないで、いきなりやってきたぼくの素性を」

「……それはしたさ。でも、いいじゃないか、人にはそれぞれ事情があるんだろうからさ」

「あ、ありがとうございます」

「いいから、急ごう、おお寒い」

早足になった及川について、和夫はユニクロのジャンパーを脱いだ。この時代にはないエアテックの素材だ。及川のそばに寄り、それを目の前にさしだした。

「これ、お気づきだと思います」

及川はジャンパーを見ることもなく、いった。「ああ、見たことも触ったこともない生地だね。縫い方も。でも、エンブレムを切りとってある」

「ぼくの実家で作った試作品なんです」

及川の歩くスピードが落ちた。

「実家から八王子の織物屋で修業しろと命令されて、きたんです。あちこち調べたら、及川さんのところがいいと思いました。それで、お世話になったんです」

及川はたちどまり、和夫の顔をのぞきこんだ。「君の実家って、たしか石巻の……」

「生まれは石巻ですが、桐生で育ちました」

「そうか、桐生か、いいところだ」

桐生も毛織物の街だ。機転を利かせた。

「さしでがましいとは思うんですけど、聞いてもらえますか？」

和夫は実家にわけを話せば、当座の回転資金ぐらいは無利子で貸してくれると思いますといった。及川は返事をせず、歩きだした。銭湯が近づいてくる。暖簾をくぐるとき、及川は和夫の顔をちらっとふりかえり、

「考えさせてもらっていいかな」

とにっこり笑みを浮かべていった。

「もちろんですよ。実はもう、金は手元にあるんです。今日は、実家に借りに行ってきました」

及川は、驚いた顔をみせた。

「……それは」

「及川さん、あなたの仕事は誰にもまねができない。ぼくも必死に働きますから、これからも続けましょうよ」

及川は深々とうなずいて、和夫の手を握った。「わかった。恩に着る」

和夫はほっと胸をなで下ろし、及川につづいて暖簾をくぐった。

帰宅すると、和夫はすぐふとんに入って横になった。からだが温まり、うまく寝つけそうだ。明日のことを考えた。今日、佐久間をどうにか言い含めた。もう、及川を相模湖に呼びつけるようなことはしないだろう。及川は、和夫のさしだした三百万円を快く借り受けてくれた。返してもらうつもりなど、毛ほどもなかった。工場のつぶれる心配も当面はなくなるし、相模湖へ行くこともない。

及川はこの先、ずっと生きのびていけるのだ。

それはそれでいい。いずれ、近いうちにこの工場を出て、別の街に行って暮らすつもりでいる。とにかく、この世界で生きていかなくてはならない。

午前零時をまわった頃、表で車のエンジン音が聞こえたような気がしたが、もう、その頃は、夢うつつの状態だった。夢ひとつ、見ないでぐっすりと朝まで眠った。

31

三月七日金曜日。ふたたび、その日が訪れた。

ふだんどおり、八時半から工場が動きだした。シゲさんはいない。

ひと晩寝て起きてみると、漠とした虚脱感を感じた。及川は、元気をとりもどしているようだ。命を失うことは避けられるはずだ。機械を動かしている姿を見ながら、和夫は後悔とも何ともつかないものを感じた。圭介のことだ。

この選択でよかったのだろうか。このままなら、たぶん、圭介はこの世に生まれてこない。しかし、それはそれでしかたない。この先、この自分が前回と同じように、三十三年後の世界にもどれるという保証など、どこにもないのだ。

電話が鳴ったので、和夫ははっとした。となりの部屋にむかう及川の後ろ姿を見る。

及川はしばらく話しこむと、受話器をおいた。そのまま、土間に下りたち、外出してしまった。そんな馬鹿な。佐久間が電話などかけてくるはずない。

和夫は工場から飛び出した。及川の運転する車がバックで、路地を進んでいる。とめてもむだなのはわかった。車が路地から消えるのを和夫は見送るほかなかった。

及川の行く先はそこしかない。相模湖だ。

和夫は工場にもどり、機械をとめた。いったい、佐久間は何をするつもりなのか。昨日、あれほど念押ししたのに効き目はなかったのか。それほどまでして、文世を我がものにしたいのか。

及川が出ていって、五分近くがすぎてしまった。早ければ今頃、高尾駅あたりを走っているだろう。これから起きることを考えると、和夫は何も手につかなかった。

及川は相模湖で佐久間に殺される。とめることはできないものか。

佐久間と会うことができれば、とめる自信はある。しかし、もう時間はない。今からタクシーを呼んでも、間に合わない。

和夫は腹立たしかった。最悪の事態を想定して、レンタカーを借りておくこともできた。車の音がして、和夫は外に出た。ゆっくりと進入してくるクラウンを見て、和夫は頭が混乱した。助手席には文世が乗っている。前のときと、何から何まで同じではないか。

及川が殺されるという最悪の事態を回避するよう、あれだけ動きまわった。なのに、少しも変わらない。

仙田が運転席から声をかけてくる。

「及川、いるか？」

和夫は首を横にふった。

「いるのか、いないのか、どっちなんだ」

和夫は頭から血が下がっていくような感覚を覚えた。同じだ。話す言葉さえも。

「いません」

仙田は車から降り、工場の中を見て及川がいないのを確認すると車にもどった。和夫も反射的に後部座席へ乗りこんだ。

「何だ、おまえ?」

仙田が驚いたふうにいった。

「行ってください」

「行くって、どこへだ?」

「相模湖です。及川さんもそこにむかってます」

仙田が驚いた顔で文世と顔を見あわせる。「どうして、そんなことを知ってるんだ?」

「本人から聞きました。早くしてください」

仙田はじろりと和夫の顔をにらみつけてから、バックで路地から出た。

こちらを見つめる文世に、和夫は声をかけた。「だいじょうぶ、及川さんの工場はつぶれません」

甲州街道を走った。仙田が本当に相模湖へ行ったのかどうか、しきりと確認してくる。和夫はまちがいありません、と押し通した。大垂水峠から相模湖まで下った。灰色の相模湖が近づいてくる。

何がいけなかったのだろう。どこが足りなかったのだろう。

和夫は佐久間と交わした会話を反すうした。あれだけ脅せば、及川が殺されたとき、この自分が警察に通報すると佐久間は思ったはずだ。それでも、あえて相模湖に呼びつけたのだろうか。

相模湖に呼びだした以上、佐久間は及川を殺す腹だ。話し合って、問題を決着させようなどとは思っていない。

及川はおそらく、話し合いをするために呼びだされたのだとかんちがいしている。だから、ボートに乗り、ふいを襲われてしまうのだ。

それほど、佐久間は文世のことを思っているのか。

「どっちなんだ」

和夫は、つい大声をあげてしまった。仙田と文世が同時にふりむいた。

湖畔の駐車場に入った。和夫はふたりをおいて、飛びだした。

風が冷たかった。鈍色(にびいろ)の湖に、遊覧船やボートが浮かんでいる。

空は、一面、あばら骨のような雲におおわれている。及川の姿はどこにも見えなかった。遊技場めがけて走った。黄色い帽子をかぶった幼稚園児たちの行列とぶつかった。遊技場から桟橋に出た。及川の姿はない。

あちこちに浮かんでいるボートを見た。手こぎボートが四艘、モーターボートが一艘。

まちがいない。前回とそっくり同じだ。

遊技場にもどり、双眼鏡にしがみつき、百円玉を入れて、レンズをのぞきこむ。一艘ずつボートを確認していく。どこにも及川の姿はない。対岸の入り江にむけた。そこにもボートらしきものはない。和夫は遊技場の端にある切符売り場にもどった。人はいなかった。ここで待つしかない。

遊技場から道をへだてて、むこう側にある食堂兼喫茶店に目をやった。及川はあの中にいる。きっと現れる。ここにいさえすれば、まちがいなく及川を見つけることができる。遅くはないのだ。壁時計は十時半をさした。

その時間は、はっきりおぼえている。今だ。この瞬間、及川がやってくる。あの食堂の戸を開けて。しかし、及川は姿を見せなかった。

一分がすぎた。二分……三分。

時間をまちがえたのだろうか。いや、そんなはずはない。前回は十時半ジャストに、及川はあそこから出てきたのだ。三十五分になった。和夫はあせりを感じた。ちがう場所か？

遊技場を見渡した。それらしい人影はない。

和夫はそこを飛びだした。むかいの食堂に走った。戸を開ける。

親子づれの客がいるだけで、及川の姿はなかった。こんなこと、あるはずがない。

これまで、すべて同じだったではないか。

そのとき、射的場の奥から現れた人物を、和夫は信じられない面持ちで見やった。

佐久間がどうしてこんなところにいるのだ……。

和夫はとっさに、食堂に入った。目の前を通りすぎる佐久間をやりすごしてから外に出た。佐久間は切符売り場をまわりこむようにして、桟橋に下りていった。切符売り場のむこう側に、湖面が見える。滑るように、桟橋に近づいてくるモーターボートがあった。操縦している人間を見て、和夫は震えが走った。

どうして、及川が操縦しているのだ。

ボートは建物の陰になり見えなくなった。わけがわからなかった。

和夫は全速力で駆け出した。どうしてだ。これまで、ことごとくすべてが同じ展開を見せていたではないか。それが、最後になって、どうして事態が逆転するのだ。胃が縮こまったようになり、苦いものがこみ上げてくる。

こんなことなら、本当のことを伝えるべきだった。今日、これから起きるすべてのことを包みかくさず、及川に話さなくてはいけなかったのだ。

切符売り場の脇を通り抜け、桟橋に下りたった。桟橋には人っ子ひとりいなかった。及川が左手でスロットルのレバーを加減しながら、モーターボートを桟橋に近づけている。佐久間が歩いてくる。

和夫の脳裏に夢で見た、及川の最期の姿がよみがえった。首を絞める佐久間の手を払いのけようとして、力尽きるその顔が。ゆらゆらと水の中で揺れる長い髪の毛が。このままでは同じことが起きる。及川は殺されてしまう。ここでとめなくては、もう間に合わない。ふたりの距離がみるみる近づいていく。あと三メートル足らずで、佐久間はボートの前にたどりつく。今だ。今しかない。足を一歩、進めた。

〈いいのか〉

何か、ちがう場所から声がかかった。今の声は錯覚なのか。

〈圭介はいいのか〉

ふたたび、その声が聞こえた。

それが自分の内側から聞こえてきたのに気づいて、和夫は足をとめた。

〈圭介がいなくていいのか〉

和夫は全身の血が凍りついたように、その場から動けなくなった。

今日、ここで及川が死ななければ、圭介は生まれてこない……。

わかっている。そんなことはわかっている。でも、決めたではないか。及川を、あの男を救おうと。

〈いいのか？〉

和夫はその声をふりきるように頭をふった。

〈助けてしまって後悔しないか？〉

何を馬鹿な。

〈本当にいいのか〉

及川を助けてしまえば圭介は生まれてこない。

それはわかっている。

〈やりすごせ、このままでいろ。声をかけるな〉

……おれはどっちの味方なのだ？　及川なのか……それとも、圭介なのか？

目の前で、佐久間がボートに乗り移ろうとしていた。今しかない。今、とめなくては及川は死んでしまう。声をかけようとしたが、何かが喉につまって出てこない。

〈取りもどしたいんだ。圭介を〉

その言葉がずしりと胸に突き刺さった。

……そうなのだ。何があっても、圭介は圭介なのだ。この自分の血を分けた子供なのだ。何者にもかえられないではないか。悪いのか、それが。子供を取り返したいと思うのがいけないのか。

佐久間、と声に出さずに呼びかけた。

早く行ってしまえ。この桟橋から消えていなくなってしまえ。

自分のからだが自分のものでないような気がした。足も腕も、まっぷたつに引き裂かれたみたいな気がした。和夫の足は、ぴたりととまってしまった。もう、一センチたりとも進めなくなった。ようやく、和夫はそのことに気づいた。

この五日間、自分はこの瞬間が訪れるのをひそかに待っていたのではないか。及川が今、このとき、死んでいく。その瞬間を。そのことを和夫は認めないわけにはいかなかった。進めない。もうこれから先は、一歩も前に行けない。

及川さん……どうか、許してほしい。あなたを救えないこの自分を恨んでくれ。でも、わかってほしい。あなたを助けたい一心でこれまできた。その気持ちは少しも変わっていない。でも、無理なのだ。この自分に、そんな残酷なことはできない。もう一度、圭介を失うなんて。どうか、それだけは勘弁してください。

でも、こんなはずじゃなかったんだ。やっぱり、このままじゃだめだ。

むりやり、足を踏み出そうとしたそのとき、和夫はバランスを失った。

からだが桟橋から浮くのがわかった。うす茶色の湖面が眼下に見えた。ゆっくりと、それは近づいてきた。からだが軽くなり、落ちていくのがわかった。恐怖感はなかった。水の中に身を入れることこそ、唯一の選択とさえ思った。

32

薄く目を開けた。ざわざわした音。見慣れたオフィスの風景が目の前に広がっている。たった今しがた、水中に飛びこんだはずなのに、息苦しさは感じなかった。冷たくもない。心臓だけが激しく鼓動していた。

斜め左には、タヌキこと係長の古沢が、苦虫を嚙みつぶしたような顔をして、書類とにらめっこをしている。カウンターの受付では、三浦が客とやりとりをしている。

息を大きく吸って吐いた。少しずつ、動悸がおさまってくる。

うつむくと及川の貸してくれたコットンパンツが目に入った。ポケットからドコモのスライド式携帯が出てきた。濡れていない。そっと電源を入れてみる。電池切れで、つかなかった。斜め前にauの携帯がある。係長の古沢の携帯だ。

ことわって、見せてもらった。日付と時間が大きく表示されている。

2008年3月3日(月) 11:30

前と同じだ。

平成二十年三月三日月曜日に、自分は舞いもどってきた。

机にある席次表に目を落とした。自分の席には、宮津主任と書かれている。どうやら、本来いるべき世界にもどってきたようだ。

「宮津君、着替えてきたほうがいいよ」

古沢が和夫の服を見ながら、声をかけてきた。

和夫は自分が着ている服を見た。タイムスリップしていたときに着ていたネルのシャツのままだ。

腰を浮かしたとき、古沢が手書きの書類をよこした。「これ作ったんだけどさぁ、ちょっと読んでくれるかな」

和夫は息を整えてから、目を通した。きたる三月十二日に行われる国民健康保険運営協議会用のQ&Aだ。国保税の限度額引き上げについて、想定される質問が並べられ、それに対する回答が書かれている。質問は課長のヒデ公こと、坂本秀次が作ったものだ。それに対する答えが古沢の字で書かれている。どれも、数行足らずで終わっていて、一行しかないものもある。

「しばらく、あずかっておきます。着替えてきますから」

和夫は書類を引き出しにしまう。そこに入っていたグッチのセカンドバッグに目がとまった。小銭入れから十円玉を三枚とりだしてポケットに入れた。受付の脇を通って、カウンターから出る。エントランスまで早足でむかった。自動扉の横手に公衆電話が三台並んでいる。自宅の番号を押した。呼び出し音が鳴った。五回目に応答があった。

「もしもし」

文世だ。やはり、今日、文世は家にいる。ということは……。

和夫はごくりと唾をのみこんでから、おもむろに口を開いた。

「かあさん……圭介、いる？」

「どうしたのさ、おかしな声出して」

「いないの？　圭介だよ、圭介」

「やぶからぼうに何よ。いるに決まってるじゃないか。まったく、おかしな人だね、あんた。圭介とかわるかい？」

どっと肩の荷が下りた。目の内側が熱くなった。やはり、圭介はいる。この世界に生まれ、この自分の子として存在している。その事実が、ひどくまぶしく感じられた。

33

急いで課にもどった。端末の住民基本台帳システムを呼びだす。〈宮津圭介〉と入力した。

一秒とかからず、アクセスできた。

〈平成十四年一月十二日生まれ〉

小さくガッツポーズをした。生年月日も以前と同じだ。

初期画面にもどした。一度、息を吸ってから、ゆっくりとその名前を入力する。

〈及川栄一

死亡　昭和五十年三月七日金曜日〉

死亡の二文字が点滅している。じっと見つめる。予想していたことだった。やはり、あの日、及川は死んだ。佐久間によって殺されたのだ。それでも、及川を死に追いやった自分が許せないような気がした。どんな事情があるにせよ、あのとき、及川を助けなかった自分が情けなかった。

息を整え、次の人物の名前を入力する。リターンキーを押した。

〈佐久間修次

職権消除　昭和五十年九月四日〉

まじまじと画面を見つめた。

職権消除？

佐久間は同じ年の四月五日、ひき逃げされて死んだはずではないか。それがどうして、職権消除扱いになっているのか。しかも、約半年後の九月に。

職権消除とは、該当する人物の居住の実態がないと確認された時、住民票を削除することだ。死亡したことがわかれば、その時点で死亡扱いに切りかわる。昭和五十年に佐久間は死ななかったのかもしれない。佐久間の身に、いったい何が起きたのだ。

午後五時半。和夫は家にむかってスクーターを飛ばした。まだ空は明るい。一刻も早く帰り着いて、圭介を抱きしめたかった。佐久間のことは気になるが、今は圭介が優先だ。わが子だけは特別な存在なのだ。そう思いながらも、及川に対する悔恨の情が、焼きついたように離れなかった。

街並みは少しも変わっていない。甲州街道ぞいには高層マンションが建ち並び、駅には百貨店のそごうが店をかまえている。南大通りから自宅に通じる路地に入った。胸が高鳴ってきた。ずいぶん長い間、留守をしていたように思う。実際には、ほんの十数日のことなのに、一年以上、家を空けていたような感じがする。

スクーターを駐車スペースの隅において、玄関に飛びこんだ。

「圭介っ」

大声で叫んだ。

軽やかな足音が聞こえてきて、和夫は胸の奥がじんとした。

「おとちゃん」

圭介が和夫に飛びかかってきた。

思いきり抱きしめた。やわらかい髪の毛が頬にあたる。

「……圭介ぇ、おかえりぃ」

圭介は息苦しそうにからだを離して、和夫の顔を見上げた。

「おとちゃん、おかえり」

「ただいま」そういって圭介を抱いたまま、靴を脱いで上がった。「ほんとに、ただいまだ、な、圭介」たまらず、圭介の頬に唇を押しつける。

きゃはは。

圭介はくすぐったそうに身をよじった。ふたりして居間に入った。

「おかえりぃ」

割烹着(かっぽうぎ)姿の文世が台所に立って、ネギを刻んでいる。土鍋にはもう、野菜がぎっしりとつまっている。それを見ているだけで胸がつまった。

「おとちゃん」

そういって食卓兼用のこたつの上で、圭介はゲームをはじめる。

「よかったなあ、圭介、な、よかったぞう」

圭介の髪をくしゃくしゃにして、なでまわす。

「あは、ごめん、ごめん。ゲームやりな、さっ、つづけろ」

和夫は自分の部屋に入った。机には富士通のデスクトップ型パソコンが鎮座し、目の前の壁には、古びた「ミッドナイト・ラン」の映画のポスターがはられている。変わっていない。玄関からヘッドライトの明かりが差しこんできた。

和夫は駆けだした。玄関の戸を開けると、ステップワゴンから幸恵が降りてくるところだった。小さな紙袋を持っているだけだ。

幸恵は和夫の出迎えに驚いた顔をした。脇を通り抜けて家に入っていく。コートを着たまま、居間のこたつにすわりこんだ。

「おかあさん、今日のおかず何？」

笑いがこみ上げてくる。前のままだ。変わるはずなどないではないか。一家四人、水入らずで夕食をとった。満腹だ。

圭介は相変わらずゲームに夢中だ。

三十三年昔の世界が遠いものに感じられた。しかし、自分はまちがいなくそこにいたのだ。たった半日前まで。今、自分のいるこの世界は、元の世界のままだろうか。

和夫は家の中にあるものをひとつずつ、確認してまわった。本棚には、暗記するほど目を通したマンション関係の本がずらりと並んでいる。欠けていると思われる本もあった。幼い頃、大好きだったガンダムのストーリーブックが一冊、見当たらない。棚の上でほこりをかぶっていたはずの、初代タイガーマスクのビデオテープも、とうとう見つからなかった。もどってきたこの世界は、少しずつ変容していることがあるのかもしれない。しかし、それくらいなら許容範囲だ。

居間におちつくと別の不安が頭をもたげてきた。この世界でも、圭介は自分の前世を思い出しているだろうか。圭介に直接、たずねるわけにもいかない。

「なあ、圭介のことだけどさ」

幸恵にだけ聞こえるように、小声でささやきかけた。

「ん、何？」

あまり、関心のなさそうに、幸恵は和夫をふりかえった。

「病院……どうだった？」

「病院って、何？」

「ほら、アザとかさあ、出てきたりして」

幸恵はぽかんとした顔で、アザがどうかしたの、とききかえしてきた。

「あっ、ごめんごめん、何でもないんだ」

「どうかしたの？　ねえ、けいちゃん、からだ、どこか具合悪い？」

圭介に幸恵が声をかけたので、和夫はあわてて、それを制した。

「何でもないってば、かんちがい、かんちがい。健康診断受けさせないといけないかな、と思ったんだよ」

我ながら、苦しいいい逃れだった。幸恵は疲れているらしく、それ以上、関心を示さなかった。ぼんやりと、テレビの天気予報を見はじめる。

圭介はこの世界で、自分の前世について、思い出していないらしい。そのことがわかっただけでも、ありがたかった。もう、決して前世のことなど、思い出してほしくない。ズボンのポケットの中にあるものに指が触れた。とりだしてみると、電話帳の切れはしだった。

それを見て、和夫は、昨日……いや、昭和五十年三月六日、浅草橋の電話ボックスで佐久間が電話をかけた情景を思い出した。

あのとき、佐久間は電話帳に何かを書きこみ、そのページだけを破りとった。和夫が今、手にしているのは、破りとられたページの下になっていたページだ。

佐久間は何を書きつけたのだろう。和夫は自分の部屋に行った。

机の引き出しから、鉛筆をとりだした。椅子にすわり、破りとった紙をながめた。広告が印刷されているページで、かなり空白部分がある。

佐久間が書きつけた場所は、ページの右下あたりだったような気がする。そのあたりに鉛筆を寝かせ、なぞるように芯をこすりつけた。

場所がちがうのだろうか。それとも佐久間の筆圧が強くなかったのか、何も紙に浮き上がってはこなかった。あきらめて、鉛筆を上げようとしたとき、うっすらとその形が現れた。

〈ワ〉

カタカナらしい。

その横をこすった。今度は〈ン〉が浮かび上がってきた。作業をつづけた。

〈ド〉

結局、〈ワンド〉の三文字が読みとれた。

いったい、何なのだろう。飽きずに、和夫はその右側に同じ要領で鉛筆の芯をこすりつける。

すると、そこにも三つのカタカナらしき文字が浮かんだ。

〈アオタ〉

何のことだろう。

ワンド　アオタ
アオタというのは、人名か地名のようにもとれる。しかし、〈ワンド〉とは何だろう。パソコンを立ち上げて、インターネットに〈ワンド〉と入力し、検索をかけてみた。驚いたことに、日本語で〈湾処〉という文字が現れた。入り江や川のよどんだ場所を指すとある。外来語ではないらしかった。

素直にそれをあてはめてみれば、〈ワンド　アオタ〉は〈アオタという入り江〉になる。〈アオタ　入り江〉と並列させて検索してみたが、ヒットするものはなかった。

疲れた。和夫はひとりで風呂に入った。圭介が寝ついてからすぐ、和夫もふとんに横になった。暗がりの中で、和夫は目を閉じた。満ち足りた、しかし、何かが抜けおちているような、かすかな不安がよぎる。催眠療法士の加納とかわした会話がよみがえってきた。

タイムトラベルが完結すれば、記憶はすべて消えてしまい、何も覚えていないものだ、と。しかし、タイムスリップしたときのことは隅から隅まではっきりと覚えている。圭介の精密検査の日から、目まぐるしい勢いで、過去と現在を行き来した。そのすべての瞬間が頭に焼きついていた。これだけは、どんなことがあっても、消えないという確信がある。これはどうしたことだろう。タイムトラベルが終わっていないからなのだろうか。

一晩寝ても疲れはとれなかった。できれば、今日一日、有休を取ってゆっくりしたい気分だった。それでも、気にかかることが山ほどあった。結局、役所に出勤してから、夕刻、中央図書館にむかった。

二階の参考図書室で、マイクロフィルムの閲覧機とむきあった。

三十三年前の毎朝新聞地方版の閲覧をはじめる。一九七五年三月八日まで記事を先送りする。その日にたどりついた。社会面を見た。

相模湖で変死体

という見出しが目に入った。顔をおおいたくなった。やはり……そうだった。あれはまちがいではない。和夫は唇を舌で湿した。

〈七日午後五時、相模湖で変死体が発見された。死体の衣服にあった免許証から亡くなったのは及川栄一さん（三〇）とわかった。司法解剖の結果、溺死と判定されたが、及川さんの首には縞模様の首を絞められた痕があり、相模原署では殺人事件も視野に入れて捜査を開始した。及川さんは八王子市内でネクタイ織物業を営んでおり、七日の朝は自宅にいたことが確認されているが、その後の消息はわかっていない〉

読み返した。はじめて読んだときも、そっくり同じ文面だったような覚えがある。昨日よりもまして、自己嫌悪を感じた。やりきれなかった。圭介の身代わりに、大切なものを失ったような気がしてならなかった。しかたなかったのだ、と自分にいいきかせても落ちこんだ。気をとりなおして、日を先に送る。

三月分すべてに目を通した。佐久間の名前はどこにも出てこない。

その先の四月へ。一九七五年四月五日。佐久間がひき逃げされて亡くなった日だ。

六日の社会面を見た。

どこにも佐久間の名前はない。ひき逃げはおろか、交通事故の記事はひとつも見当たらなかった。おかしい。一週間前にもどって、もう一度見ていく。ない。四月分を見終えた。どこにも、佐久間と関連する記事はなかった。

五月分も見る。同じくなし。急ぎそれ以降も見たが、佐久間という名前は出てこなかった。やはり、佐久間はこの年、死ななかったのかもしれない。

どうしてか。うすうす想像がついた。

自分が、タイムスリップして、当時の佐久間や及川と出会ったことにより、歴史は変わってしまったのではないか。たぶん、そうとしか考えられない。時間旅行をしなければ、佐久間はこの年、命を落としていた。しかし、佐久間はともかく、及川の殺人事件は確実に起きている。これはどう見ればいいのだろう。

ポケットにある電話帳の切れはしをとりだした。

ワンド＝入り江

和夫は司書に、相模湖の載っている地形図の閲覧を依頼した。

しばらくして、大判の地図が和夫の元にとどいた。国土地理院が発行した五千分の一の縮尺の地図だ。蛍光灯の下にもってゆき、地図に見入った。

地図の真ん中に、相模湖が右から左へ伸びている。集落は湖の北側に集中しているが、南側は山ばかりだ。湖の左端に勝瀬橋がかかり、そこから半島のように陸地が突きでている。その半島の先端に、青田という文字があるのが目にとまった。

青田……アオタ、と読むのだろう。

青田と書かれているところに、ほんの数戸だけ、人家が描かれている。小さな集落らしい。集落の端から半島の南側を迂回するように道路が走り、ぐるっとまわって勝瀬橋とつながっている。

青田の集落の先に、入り江がある。相模湖でも、いちばん大きな入り江だ。青田のワンドとは、これかもしれない。悪寒が走った。

この入り江は、遊覧船に乗っていた圭介が、指さした場所ではないか。

『ぼく、あそこで殺されたんだよ』

と。

事件と関係しているのかもしれない。まだ、調べることは残っていた。

司書に三多摩繊維週報の過去のストックを見せてもらった。奇妙なことに、文世に関する記事がいくつか載っていた。

すべての閲覧を終えて、和夫は図書館を出た。閉館五分前だった。

34

「圭介、お風呂に入ろぉー」

和夫が声をかけると、圭介は、こたつから飛びだしてきて、服を脱ぎだした。下着を頭から抜きとってやる。湯船から風呂桶いっぱいに湯をくみあげて、ゆっくりと圭介のからだにかける。

「あつ、あつっ」

圭介はおおげさに地団駄を踏む。

「うそうそ、そんなに熱くないぞう、ほーら入ろ」

先に湯船に入ってから、圭介のわきをかかえて、そっと湯船に入れてやった。

「肩までつかろうね」

圭介は和夫にぴったりとからだをあずけてきた。ずいぶんと長い間、こうして圭介と風呂に入らなかったように思う。圭介は気持ちよさそうに、ぼんやりと風呂の壁を見つめている。顔も首もピンク色に染まりだした。圭介のからだが足先から浮かんでくる。左足のひざのあたりを見た。ぽっと赤みを帯びたカエデの葉のようなアザが見える。

及川の生白い素足が頭に浮かんだ。気づかれないように圭介の首のあたりをのぞきこむ。シマヘビの模様は見つからなかった。ほっとして、和夫は湯船の縁に背中をあずけた。それでも、和夫の不安は消えなかった。

圭介は本当に前世のことを覚えていないのだろうか。覚えていても、本人が口にしないだけなのではないか。

「ねえ、けいちゃん……」そっと和夫はいった。「オイカワちんのこと知ってる?」

圭介は何も聞こえなかったように、薄く目を開けている。

何も答えない。和夫は胸のつかえが下りた。圭介は前世のことなど、覚えていない。

「おとちゃん……三度行ったら、もう、そこから変えることはできないんだよ」

突然何をいいだしたのか、和夫にはさっぱりのみこめなかった。

「ねえ、けいちゃん、変えるって何のこと?」

「変えちゃいけないんだ。ねえ、おとちゃん」圭介はたよりなげに和夫を見上げた。

「ぼくらを助けてね」

それだけいうと、圭介は何事もなかったように、てのひらでお湯をすくった。

助ける? 何をいいたいのだろう。和夫が問いかけても、圭介は答えなかった。

35

三月六日、木曜日の朝は珍しく早く目が覚めた。

午前六時、幸恵が起き出すのを待って、和夫もふとんから出た。通勤服に着がえて居間のテレビをつける。こたつに入って、テレビを見るふりをしながら、朝食の仕度をする幸恵の様子をちらちらとうかがう。

幸恵はキャベツを千切りにしながら、

「どうしたの？　こんなに早く起きて」

と訊いてきた。

「ちょっと目が覚めちゃって」

なぜか、おちつかなかった。前回のタイムスリップでは、今日という日に、文世は交通事故に遭い、瀕死(ひんし)の重傷を負うのだ。あの日の朝、幸恵は五目ご飯を作っていた。しかし、今日の幸恵は目玉焼きを焼いている。ふだんと変わりない。

七時すぎ、文世に起こされて、目をこすりながら圭介がやってきた。

和夫は圭介をこたつに入れてやった。朝食を食べ終えた文世は自分の部屋にもどった。新聞をとりに表に出たあとで、文世の部屋をのぞいた。

文世は着物に着替えていて、姿見で念入りにチェックをしている。

やはり、日本刺繡の講座に出かけるようだ。

「かあさん、頼み事、あるんだけどな」

「なんだい、あらたまった声出して」

「今日の講座、行かないとどうなる?」

「どうなるって、久保さんひとりじゃ大変だよ」

久保は日本刺繡の講師だ。文世はその手助けをしている。

「今日だけは行かないでくれるかな」

「そんなこと、できるわけないじゃない。どうしたのさ、変なことというね。気味悪い」

「別に悪気があるわけじゃないんだ。ただ、虫が知らせるっていうかさ。お願いだから。頼む、このとおりだ」

和夫は姿勢をただし、頭を下げた。

「ちょっと、カズ、どうしたのよ」

「今日は行かないでくれ」

「わ、わかったわよ、おかしな子だねえ、まったく」

しぶしぶうなずくと、文世は着物の帯を解きはじめた。

36

中央線の相模湖駅をすぎると、道は湖にそうように蛇行をくり返した。やがて大きな橋脚が見えてきた。勝瀬橋だ。遊覧船から見たときより、陸地から見るほうがずっと大きく見える。橋のたもとにステップワゴンをとめて、車から降りた。地図を片手にあたりをながめる。

橋をわたったむこう岸に、ふたつの山がある。そこそこの高さだ。山のむこう側に青田の集落があり、入り江がある。

和夫が元の世界にもどってきてから、二週間がすぎた。

今日は友人と、北秋川にある滝を遡行(そこう)するから、家族づれでは行けないと偽って、ひとりで家を出てきた。三月六日、バスの事故はやはり起こった。場所は甲州街道と国道十六号線が交差する八日町の交差点。時刻は八時十五分。場所も時刻も、以前の世界で起きたときと同じだった。

幸いなことに二十五歳のＯＬが軽傷を負っただけですんだ。しかし、事故が起きたことに変わりはない。もし、文世がバスに乗り合わせていたらと思うと、ぞっとする。

地図をしまい、橋の下を見やった。

今は使われていない古い勝瀬橋が見える。橋の幅は狭い。車はすれちがえないだろう。和夫は車に乗りこむと、新しいほうの勝瀬橋をわたった。
対向車線もあり、古い橋の倍以上の幅がある。橋をわたった左手に、ラブホテルが三軒、かたまるようにして立っていた。突きあたりを道なりに右へ曲がる。
相模川にそって県道を三百メートルほど直進する。日連（ひづれ）の町の手前で、左折し、青田の集落に通じる道に入った。小刻みにカーブする道を進む。道幅は狭く、対向車がきたら、どちらかがゆずるしかない。民家は一軒もなく、道の両脇は山が迫っているが、今は対向車の気配はない。

三分ほど走った。道の際（きわ）に一軒だけ民家が立っている。そこをすぎると、少し開けた場所に出た。ごくふつうの民家が四、五軒、かたまっている。そこからは、舗装が途切れて、山を巻きこむようにして細くなり、その先は見えない。

車をとめて地図を見た。道はこの先、百メートルも行かずに行き止まりのようだ。

車から降りて、あたりをながめた。

行き止まりのむこうは、なだらかな斜面になっていて、畑が広がっている。斜面の下手に、空高くまっすぐに伸びた檜（ひのき）が横一線に並んでいた。木々の間から、相模湖の入り江が見える。水辺まで距離にして二百メートル、いやそれほどではない。水際にも家があるらしく、黒っぽい屋根が見える。

和夫は入り江にむかって延びている小径(こみち)に足を踏みいれた。

まわりは竹藪(たけやぶ)だ。あれから圭介は、自分の前世にまつわる話は、おくびにも出さない。いちばん気になるのは、〈青田の入り江〉のことだった。

あの日、浅草橋の公衆電話で、佐久間は誰と話をしたのだろう。相手が及川とは思えなかった。万が一、及川だったとしても、及川は釣りもしないし、相模湖とは縁もゆかりもない。ほかの誰かだ。その人物が青田の入り江のことを告げたとすれば、佐久間とは別に、及川の死にかかわっていた人間がいたことになる。

竹藪からはりだす小枝をはらいながら、小径を下った。はじめこそアスファルト舗装されていたが、途中からは土がむき出しになっている。ところどころ、湧(わ)き水が出ていて水たまりができていた。

右手に山小屋ふうの廃屋が現れた。上から見えた屋根らしい。屋根から壁にかけてツタがからまり、荒れ放題になっている。さらに下ると、片流れの屋根をいただいた廃屋があった。このあたりは、かつて別荘地だったのかもしれない。

竹藪の中は、イノシシが竹の子を掘ったとおぼしい跡が、あちこちにできている。枯れ葉がうずたかく道をおおっている。用心しながら下った。入り江が見えてきた。

朽ち果てた屋形船が、陸に乗りあげるようにしておかれている。

左手の斜面に、お地蔵様や石碑が縦一列に並んで立っている。石碑には、〈第三夜〉と彫りこんである。その右手にも、似たような平石に〈百万遍〉と彫られている。

このあたりは、念仏講が盛んだったのだろう。第三夜というのは、二十三夜講の名残かもしれない。ふたつの石碑の横に、頭のない地蔵が八体並んでいる。

和夫は背筋に冷たい水が流れたような感じがした。

催眠療法士の診療室で、圭介は及川の名前をかたった。その直前、圭介は数を数えだした。十まで数えてとまった。それらはお地蔵さんだといい、ふたつはお墓だといった。圭介の目からすれば、念仏講の石碑もお墓に見えたのだろう。

ぴったり数が一致している。これはいったい、どういうことなのか。

圭介は……いや、及川といいかえるべきかもしれない。彼は、殺される前、この場所を訪れたのか。

和夫はそこを離れて、さらに下った。すぐ平地に出た。緑色の水をたたえた入り江が広がっていた。対岸まで百メートルほどだろうか。目の前に、小さな突堤のような陸地が延びている。両側は遠浅だ。

その中ほどに立ってみた。左手に目をやると、はるか彼方に、相模湖の遊覧船乗り場が見える。右を見た。入り江が川のように奥にむかって切れこんでいる。古びたボートが一艘、座礁したかのように岸辺に乗りあげていた。

和夫の脳裏に、その光景が浮かんだ。及川と佐久間の乗ったモーターボートが目の前を通りすぎ、ここに着岸する、その光景が。

ふたりは、ここでボートを降りて、地蔵のあるところまで歩いたのではないか。

それから、佐久間はもう一度、及川をボートに乗せて、首を絞めた。しかし、どうして、そんなことをする必要があったのか。

37

家に帰ると、駐車スペースに黒のセルシオがとまっていた。胴体が長いので、トランクの半分が車道にはみ出ている。仙田の車だ。仙田は文世の部屋で、背中を丸めてこたつに入っていた。ストライプの入った紺の背広に青い絹のネクタイ。ワイシャツも仕立てが良さそうだ。あいさつすると、「おっ」と、いつもどおりの快活な返事が返ってきた。

「ちょうどよかった。ほら、ここ、ここ」

仙田にいわれるまま、ふたりの間に入って、あぐらをかく。

「いやぁ、聞いたよ、バスの事故。あの日、和夫君が行くなって、とめたんだってな。すごいすごい、さすがだよ。何か天に通じたんだよな、きっと」

仙田は和夫の肩をたたきながらいった。首元に光る銀のネックレスが揺れる。

「ああ、まあ、そう……結果的に、ですけどね」

「しかし、親孝行だなあ」

「仙田さん、よしてくださいよ」文世がいう。

「親孝行ついでにさ、どう、和夫君、文世さんにいってあげなよ。例の件」

おじさんと口にしかけて、それから先をのみこんだ。この世界で、仙田とはどれほど親密なのか、わからない。

以前は、文世のことをフミさんと親しみをこめて呼んでいたが、今日は文世さんになっている。ただ、前回のときとちがって、こうして部屋に上がっているのだから、あながち他人とはいいきれないだろう。

「この家のこと」

そこまでいって和夫は様子を見た。

この家を売って、その金を頭金にして和夫が望んでいたマンションを買うことなのか。それとも、仙田がこの土地にマンションを建てるから、出ていけということなのか。

この二週間、文世が家のことを口にしたことはない。この世界では持ち家なのか、借地なのかさえわからない。しかし、ふたりのリラックスした感じからすると、事はさしせまってはいないのだろうと想像した。

「それにしても、文世さん、えらいよなあ。女手ひとつでこの家建てて、和夫君をこうして役所勤めするまで育てあげてさあ。なあ、和夫君、そうだよなあ」

やはり、悪い話ではないらしい。

「でもねえ、わたしは何となくこの家、手放すのがもったいないような気がしてねえ」文世がため息まじりにいう。

この世界では、我が家は仙田からもらったものではなく、文世がこつこつとお金を貯めて買ったもののようだ。その理由を和夫は考えてみた。

「そんなこと、いってられなくなるよ。あれ」

いいながら仙田がふりむく。圭介が襖を開けて、廊下側に立っていた。

「さあ、おいでおいで、けいちゃん、ほら、ここ。寒いだろ」

仙田が声をかけると、圭介はしぶしぶ入ってきて、和夫のあぐらをくんだ脚の間にすとんとすわった。

「この子も大きくなったら、部屋がほしくなるだろ、な、けいちゃん」

仙田が圭介の頭をなでると、圭介はぷいと横をむいた。この世界でも、圭介は仙田になついていないらしい。

「それはそうとさ、和夫君、ビッグニュースだ。駅南の高層マンション」

仙田はうれしそうな顔で和夫を見た。

「南口のですか？」

「そうそう」

これを伝えにきたのだと和夫は直感した。

「来週あたりから分譲受付がはじまるらしいぞ。いちばん上から売れていくからさ、早めに申しこんだほうがいい」

「そうですか……考えておきます」

「あれぇ、どうしたんだい、そんなことじゃだめだぞ。ペントハウスってわけにゃ、いかないだろうけどさ。少しぐらいなら援助するから、三十階あたりを狙ったらどう？　毎日、ゆうゆうと下々を見下ろして生活するってのも悪くないと思うぜ」

「まあ」

「あれ、どうしたの？　高層マンションに住むのが夢なんだろ？」

「それはそうですけど」

どうしたことか、不思議と高層マンションに対する思い入れがなくなっている。自分でも不思議な気がした。

「だめっ」圭介はいきなり立ちあがると、仙田にむかっていった。

「おとちゃんをいじめちゃだめっ」そういいながら、圭介は仙田の背中を叩いた。

「これ、圭介」

文世がたしなめると、圭介は走って部屋から出ていってしまった。

文世はばつの悪そうな顔で、仙田に謝った。

「いいって、いいって、さてと、もうこんな時間か。ぼちぼち、おいとまだな。和夫君、善は急げだぞ」

仙田は冷めたお茶を飲み干して立ちあがった。

見送ってから、居間にもどった。買い物に出かけているらしく、幸恵はいなかった。

圭介はテレビの前に立ったまま、じっと画面に見入っている。

こたつに足を入れようとしたとき、テレビから相模湖という言葉が流れてきた。軽快な音楽とともに、相模湖の西側にあるレジャーランドの宣伝が流れだした。

和夫はあわててテレビの前に立ちふさがり、テレビのスイッチを切った。

わきの下に冷や汗が伝わった。圭介を抱いて、こたつの中に入る。

目の前にある積木のおもちゃを引きよせた。「圭介、これで遊ぼ」

圭介はいわれるままに、積木を手にとる。その横顔を和夫はしげしげとながめた。

もともとは、テレビのコマーシャルが原因だったのだ。圭介が相模湖に興味を持つようになったのは。たった今、流れたレジャーランドのCMが。

それから相模湖に行くと圭介はいいだした。すべては、ここからはじまったのだ。

もう、二度とあってほしくない。相模湖には決して行かない。たとえ何が起きようとも、圭介には絶対に前世のことなど、思い出してほしくない。

今のこの世界で、圭介は相模湖にも行っていないし、首にアザが浮き出て病院で検査したこともなかった。この世界で圭介は〝目覚めて〟いないのだ。

和夫の昂ぶりとは裏腹に、圭介は何事もなかったように積木に熱中しはじめた。

やれやれと思った。こんなことがいつまでつづくのだろう。

このまま、永久に相模湖との、いや、圭介の前世の記憶との格闘がつづくのだろうか。そのことを思うと、和夫は頭が痛くなってきた。しかし、これだけはいえる。これからは決して、圭介に前世のことを思い出させるようなことをしてはならない。できるかぎりそばにいて、相模湖や前世の記憶につながるようなことをシャットアウトしなくては。

38

四月。

圭介は無事、小学校に入学した。身長が低いせいか、教室ではいちばん前の席だ。二週間もすると、新しい友だちを家につれてくるようになった。

和夫の仕事もあいかわらずだった。幸恵は毎日、歯科医院へ通勤し、せわしない日々を送っている。文世も週二度の日本刺繡の講座を欠かしたことはない。心筋症も、最近は快方にむかっているようだ。

三月のあの〈事件〉は、和夫の中では生々しく残っている。しかし、圭介はむろん、文世にも幸恵にもまったく無縁の話だった。本当は命にかかわるような出来事だったのだけれど。四月はまたたく間にすぎて、ゴールデンウィークが到来した。

今年の連休は土日と重なるため、長い休みはとれない。それでも、去年のうちから秋田の阿仁町（あにまち）にある〈安（やす）の滝〉を家族三人で見に行く計画を立てていた。安の滝は東北屈指の大滝で、二段構えの滝の落差は九十メートルある。しかし三月の末、近くの旅館に予約を入れようとしたら、どこも連休期間中は満杯だと断られた。それだけで行く気が失せてしまった。

かわりに、選んだのが日帰りの秩父（ちちぶ）行きだった。

五月二日。空はからっと晴れて暑くもなく寒くもなく、まずまずの行楽日和だった。連休中はどこも車が渋滞するから、今日は前々から乗せてやりたかった池袋駅発のレッドアロー号だ。西武秩父駅で降りて、むかったのは羊山（ひつじやま）公園だった。公園に入るなり、丘の斜面にびっしりと植えられた満開の芝桜が目に飛びこんできた。一面、淡いピンクや白い花で埋めつくされ、きれいなパッチワークがほどこされている。つづら折りの道を圭介はひとりで走りだした。

「おーい、けいちゃん、おいてかないでぇ」

和夫はおどけて、その後を追った。

幸恵は花に夢中で、みるみる差が広がっていく。先に頂上に着いた圭介は、しきりと前を指差しはじめた。丘の上に立ってみると、柵で囲まれた小さな牧場が広がっていた。

「おとちゃん、ねっねっ」

圭介が和夫の手をひっぱって、柵に近づく。

「けいちゃん、これってねえ、ヒツジさんだよ」

「えっ、ヒツジ?」

「うん、ここの公園の名前もヒツジでしょ。だからだよ」

「ふーん」

デジカメを片手に、幸恵が遅れてやってきた。「はあ、やっと着いたわー」

圭介は幸恵の足元めがけて、突進する。

「ちょっとぉ、けいちゃん、おかあさん、倒れちゃうじゃない」

和夫は圭介のからだをすくい上げるようにして抱きかかえた。

「そーら」

高くかかげると、けらけらと圭介が笑った。

「ねえ、けいちゃん、お昼ご飯、何にしよっか？」幸恵がいう。

「えっと、お寿司かねえ、おそばぁ」

「よっし、じゃあ、しゅっぱあつ」和夫は圭介を肩車してやる。「ご飯食べたあとは三峰口（みつみねぐち）という駅まで行くんだよ。そこから、ロープウェー乗ろうか？」

「うんうん」

圭介は肩の上で、じっとしていなかった。

池袋行きレッドアロー号の席で、圭介はぐったりして寝こんでいた。朝から歩きづめでさすがに疲れたらしい。眠りこけている圭介の顔を見つめる。

ここふた月、圭介が前世を思い出すような兆候はなかった。相模湖にあるレジャーランドのCMを見ても、まったく関心を示さなくなった。けれども、和夫の不安は消えなかった。

二度もタイムスリップしたときの記憶は、少しも薄れない。それどころか、まるで昨日のことのように鮮明になってくる。三十三年前の世界で起きたこと、見たこと、すべてを手にとるように思い出すことができる。

催眠療法士の加納は、タイムスリップが終われば、記憶が固定化されて、それまでのタイムスリップの記憶はあとかたもなく消えるといった。もし、それが本当なら、どうしてそのときの記憶がこうして、いつまでも残っているのか。

このまま、圭介は無事に成長して大人になるだろう。たぶん、そのことに疑いはない。気にかかることがある。今とは別の世界で、催眠療法士の問いかけに応じて、自分の前世を語りはじめた、もうひとりの圭介の存在だ。

あのとき、圭介は前世を語りだし、及川の存在までゆきついた。そして、自分が殺された瞬間を語り、そのあと、ひどくリラックスして、それまでになかった大人びた表情に変貌した。あのときの顔と声が和夫には忘れられない。

本当は、あの状態まで圭介を導いてやったほうがいいのではないか。

そうしてやって、はじめて圭介の魂から〈汚れ〉をとりのぞくことができるのではないか。それをすることなしにこのまま成長すれば、いつか、どこかで、その〈汚れ〉が顔を出して、圭介を苦しめることになりはしないだろうか。たとえば、ノイローゼとか鬱(うつ)とか。もっと悪くすれば犯罪につながるような。

かといって、催眠療法士の元につれてはいけない。たとえ、どんなことになろうとも、それだけはだめだ。

それにしても、及川栄一とは何者だったのだろう。

佐久間修次のことも気にかかる。佐久間が及川を殺したのはまぎれもない事実のはずだ。この自分が夢として、前世をはっきり見て確認したのだ。

あの事件直後、佐久間は死に、この自分として生まれ変わってきた。その自分の子として、圭介が生まれてきた。いってみれば、自分を殺した犯人の子供として。生まれ変わりに道理や道徳などあろうはずがない。

でも、催眠療法士の加納は、生まれてくる子供は親を選んで生まれてくるともいった。もし、そうであれば、圭介は自分を殺した犯人とわかっていて、あえて、この宮津和夫という人間を親として選んだということになる。

最近になって、和夫はこう考えるようになった。

圭介……いや、及川といいかえてもいいかもしれない。

彼は自分を殺した佐久間を許すために、この宮津和夫の子となって生まれ変わってきたのではないかと。そこまで考えると、ふいに圭介の目がぱちりと開いて、じっと和夫の顔を見つめた。和夫は心臓がちぢむ思いがした。自分が考えていたことを圭介が、すべて読みとっていたような気がした。

「ど、どうした？　圭介」

声をかけると圭介はぐにゃりとからだを窓側にまげて、ふたたび目を閉じた。

和夫はほっと胸をなで下ろした。

39

時刻どおりにレッドアロー号は池袋駅に着いた。連休の移動日で駅の構内は混雑していた。ＪＲの窓口で八王子までの切符を買い求め、山手線に乗り換えた。六時半までには帰宅できるだろう。その旨、自宅にいる文世に電話で連絡する。

新宿駅で電車から降りると、圭介を抱きかかえた。人であふれるホームを歩き、地下通路に下るエスカレーターに乗る。

「今日の夕ご飯、ばあばがちらし寿司作ってくれるって」

和夫は圭介の耳元でいった。

圭介は人の多さにうんざりした様子で、答えなかった。

エスカレーターを降りて、地下通路を左にむかう。中央線快速のホームはすぐとなりだ。人の少ない壁際にそって歩く。そのときだった。

反対側の壁際を、歩いてくる猫背気味の男の姿が目に入った。まさかと思った。

和夫は男に吸いよせられるように近づいた。人の流れに逆行して歩いたので、何度も人とぶつかった。

「ちょっと、どこ行くのぉ！」

幸恵の声が聞こえたが、和夫はとまらなかった。目を凝らして、その男を見つめた。つぶれたような耳と、つまみあげたような鷲鼻。

和夫は男めがけて、人混みの中を泳ぐように進んだ。壁際にたどり着く。

進もうとする男の目の前に、和夫は立ちはだかった。まっすぐ、男を見つめる。

短く刈り上げた髪の形は同じだ。顔全体に細かなシワが目立ち、頬がこけている。

しかし、見まちがえるはずがなかった。

「佐久間さん」和夫はゆっくりと口にした。

男はどこから声をかけられたのか、わからないようだった。

一瞬、間があいた。一重まぶたの目が、和夫のほうにむいた。それでも、和夫がわからないらしく、首をわずかにかしげた。もう一度、和夫は佐久間の名前を口にした。

「えっ」と佐久間がつぶやくのが聞こえた。

「ぼくですよ。覚えてませんか?」和夫は声をあげた。「八王子で、及川さんのところにいたじゃないですか」

「八王子……」そういうと、佐久間の顔が曇った。

無理もなかった。佐久間にとっては、三十三年も昔のことなのだ。和夫とは当時、二度ほど会い、ほんの少し会話を交わしただけの間柄なのだ。しかし、和夫からすればちがった。ほんの二ヶ月前に会ったばかりなのだ。幻でも見ているのかと思ったほどだ。まさか、こんなところで、自分の前世だった人間と出会うなんて。

肩の上で圭介がむずかったので、和夫は我にかえった。圭介がいることを、すっかり忘れていた。まずい、と和夫は思った。

和夫は圭介を肩からおろすと、さっとうしろに隠した。つい、今しがた自分の口から出た及川という言葉を、圭介に聞かれてしまっただろうか。しかし、今はそれどころではない。当時のことを知っている男と、今、ここで別れるわけにはいかない。

「佐久間さんですね」

再度確認すると、男はしぶしぶうなずいた。

「少し、時間をいただけませんか？　近くに喫茶店があります」

「あんたと？」

「そうです。お話ししないといけないことがあります。あなたのことです」

和夫はふたたび、圭介を抱きあげた。圭介と佐久間の間に流れた空気を読みとった。

通路の反対側に幸恵の姿があった。

「おーい、ここだっ」

和夫が声をかけると、幸恵は人をかきわけながらやってきた。

佐久間はあっけにとられたように、和夫の一挙手一投足を見つめている。

和夫は、佐久間を視界の隅にとらえたまま、幸恵とむきあった。

「圭介をつれて先に帰ってくれ」

圭介を押しつけると、幸恵は小さくうなずいて、佐久間をちらりと見やった。

「昔の知りあいだ。ちょっと、話があってね」

追い払うように手をふる。幸恵は圭介を抱いたまま、あとずさった。

「遅くはならないから」

幸恵はふんぎりがついたようにうなずいた。圭介の手を取り、人の流れの中に消えた。駅ビルの六階にある喫茶店に和夫は佐久間をつれこんだ。すしづめのエレベーターの中でも、ぴったりと佐久間の横にはりつき、腕をつかんで放さなかった。佐久間は観念したように和夫にしたがった。

奥まった四人がけの席に案内された。佐久間を壁際の椅子にすわらせて、コーヒーをふたつ頼んだ。佐久間はグレーのポロシャツの上に、地味な茶色のジャケットを着ている。バッグひとつ持っていない。府中の競馬にでも行って、金をすったような感じだ。席についても、和夫と目を合わせようとはしなかった。救いを求めるような眼差しで、出口のほうに顔をむけている。コーヒーが運ばれてきた。ウェイトレスがいなくなると、和夫は正面から男を見つめた。

「佐久間さん、ぼくの顔、よく見てください」

佐久間は聞こえていないような様子で、コーヒーカップをもちあげた。ひとくちすすりながら、上目づかいに和夫の顔を見た。

和夫は財布の中から、市役所の身分証明証をとりだして、佐久間の前にすべらせた。

佐久間は、貼ってある写真と和夫の顔を交互に見ると、ふたたび目をそらした。

「ぼくはこのとおり、怪しい者じゃありません。警察なんかとはちがいます」

あえて警察という言葉を使い、相手の出方を探ったが、表情は変わらなかった。

「でさぁ、何のこと。おれっち、あんたのこと知らないけど」

喫茶店に入ってからはじめて、佐久間が口を開いた。

「あなたが忘れているだけのことです」和夫はいった。「それはともかく、三十三年前、あなた、八王子にいましたよね？」

佐久間の黒目がしきりに動いた。必死で、目の前にいる若造のことを思い出そうとしているのがわかった。

「実はぼくもあなたと同じ、石巻出身ですよ」

いうと、佐久間は、おやっという顔つきになった。

「あなたはたしか、稲井の出身でしたね。ぼくは蛇田です」

「あー、蛇田ぁ……」疑いが晴れたように佐久間はいった。「……でぇ、何？」

「あなたは集団就職で日野のトラックメーカーに勤めたけど、すぐやめて八王子で繊維関係の仕事につきましたよね？　八幡町の白石という整理屋に」

ちらちらと、佐久間は視線を交えてくる。「それとあんたと、どう関係があるのかね？」

佐久間はジャケットの内懐から、キャスターマイルドをとりだして、百円ライターで火をつけた。ひと息吸ってから、ふっと短く吐き出すと、今度は胸いっぱいに吸いこんだ。

「ネクタイ織り屋の及川栄一さん、ご存じですよね？」

和夫はそういうと、注意深く相手の顔色をうかがった。佐久間は返事をしない。

「あなたは、及川さんの工場の担当だった。ちがいますか？」

佐久間は知らんぷりを決めこむように、煙を盛大に吐き出した。「はあ？」

「及川栄一さんですよ。何度もいわせないでほしいな。この人だ」

和夫はジーンズのポケットから携帯電話をとりだして、スライドを開けた。いくつかボタンを押して、写真データを液晶画面に表示させた。こんなときに役立つとは、思いもよらなかった。及川と三歳の幸恵がならんで写っている。一九七五年三月五日、及川の工場で和夫が撮った写真だ。

それを相手に見えるように、コーヒーカップの横においた。

タバコ片手に、なにげなくのぞきこんでいた佐久間の様子が、がらりと変わった。ドコモを手にとり、顔に近づけて食いいるように見つめている。

あー、という声が佐久間の口から洩れた。

「わかったでしょ？　及川さんのこと」

和夫はドコモをとりあげて、ポケットにしまった。

「佐久間さん、ぼくはある事情があって、八王子にいた頃のあなたと及川さんのことを知っている。どんな関係にあったのかもね」

呆然としている佐久間の顔に、和夫は自分の額がふれそうになるまで顔を近づけた。

「佐久間さん、どうして、及川さんを殺したんですか？」

佐久間がとびのくように、のけぞった。

和夫は刺激しないように、首を横にふりながら、つづけた。「わたしは警官じゃないし、ただの役所の人間です。あなたを警察に突きだそうとか、そんなことはみじんも考えてないから、安心してください」

佐久間は全身が耳になったみたいに、からだを硬直させている。

「ぼくはどうしても及川さんが殺された理由を知りたい。ただ、それだけなんです。それさえ聞けば、あなたを解放します。約束します。このとおりだ」

和夫はテーブルに額をこすりつけるようにして頭を下げた。

「殺すとかあんた、そんな……」

ささやくような声で佐久間がつぶやいた。

「事実ですよ。あなたが、相模湖まで及川さんを呼びだしてボートに乗せ、そして首を絞めて湖に沈めたのは」

いいながら、吐き気がこみ上げてくるのを感じた。

「宮津文世というひとりの女をめぐって、あんたと及川さんは争っていた。あんたは、文世さんを我がものにしようとして、及川さんを殺そうとした……いや、殺した」

佐久間は固まったように、ぴくりとも動かなかった。指の間にはさまったタバコの灰がぽとりとテーブルに落ちた。

佐久間の顔に、予期しないものが広がっていくのを見て、和夫はとまどった。殺人犯呼ばわりしたのに、相手の顔に浮かんでいるのは、冷ややかな侮蔑の色だった。顔をひきつらせて、どこまでもシラを切りとおすだろうと思っていただけに、その変化に和夫はとまどった。

ここはたたみかけるしかない。

「一九七五年三月六日。何の日かわかりますか?」

佐久間は視線を宙に浮かせ、物思いにふけっている。

返事がないので、和夫はふたたび口を開いた。

「当時、事業に失敗して、雲隠れした江原繊維という繊維問屋があった。その問屋の社長は、浅草橋でこっそり別の会社を立ち上げて商売を再開した。丸光商事といいます。あなたはその日、その丸光商事に出むいて、社長と会っていたんだ。及川さんと引きあわせまいとして」

「また、どうして？」値踏みするように佐久間は訊いてきた。

「その前の日、八王子で江原繊維の債権者の集まりがあって、丸光商事のことが表に出たからです。あなたは江原繊維が経営危機に陥っていることを、ずっと前から知っていた。その江原繊維に、及川さんから金を引き出せとあなたは入れ知恵した。江原繊維にとっては一時しのぎになるし、あなたにとっても都合がいい。一挙両得ってわけだ」

「よくわからんが……どういうことだ？」

「及川さんをつぶすために決まってるでしょうが。まだ、シラを切るつもりですか、あなたは」

佐久間はタバコを灰皿に押しつけて、新しいタバコに火をつけた。「あんた、かんちがいしてるな」

「かんちがい……？」

「どこでそんなこと聞いてきたのか知らないけどさ。ま、石巻の悪仲間か」

「そうなんでしょ？　行ったんですよね」

「ああ、行ったさ」あっさりと佐久間は認めた。

ようやく追いつめたと和夫は思った。自分がこの目でしかと見とどけたのだ。まちがえようがない。

「どうして、そこまでしてあなたは……」

及川を蹴落としたかったのか、と和夫はいいそびれた。

自分の母親がその原因だったからだ。

「及川と江原の社長を会わせまいとしたのは、まあ、そのとおりだ。でもな、あの日、おれが勝手に浅草橋に行ったわけじゃない。人に頼まれて行ったんだ。しかたなかった」

和夫はあきれた。この期におよんで、まだ他人に罪をなすりつける気なのか。

「そんないい訳、通じませんよ、佐久間さん。いいかげんにしてほしいな」

「あんた、何をどう思おうと勝手だが、人の話も少しは聞けよ。俺が及川と宮津文世をとりあってたってぇ？　奴をおとしいれるために、俺が江原の社長に入れ知恵したって？　冗談ぬかすなよ。どうやったら、そんなこと、思いつくんだ、まったく」

佐久間は憮然（ぶぜん）とした表情で、コーヒーを口に運んだ。

「じゃあ、どうして丸光商事に行ったりしたんですか？」

「だから、いってるだろぅ？　頼まれたって」

和夫はふと、浅草橋で佐久間が公衆電話で電話をかけたことを思い出した。あのとき佐久間は、その頼まれたという男に電話したのではないだろうか。

「誰にですか？」

佐久間はそれには答えず、別の話にすりかえた。「及川は、やっぱりなあ、殺されたのかなぁ」

人ごとのようにつぶやく佐久間を見て、和夫は混乱した。

「やっぱりって、どういうことですか？」

「まあ、うすうすの見当はつくけどさ」

和夫はからだが灼けるようないらだちを覚えた。佐久間の態度もその話も、理解できなかった。

和夫はふたたび、にじりよった。「話してくださいよ。何もかも、あなたの知っていること、ぜんぶ」

今度は佐久間も体を引かなかった。

「あのね、当時、宮津文世にぞっこんだったのは及川のほかにもいたんだぜ。知らないの？」

ヤニで黄色くなった前歯をのぞかせて、佐久間がうすら寒い笑みを浮かべた。

和夫は見えない手で頬をぶたれたような衝撃を感じた。

及川と佐久間のほかにも……かあさんのことを……いったい、どこの誰が。

馬鹿な。ありえない。この男はいいのがれをするために、ありもしない話をでっちあげているのだ。

頭に血がのぼっていくのをこらえながら、佐久間の話に耳をかたむけた。

「……当時、宮津文世は、兄貴が作った借金を背負わされてよ。同じ田舎から出てきた連中なら、みんな知ってたさ。誰も金なんかねえから、助けられるわけ、ねえよな」

「知ってます。おにいさんのスーパーがつぶれて」

「おれだって、学生の頃からの知りあいだったから、何とかしてやりたいと思ったけどな。あの顔だし。知ってるんだろ？　あんただって？」

「あ……まあ」

「まあ、そういう弱みを宮津文世は持ってたわけよ。そこに、つけいられる隙があったんじゃないのかな」

しらじらと他人事のように嘘をつくのが我慢ならなかった。

「いいかげんなことというと承知せんぞっ」

佐久間はそれを軽く受け流すようにつづける。

「何、興奮してるんだよ、あんた。人殺し呼ばわりして、まだ脅し足りないのかよ。せっかく、同郷だから我慢してさっきから聞いてるのに。いいんだぜ、おれはもう帰ってもよ」

「及川さんが殺されたのは知ってますよね？」

「知ってるも何も、でかでかと新聞にのっただろうが」

目の前にいる男は、あくまで自分は犯人でないとシラを切るつもりだ。

「ほかに宮津さんとつきあっていたという人は誰なんです？」

「まあ、いろいろ、あるだろうなあ」本題に入ると、佐久間の態度はつかみどころがなくなってきた。「いろいろとな」

「あなたもそのひとりだったんでしょ？」

「何度も同じこと、いわせるなよ、くどいよ、あんた」

「じゃあ、いってくださいよ、誰なんですか？」

「そんな大昔のことほじくり返して、いったい、どうする気なの？」

「大まじめですよ、こっちは」

「まあ、今となっちゃあ、どうでもいいけどさ。おおぜいいたよ、宮津文世のとりまきはさ。たとえば、絵を描かせて……」

ふと、そこまでいうと、口の中に異物がはさまったように、佐久間は口をつぐんだ。

それきり、佐久間は押しても引いても、頑として口を開かなかった。これ以上、佐久間からは何も引きだせそうになかった。さきほど、息子の圭介が佐久間を怖がらなかった理由がのみこめた。もしかすると、及川を殺した犯人は佐久間ではないのかもしれない。目の前にいる男こそ、自分の前世の人間だとばかり思っていたのに、それすら怪しい。

冷めたコーヒーを口に運びながら、タイムスリップしたときのことを考えた。

あれは三月四日だ。三多摩繊維週報の事務所を訪ねた。そこで、出会ったでっぷりした記者。異様に生白い手をしていた。右島とかいう記者だ。

最後まで残っていたパズルのかけらが、すべてはまりこんだような気がした。

自分の前世はいったい、どこの誰だったのか。たしかめる方法は残されている。

和夫はコーヒーカップを静かにおいた。この男はひき逃げにあって死ななかった。

その理由がわかりかけてきた。この男と話すのも、これが最後になるだろう。

「佐久間さん、あなた、及川さんが殺されたあと、どうしてたんですか?」

佐久間はむせたように、しばらく咳きこんだ。

「同じ会社に勤めてたんですか?」

「どこだって、人、好き好きだろう」

「もしかしたら、八王子をいったん出たんじゃないですか?」

和夫の顔を佐久間はまじまじと見つめた。それまでとは人がちがったように、ひたすら考えごとに神経を集中している様子だった。

「もう、お会いすることはないと思います。では」

和夫はレシートをとりあげて席を立った。

そのとき、電気が走ったように、佐久間の顔つきがこわばった。まるで幽霊でも見るような目つきで、和夫の顔を見入った。みるみる驚愕の色に染まっていくのを、和夫はだまって見つめた。その瞬間、和夫はすべてを悟った。

しかし、もう、それはどうでもいいことだった。

きびすを返してレジまで歩いた。痛いほどの視線を背中に感じながら。

支払いをすませて店を出た。ふりかえらなかった。

最後になって佐久間の見せた驚き。あれは、この自分を思い出したのだ。三十三年前と少しも変わっていない小林和夫という人間を。あのとき、ひき逃げで死ぬことを佐久間に伝えた。佐久間はそれが事故ではなく、殺しであると解釈した。その人物に殺されると気づいて、佐久間は八王子を離れた。結果的に命拾いしたのだ。

40

連休が明けた。和夫はふだんより、二十分近く早く役所に出勤して、端末機の電源を入れた。しばらくして、住民基本台帳システムが立ちあがる。名前はわからないの

で、

〈右島〉

と苗字だけ入力する。四人の名前と生年月日が出てきた。

男性はひとりだけだった。大正四年生まれだ。和夫は落胆した。年齢からして、この男ではない。右島は当時、八王子に住んでいなかったのだ。

昨日、中央図書館で調べ直し、コピーしてきた記事をあらためて見た。

〈八王子繊維業界にスターデザイナー現る　宮津文世さん　二十八歳

宮津さんは宮城県出身。八王子には十年前から住みはじめ、すぐに織物工場に勤務。絵を描くことが好きで、こつこつと絹織物の絵柄のデザインを描きためてきた。宮津さんの絵は、これまでにも何度か、着物やネクタイの絵柄に採用されていたが、今回、繊維組合の主催する八王子織物デザインコンテストで見事、準優勝の栄冠を勝ち取った……〉

つづいて、文世と右島の対談が掲載されていた。

〈文世　右島さんのご推薦がなかったら、とても入選なんてしなかったと思います〉

〈右島　いえいえ、もともと才能がおありですから、これからも、どんどん、絵をお描きになられたらいかがですか？〉

〈文世　はい、できればそうしたいと思います〉

〈右島　意匠屋として独立されてはいかがですか？　これだけの絵をお描きになられるんですから、十分、独り立ちできると思いますよ。よろしかったらわたしが主だった工場にお声がけします〉

文世に関係する記事は、ほかにも三つあった。どれも、右島の書いた記事だ。文世の描いたデザイン画をほめちぎっている。記事が書かれたのは、及川が殺された日より以前だ。

和夫が編集部を訪ねた一九七五年三月四日。

あのときの右島の印象は今もはっきりと頭に焼きついている。

でっぷりした腹に、生白い手。

文世の描いた鶴の図柄入りの黄色いネクタイをしていた。江原繊維の名前を出すと、右島は江原繊維の債権者の集まりに出てきたばかりだといった。及川もきていて、江原繊維の最大の被害者であると得意になって話していた。

そして、文世の名前を出したときの、あの疑い深い顔。

文世の描いた絵が、それほどすぐれていたのだろうか。鵜吞(うの)みにはできない。何か魂胆があったとみるべきだ。下心といったほうが正しいかもしれない。右島は文世が及川とつきあっていることを知っていた。及川こそ、最大の恋敵だ。たぶん、及川が一歩リードしていたようだ。その及川がつぶれてしまえば、自分が文世に近づける。

当時の繊維業界の情報は、黙っていても右島の元へ集まってくる。かたむきかけた江原繊維の情報も、右島はまっ先につかんでいたことだろう。そして、及川から、金を引きだせと江原繊維の社長に右島は働きかけた。及川は江原繊維の窮状を知り、長年のつきあいから金を貸したのだ。返ってこない金だとは夢にも思わずに。

債権者の集まりで、江原繊維が浅草橋で丸光商事という新しい会社を立ち上げたことを流したのは、右島だったのかもしれない。

問題の三月六日。右島は、及川がふたたび浅草橋に出むくことを予想して、かねてからの知りあいに連絡をとり、丸光商事に出むかせて、逃げていた社長が及川と出会わないようにさせた。

その知りあいこそ、佐久間だった。そして、とうとう三月七日が訪れる。

右島は佐久間を使って、及川を相模湖に呼びだしたのだろう。そして、あの青田の入り江で及川を待ち受けて殺したのかもしれない。

右島は記者という自分の職権を利用して文世に肩入れした。

しかし、文世は自分に見向きもしてくれない。ふたりの間には、他人があずかり知らない激しい駆け引きがあったのかもしれない。最後の手段として、自分の恋敵、及川を抹殺するというぎりぎりの選択を頭に描き、実行に移したのだろう。

殺人という最悪の手段を使ってしまった右島ではあったが、いざ、事が済んでみれば、後悔の念が押しよせてきた。それから、自分の犯した罪に耐えきれず、みずから命を絶ったのだろう。そして約半年後の十一月、この自分として生まれ変わってきたのではあるまいか。

仕事を終えると、和夫はスクーターにまたがり、八幡町に出むいた。三十三年前とは、すっかり変わり果てていた。繊維工場はただの一軒も残っていない。三多摩繊維週報の入居していたビルも見つけることができなかった。繊維組合に立ちより、三多摩繊維週報のことをきいてみた。案の定、三多摩繊維週報は、とっくの昔になくなっていた。右島という記者のことを訊いてみたが、知っている人間はいなかった。重い足どりで家路についた。

帰宅すると、まっ先に文世の部屋を訪れた。文世は日本刺繡の仕事をしていた。

「ちょっと、いいかな」

そういって、和夫は文世の横に腰をおちつけた。

「なんだい、風邪でもひいたような顔して」

「何でもないさ」

「夕飯かい？」文世は壁時計を見上げた。午後六時ちょうどだ。「まだ、早いだろ？」

「この家のことなんだけどさ」

「なんだい、あらたまって。決めたのかい？」

「まあ、それは別としてさ、だいたい、いくらで売るつもりなの？」

「何、寝言いってるのさ。仙田さんのとこで、査定してもらったじゃないか」

「ちょっと、忘れちゃってさ。その頃は、あまり乗り気じゃなかったし。身を入れて聞いてなかったから」

「しょうがないねえ。土地が三千万ちょっと、家は古いから値つかずだったろ」文世は針をとめずにいう。

「三千万かあ」

「頭金くらいにゃ、なるだろ？ でも、駅南の高層マンションはもう完売したそうじゃないか」

「いいよ、あそこはもう。まだ、ほかにもできるだろうからさ。それより、かあさん、この家、あまり売りたくないんだろ？」

「それはいいんだよ、カズ。あんたの好きなようにしてくれて」

「ぼくも何だか、この家と土地、手放すのがもったいないような気がしてきてさ」

それは、本当のことだった。

「ふーん」

「ねえ、かあさん、この家の土地買うとき、ずいぶん、無理しただろ？」

「そりゃ、まあね」

「石巻の伯父さんに用事があって、昨日、電話したんだ」

文世の動かしていた針がとまった。

「宮城の蔵王に、〈三階滝〉っていう、でかい滝があってさ。そこのこと、聞いたんだよ」

滝のことが出ると、文世は安心したように針を動かした。

本当は電話などかけていない。

「石巻の伯父さん、かあさんをずいぶん、ほめてたよ。あの頃は、えらい迷惑かけちゃったけど、悪かったよなあって。ちっちゃなスーパー、伯父さんやってたんだよね？　サンストアとかいうの。でも、つぶれちゃって、その借金、かあさんが返したんだって？」

和夫のいうことを、文世が気にしている様子がありありとうかがわれた。

「その借金、当時、ネクタイ織物をしていた及川栄一という人が肩代わりしてくれたんじゃないの？」

文世は針をおいて、和夫をにらんだ。「あんた、その名前、どこで聞いてきたの？」

「伯父さんからだよ。かあさんから、そう、教えられたっていってた。ちがうのかい？」

「勝手におしよ。いいかい、カズ。幸恵さんの前で、まちがっても、及川っていう名前、出したら承知しないからね」

むきになっていうところをみると、やはり当たっていたようだ。

和夫は三十三年前の三月六日の深夜……ふとんの中で、及川が車で出かけた音を聞いた。あのとき、もしかしたら及川は、文世の家に出かけていったのかもしれなかった。和夫の貸した三百万円を持って。

その半年前に、及川は定期預金から、二百万円を下ろしている。江原繊維の詐欺にひっかかる前だ。その二百万円は、文世のところに渡っている可能性が高いように思われた。つぶれたスーパーの負債額は五百万円。和夫の貸した三百万と合わせれば、額が一致するからだ。

及川は自分の工場より、文世のかかえていた借金を優先させたのではないだろうか。及川の死後、文世は意匠屋として独立して、それなりの金を稼ぎ、家を建て、この自分を育てた。結果として、及川が文世を救ったと見てまちがいはないだろう。ただ、文世は及川が殺された事件に、何らかの形で自分が関わっていたと感じているはずだ。だから、今でも及川の名前を封印しようとしているのではあるまいか。

「わかったよ、その名前は出さないから。でも、かあさん、大変だったよね。ぼくを生んで、女手ひとつで大学まで行かせてくれたんだからさ。織物の意匠屋って、そんなに儲(もう)かったの？」

「それなりに仕事はきたわよ。でも、どうしてそんなこと聞くのさ？」

「この家のことだよ。愛着あるんだろ？　かあさんだって」

「変な子だねえ、まったく」

　文世はつきあいきれないという感じで、仕事にもどってしまった。

「今日、仕事で昔の繊維関係の記事を見てたんだよ。ほら、三多摩繊維週報ってあるだろ？　聞いたことない？」

　文世はころころと話題が変わるのを不自然に思ったようだった。「八幡町のだろ？　昔の人は、みな知ってるよ。あんたが、小学校の頃、つぶれてなくなったみたいだけど。それが、どうかしたの？」

「そうか……」

　和夫は喉元まで出かかった右島の名前を、とうとう口にすることができなかった。それだけは、できないし、してはならないことだと感じた。その名前こそ、文世がこの年まで背負ってきた十字架であるはずだ。今になって、それを暴く資格がこの自分にあるだろうか。もう、わかっているのだ。自分の父親のことは。

41

「この家、売らないの?」

台所で食器を洗いながら幸恵がいった。

「うん、まあ、そうなるだろうなあ」

「マンション、あきらめたみたいね」

「ああ」

和夫は読みかけの小説を閉じた。

「マンションもそうだけど、あなた、最近、変わったわよね。あまり滝見に行っていないし、それまで読まなかった本、読んでるし」

「年かもなぁ。めんどうなことは避けたいっていうかさ」

「けいちゃんが大きくなって、自分の部屋がほしいっていったら、どうする?」

「それはまあ、そのとき考えるさ」

幸恵はお茶をいれて居間にきた。和夫の前に湯のみをおき、ため息混じりに口を開いた。「赤ちゃんかぁ」

「何、赤ん坊がどうした?」

「ひとりっ子より、兄弟がいたほうが、けいちゃんにもいいんじゃないかなって最近、思うのよね」

「それはそうだろうけどさ。もうひとりってなると、それこそ、家のこともあるし」

「経済的なことは、何とかなるんじゃないかしら。その気になればの話だけど。どう？」

年に一度か二度は、この話題になる。圭介の兄弟が生まれてくることを想像すると、それだけで楽しくなるけれども、今は素直に返事ができない。

「圭介の兄弟かぁ」和夫は話題をすり替える。「赤ん坊って、母親のおなかにいるとき、どうなんだろうな？」

「どうって？」

「おなかの中にいる赤ん坊って、外の世界にすごく敏感なんだろ？」

「そうみたいね。妊娠中の母親がロックコンサートに行った話、知ってる？　おなかの中で赤ちゃんがあばれて、母親の肋骨(ろっこつ)を折ってしまったこともあるんですって」

「よっぽど力持ちの赤ん坊だなあ」

「胎児ってすごい甘党らしいのよ。甘いものが大好きで塩辛いものはだめ」

「へえ、そりゃ知らなかった。母親のおなかにいたときのこと、君は覚えてない？」

「そんな大昔のこと、覚えてるわけないじゃない。でも、五歳くらいまではほとんどの子が覚えてるらしいわよ。訊かれないといわないみたいだけどね」

少し、どきりとした。圭介がいないときでよかった。

「おなかの外の音とか、よく聞いてるんだろ？　赤ん坊って」

「うん。産婦人科に入院してたとき、ふだんはきっと居心地がいいんだろうなあって、妊婦どうしでよく話したわ。母親の心臓の音がいつも聞こえていて、守ってもらってるっていう感じじゃないのかなあ」

それはどうだろうかと和夫は思う。母親の心音も聞こえるだろうが、四六時中聞かされていては、うるさいのではないだろうか。だいいち、ひどく狭苦しくて手足も自由に伸ばせない。そんな空間に押しこめられているとしたら、一分一秒でも早く出たいと思わないだろうか。しかし、口にはできなかった。

「いっけなーい、雨みたい」幸恵は立ちあがり、窓辺まで行った。

六月の第三土曜日。今朝の天気予報では雨が降るとはいっていなかった。圭介は文世につれられて、そごう百貨店に出かけている。傘は持っていかなかった。出迎えに行かなくてはいけないだろう。

「あなた、気がついた？」幸恵は和夫をふりかえった。「けいちゃんのこと」

「ううん、何？」

「昨日、あなた残業だったから、わたしが圭介、お風呂に入れたじゃない。そしたらね、ここんところに、赤い筋がさーって浮き出てたの」

そういって、幸恵は自分の首に手をやり、指で線を引いた。

じんわりと鳥肌が立った。心配していたことが現実になったような気がした。

これまで、その兆候が現れなかったのは、たまたま時期がずれていたということだろうか。いずれは、こうなるときがくると、覚悟しておくべきだったのかもしれない。

和夫はつとめて冷静をよそおっていった。「それって、どんなときに出たの？」

「からだ、洗ってあげてるとき。ふっと首元を見たら、赤い筋があるじゃない。ごしごしこすってやったけど、落ちなくて。だれかにイタズラされたのって訊いたんだけど、そんなふうじゃないみたいだし」

「どんな形だった？」

「何かこうね、ぎざぎざっていうか……」

「ひょっとして、シマヘビみたいな感じ？」

「……そうね、そうだったかもしれない。あなたも見たことあるの？」

「ないよ、あるわけないじゃないか」

「そうよね」

「で、それから？」

「湯船につかってたら、いつのまにか消えたの」

「で、何か、圭介いった？」

「ううん、何も」

「そうか……」

「今朝は何ともなかったみたいだし、きっと、アレルギーか何かだったんでしょうね。昨日の夕ご飯、イクラ食べすぎたのがいけなかったのかなぁ」

「そうかもしれないな、うん、きっとそうだ。アレルギーだ」和夫は断固とした感じでつづける。「今度から、残業で遅くなっても、圭介はぼくが風呂に入れるからさ。かあさんにも、そういっておいてよ」

幸恵はけげんそうな目で和夫を見た。何度か念押しして、承知させた。

和夫はふたりを迎えにいく仕度をはじめた。

42

八王子駅に着く頃、雨は本降りになっていた。

どうやら圭介は、〝目覚める〟ときがきたようだ。元々、魂の中に刻みこまれた記憶なのだから、抑えこむのはむずかしい。それなら、いい方向に導いてやることが大事だと思う。

できるかぎり圭介の側にいて、離れないようにしなくてはいけない。風呂に限らずだ。シマヘビのアザはともかく、〝目覚めた〟あとの圭介が発する言葉を、自分以外の人間に知られてはならない。

今度は、病院には行かないで様子を見てみよう。それでもシマヘビのアザが消えなければ、そのときはまた、別の手段を考えるしかない。とにかく、精密検査も受けさせないし、催眠療法士のところへもつれていかない。

よくよく考えてみれば、タイムトラベルをしていたのが、自分だけとはいえないかもしれない。ほかの人間たちも、同じ経験を持っているのではないだろうか。

しかし、そのことが話題にならないということは、たとえ、タイムトラベルをしても、もどってきた段階で、記憶がきれいさっぱり洗い流されてしまうということだろう。気にかかるのは和夫自身のタイムトラベルの記憶だ。三ヶ月すぎても、少しも消えない。タイムトラベルが完結していないということか。来年の三月三日には、また、タイムスリップをしてしまうのかもしれない。それだけは避けたい。

駅前で文世と圭介を拾った。圭介はトイザらスの包装紙にくるまれた箱をかかえていた。

「それ、なーに？」和夫は訊いた。

「迷路パズル」圭介が答える。

「いいじゃないか、好きなんだからねー」文世が圭介の頬をさすりながら、いう。

「やな雨だね。これから、せっかく自転車屋さんに行って、けいちゃんの自転車、買おうと思ってたのにねえ」

「ええ、そんな約束したのぉ？　ずるいんだぁ、圭介はぁ」

「いいのっ、ばあばに買ってもらうの」

「そうだよねえ、学校に上がるとき、約束したもんねえ」

「うん、それと、さっきのも」

「さっきって何？」

「おもちゃ屋のテレビのコマーシャルでやったんだよ。ほら、相模湖の例のやつ」

文世はそのレジャーランドの名前を口にした。

「えっ、そこがどうかした？」

和夫はバックミラー越しに圭介の顔をのぞきこんだ。

「つれてって、ってきかないんだよ。どうする？」

「ああ、それは……」

「行くのっ」

圭介は待ちきれないという感じでいった。和夫はぞくりとした。

自分の前世のことを、圭介は忘れていなかったのだ。

43

七月二十八日月曜日。

夏休みに入って、恐れていたことが現実になった。長い梅雨が明けて、青々とした夏空の広がる蒸し暑い日だった。圭介は朝、友だちの家に行くといって、自転車で家を出たまま、昼になっても帰ってこなかった。心配する文世の連絡を受けて、和夫も幸恵も自宅にもどった。とりあえず、三人で手分けして捜すことにした。

文世は家に残り、幸恵は友だちの家をまわる。和夫は公園を受け持つことにした。まっ先に子安公園に行ってみた。小さい公園なので、捜すのには三分とかからなかった。圭介は見つからない。次は六本杉公園だ。家からかなり距離があるが、自転車なら五分もかからない。車でむかう途中、和夫は不吉な予感がした。

六本杉公園にはわき水の出る大きな池がある。この暑いさなか、圭介は水遊びをしていたのではないか。池はかなり深いはずだ。

七月にはいると、圭介は、あきらめたように相模湖のことは口にしなくなった。少し元気がなくなったようにも見えたし、ときどき、どこか思いつめたような表情になることもあった。まさか、それがこんなことになろうとは。

公園に着いた。カンカン照りの中、圭介の姿はどこにも見あたらなかった。池の前にいた親子づれに訊いてみたが、そんな子供は見かけないという。富士森公園にむかった。それまでのふたつの公園に比べると、倍以上の大きさだ。駆け足で見てまわった。汗が首筋から伝い落ちる。Tシャツはびしょ濡れだ。圭介らしい姿も子供の自転車もなかった。体育館の手前まで来たとき幸恵から携帯に電話が入った。

「自転車が見つかったって」

幸恵の声は弾んでいた。

「どこで?」

「駅の南口」

「八王子駅?」

「うんうん。駅から電話があったって、今、おかあさんから電話がきたの。行ってみて。わたしも今、自転車でむかってる最中」

「わかった」

電話を切り、大急ぎで公園を後にした。

八王子駅に着く間際になって、ふたたび幸恵から連絡が入った。

「たった今、駅に着いたの……」幸恵が息をつきながらつづけた。「……にいるのよ。そこの改札であずかってるって」

「えっ、何だって、何駅？」

「相模湖駅」

「中央線の相模湖駅？」

「そうよ」

和夫は耳を疑った。相模湖駅？　まさか……。

それだけは願い下げだ。よりによって、ひとりで相模湖まで行くなんて。

「わかった。すぐ行く。おまえは電車でむかってくれ。おれはこのまま車で行く」

「そうする」

電話を切ると和夫は甲州街道にむかった。

からだじゅうの毛穴から、汗が噴き出しているが、暑さを感じている余裕はなかった。やはり、圭介は相模湖のことを忘れてはいなかったのだ。だれもつれていってくれないから、自分で行ってしまったのだ。相模湖のことを敬遠してきたのが裏目に出たのかもしれない。

圭介の気持ちを無視してきたツケがまわってきたのだ。生まれながらに抱えている宿悪を吐き出したかった。本能で圭介はそれを感じていたのだ。それをおさえこんできた自分が愚かだった。

道は空いていた。汗でハンドルが滑る。きつく握った。冷房を強にしたが、汗は引かなかった。

44

相模湖駅の駅前広場は、車がぎっしりつまっていた。タクシー乗り場に強引にわりこんで車をとめた。キーをつけたまま、車から降りる。自動改札機の左手に駅員室がある。冷房中のため閉めきった部屋の中に、幸恵の姿があった。

ロッカーを背にして、ぽつんと立っている。ふたりの駅員が、電話で話しこんでいる。どうしたのだろう。圭介の姿が見えない。

和夫は改札口にある窓を開けて、幸恵の名前を呼んだ。

幸恵がぱっとこちらをふりむいた。幸恵は口をひき結び、首を横にふりながら、近づいてくる。

「圭介は?」

「いなくなっちゃったの」

幸恵は和夫の手を、すがりつくように握りしめた。

「いないって、どうして？」

「駅員の人が保護してくれてたんだけど、お客さんの対応で窓口に出たすきにいなくなっちゃったんだって」

汗が一瞬で引いていくような気がした。

「で……どっちへ」

幸恵はさかんに首を横にふる。「ぜんぜん、わからないの、どこへ行ったか」

「わからないって、そんな」

和夫は駅員たちの様子をうかがった。ひとりは警察に、子供が行方不明になったことを伝えていた。もうひとりも、同じような連絡をしているらしい。

和夫は幸恵の両手をとった。「いなくなったのは、いつ頃なんだ？」

「わたしが着くちょっと前」

「だから何時？」

「十分前」

和夫は壁の時計を見た。十二時半ちょうど。

ぐずぐずしてはいられない。ここまできた以上、圭介がむかう場所はひとつしかない。

「ここで待っていてくれ」和夫は幸恵にむかっていった。「おれは湖に行く」

それだけいうと、和夫は駅舎から出た。駅のまわりは車で渋滞していた。

相模湖まで早足で行けば、十分とかからない。早足で歩きながら、あたりを見まわす。圭介の姿はない。二十号線の交差点を渡る。相模湖が目の前に広がった。

雲ひとつない真っ青な空だ。たくさんのボートが浮かび、湖をとりかこむ山々には濃い緑が広がっている。車道をショートカットして、急な坂道を下った。噴水広場に着いた。息が切れた。

おおぜいの家族づれでにぎわっている。圭介と同じくらいの背丈の男の子たちがあちこちにいる。みんな、親たちといっしょだ。

ひとりきりの子供を捜した。圭介はいない。階段を下りてゲームランドへむかう。

和夫の中で疑問が渦巻いていた。圭介はどうしてひとりできたのか。みずからの意思できたのでないとしたら。誘拐？

誰かにつれてこられたのではあるまいか。ふと、佐久間の顔が浮かんだ。

いや、あの男が圭介を誘拐してどうする？

やはり、圭介は自分の意思できたとしか思えない。

ゲームランドに飛びこんだ。冷房で冷え切っている。派手な音をたててミニSLが走っていた。メリーゴーラウンドが目まぐるしい勢いでまわっている。圭介の姿はない。窓にはりついて、湖を見やった。ニュースワン丸が、対岸をゆっくりと走っている。双眼鏡に百円玉を入れて、湖面に浮かぶボートを一艘一艘見ていく。強い日の光が水面に反射して、見づらい。双眼鏡から目を離して、右を見た。そのときだった。人気のない桟橋の隅に、子供がうずくまっていた。

逆光でよく見えない。しかし、シルエットだけでわかった。見まちがえようがない。和夫はドアにむかって駆けだした。

待ってろよ、圭介、そこを離れるな。絶対に動いちゃだめだぞ。

外に出る。熱波に全身がつつみこまれる。

そのとき、足元が急に軽くなり、ふっと飛んだような感じがした。何が起きているのか、わからなかった。目の前にあった桟橋が見えなくなり、深い穴の中に落ちていくような感覚につつまれる。それまで聞こえていたものが消え去り、すべてが遮断された空間の中にいた。太陽の光が拡散して、ビロードのような幕になり、すっぽりとからだがおおわれていく。

あの感覚だ。暑さがうすらぎ、冷たいものの中へ引きこまれていく。次の瞬間、するりとそこから抜け出て、重力を感じた。

肌を刺すような冷たさを感じて、背筋がぴんと伸びた。目の前に湖面が広がっている。相模湖にまちがいない。しかし、これは……いつなのだ。

ひどい寒さだ。山はモノトーンに枯れている。

空一面をおおう、あばら骨のような筋雲は、はっきりと覚えがある。目の前を、黄色い帽子をかぶった幼稚園児たちの行列が通りすぎていく。もしかしたら。

和夫は遊技場の横にある切符売り場にむかった。あたりの様子をうかがう。

北側の食堂もみやげ物屋も、あの時代のものだ。切符売り場の前にきて、中をのぞきこむ。店員のうしろの壁に、大きな日めくりが掛かっている。

昭和五十年三月七日金曜日。

冷たいものがつま先まで下りていった。まただ。

あの時代に、あの場所に、ふたたび自分はきてしまった。

どうしてなんだ。圭介。

おまえは、まだ不満があるのか。おとうさんを、同じところへ何度送りこめば気がすむのか。やる方のない憤懣(ふんまん)を子供にむかって吐いた。ほかに、はけ口がない。しかし、どうしたというのだ。

このタイムスリップは、これまでとはちがう。日付も時間も場所もすべてが異なっている。いつか、圭介が風呂場でいったことを思い出した。

『……三度行ったら、もう、そこから変えることはできないんだよ』

三度目には、『助けてね』とも圭介はいった。いったい、何をいいたかったのか。

氷のように冷たい風が吹いてきた。全身に鳥肌が立った。遊技場に飛びこんだ。壁時計は十時二十分を指している。なぜ、こんなところに舞いもどってきたのか。夢ではない。汗で濡れたTシャツがべったりはりついている。歯を食いしばって、あたりを見やった。

いったい、誰を捜すつもりなのだ。自問自答する。及川だ。彼しかいない。湖に目を移した。ボートの位置も、乗っている人も、あの日と同じだ。

遊技場の反対側にある食堂兼喫茶店に目をやった。あの中に及川はいるのか？

それとも。

和夫は湖をふりかえった。近づいてくるボートはない。その場に立ちつくした。

この世界は、いつのものなのだ。前回のタイムスリップしたときか、それとも、その前か。十時半になった。寒さが耐えがたくなった。遊技場には、人はいなかった。

もう一度、湖面をふりかえった。

鈍色の湖面をゆっくり遠ざかる一艘のモーターボートが見えた。対岸にある入り江を目指して進んでいるようだ。もしやと思い、双眼鏡に百円玉を入れて、その方角にむけた。

動くボートをとらえた。横顔が見える。もう一度、目を凝らしてその顔を見た。

及川ではないか……。

ほかに、人は乗っていない。ボートがむかう先はわかった。

和夫はレンズから目を離して、桟橋を見やった。人っ子ひとりいない。ゲームセンターを出る。冷たい風がむき出しの腕に、容赦なく吹きつけてくる。もう一度、湖を見やった。

及川の操縦するモーターボートはまっすぐ、線を描くように進んでいる。青田の入り江にむかって。もう、ここからでは声が届かない。そのとき、自分の名を呼ぶ声がした。駐車場の前の道路に、日野コンテッサがとまっていた。運転席側の窓が開き、男がじっとこちらをうかがっている。鷲鼻と短く刈り上げた髪。

どうして、佐久間があんなところにいるのだ。気がつくと佐久間はしきりと手をふりだした。それにつられるように、和夫は走りだす。車の助手席のドアが内側から開いた。中に飛びこむ。車はいきなり走りだした。

「何だ、その格好は?」

佐久間が横目で和夫を見ながらいった。

佐久間は見かねたようにいう。「うしろにあるだろ、ほら」

後部座席の隅に、しわくちゃのヤッケがあった。手をのばしてとった。濡れたTシャツの上から、かぶる。

二十号線の交差点に出ると、佐久間はハンドルを左に切った。

湖に沿って、曲がりくねった舗装道路を進む。三月に一度、通った道だ。

佐久間はなぜ、及川といっしょにいないのだ。どうして、この自分を車に乗せたのか。これから、どこへむかおうとしているのか。あの脅しだと和夫は思った。三月六日、浅草橋に出むいた日……この世界では昨日。八王子駅で文世を待ち伏せしていた車に乗りこみ、『おまえはひき逃げで死ぬ』と教えた。それが効いているのだ。

あの一言で、佐久間はこれまで、手を貸してきた男の魂胆を見抜いた。その男が及川を手にかけることも。そして、そのあと、口封じのために、ひき逃げを装い、佐久間本人が殺されるということも。

予想したとおりになるのかどうか。それをたしかめるために、佐久間は車を走らせてるのだ。

「わかってるのか、あんた」和夫はいった。

佐久間は肩を怒らせるようにハンドルを握りしめている。

和夫はつづける。「これから、右島がやることを」

佐久間は和夫のいったことが耳に入らなかったみたいに、運転に集中している。佐久間なりに、必死で考えているのだ。やはり、右島はそういう男だったのだ。この佐久間をして、そう思わせるだけの存在。

「ずっと、世話になったんだ」佐久間が重い口を開いた。「トラック工場をやめて、愚連隊の仲間に入ってた俺をあの人は救ってくれたんだ。その人の頼みだったんだ。聞かないわけにゃいかんかった」

「頼みって、昨日のことか？」

「決まってるだろ。朝いちばんであの人から電話がかかってきて、浅草橋の丸光商事に行けといわれたんだ。及川が嗅ぎつけたから、今日あたり、すっ飛んでくる。きたら居留守を使って、おっぱらえとな。いわれたとおりにしたよ。奴はのこのこ現れた。命令通り、奴を尾行したんだよ。そしたら、案の定、文世がやってきた。そのことを電話で知らせると、えらい勢いで怒りやがった……ったく、恐れ入ったぜ」

それで、青田の入り江につれてこいといわれたのだ。

「丸光商事の社長はどうしたんだ？　いっしょにいたんだろ？」

「江原か？　あんな奴が口をさしはさむことなんて、できない。あの人は、江原が抱えていた借金をぜんぶ、帳消しにしてくれたんだ。おまけに、丸光商事っていう新しい看板まで与えてくれたんだからな」

「借金を帳消し？　じゃあ、どうして、及川さんだけが江原繊維の負債をかかえこまなきゃいけなかったんだ？」

「わからねえ奴だな、おまえも。及川の借金を棒引きにしたら意味ねえじゃねか。それもこれも、及川の野郎が文世の借金を肩代わりしたからだ。それで、あの人はあわてた……いや、一計を案じた。それが江原繊維だ」

「経営がかたむきかけてた会社をどうして？」

「及川をはめるために江原繊維をかつぎだしたんだ。江原繊維は去年の秋口からおかしくなりはじめた。あの人は、その情報をいち早くキャッチして、江原繊維の社長に、及川から金を借りるように命令した。融通手形まで使わせて金を奪い取ったわけだ。及川の工場がつぶれるようにな。その見返りに、江原繊維は、浅草橋に新しい会社を設立させてもらったんだ」

話がのみこめなかった。あの右島に、それほどの財力があったのか。

ハンドルを握る佐久間の顔は青ざめていた。……この男は恐れている。あの記者に心の底から恐怖を抱いている。この男を、これほどまでに震え上がらせているものは何なのか。それほどまでに恐ろしい男なのか。

和夫はようやく、そのことに思い当たった。

『おとちゃん……三度行ったら、もう、そこから変えることはできないんだよ』

あの三度というのは、今回のタイムスリップについて、いっていたのだ。

二度目のタイムスリップで、自分は佐久間を脅した。佐久間は怖くなり、及川をひとりで青田の入り江にむかわせた。

そうなのだ。この自分が、今日、こうしてタイムスリップする直前まで、歴史は書き換えられている。しかし、それはもう変わることがないという。いいかえれば今度が最後ということになる。それが圭介のいいたかったことではないか。

勝瀬橋が見えてくる。三十三年後の橋とは比べものにならないほど小さい。

橋の手前で減速する。むこうからやってくる車はない。ふたたび佐久間はアクセルを踏みこんだ。むこう岸は、枯れた山肌があるだけで、ラブホテルひとつ建っていない。橋から見える湖面は手の届きそうなほど近い。橋をわたりきる。

ゆきどまりを道なりに右へ曲がった。そのとき、ふっと佐久間は左手を見やった。雑木林の中に黒っぽいかたまりが、かいま見えた。すぐ、それは見えなくなった。

佐久間の様子が変わった。急にそわそわしはじめた。あの黒っぽいものを見てからだ。佐久間はいきなり、進路を左にふった。

本道からそれて、舗装されていない道に入った。青田の集落に通じる道だ。

道は狭く、でこぼこしている。和夫は窓枠をつかんだ。枯れた木々が車体をこする。しばらく走ると、佐久間は車を急停止させた。和夫はダッシュボードに手をついて、からだをささえた。

佐久間はわずかにふくらんだカーブを使って、さかんに切り返しをはじめた。

何度か試みた末、車は逆方向をむいた。佐久間は和夫の脇にあるドアノブを引いて、ドアを開けた。

佐久間は怖じ気づいていた。一刻も早くこの場から立ち去りたい様子だった。佐久間はこの先で行われていることを察知しているのだ。もう、この男をあてにはできなかった。車から下りると、コンテッサは砂ぼこりをたてて、走り去っていった。

45

百メートルほど行くと、民家が見えてきた。四軒ほどかたまって道の両脇に建っている。家の造りは古くさいが、三月に見たのとほぼ同じ位置だ。道路の下は、なだらかな谷が広がり、畑になっている。檜はまだ、三メートルたらずの高さしかない。相模湖の入り江が見える。そこに通じている小径がある。迷わず足を踏みいれた。今は人ひとり通るのがやっとの砂利道だ。

ところどころ、ぬかるんでいて、人の歩いた跡がついている。まだ、新しいようだ。複数の人間の足跡のように見える。気味悪くなってきた。すぐ下で行われていることを思うと、ヤッケの下の肌があわだってきた。

もう、終わってしまったのだろうか。及川は殺されて、水の底に沈んでしまったのだろうか。引き返すことはできなかった。今回のタイムスリップは、圭介に導かれて、自然とそうなったような気がする。その理由がわかりかけてきた。

この目でそれをたしかめるために、やってきたのではないか。

この日、湖で行われていることをこの目におさめるために。

滑らないよう注意深く下った。以前、山小屋ふうの建物があったはずのところには何もない。竹藪だ。道が狭くなった。枯れ葉がうずたかく降りつもっている。獣道のようだ。石碑とお地蔵様が並んでいる。

右手にコテージふうの一軒家が見えてきた。廃屋だった家だ。今は人が住んでいるようだ。道から三メートル近く落ちこんだ崖の場所にある。家のむこう側は入り江だ。暖炉があるらしく、石でできた煙突が立っている。

道に柵がもうけられている。その下に鉄製の急な階段が家の裏手にむかってかかっている。柵を押すと、すっと開いた。階段に足をかけ、ゆっくりと下りる。地面に降りたつ。かさっと音がした。

ここも一面、落ち葉が積み重なっている。生いしげった竹の間をまわりこむ。

人の話し声が聞こえた。たちどまり、声のする方角をうかがった。建物の正面から聞こえてきた。音をたてないように、通り過ぎる。

家の玄関がある。手前にアルミサッシの窓。粗末な造りだ。玄関の左手が部屋になっている。声はそこから聞こえてきたようだ。姿勢を低くして家の横手にまわりこむ。水際に向かって細長い縁側がはりだしている。そこから二メートルほど下ったところに、見覚えのあるモーターボートが横付けになっていた。及川の乗ってきたボートだ。

湖はそこから急に深くなっていて、濃い群青色をたたえている。足音を忍ばせて、家の裏手にもどった。薄っぺらな木製のドアがあった。勝手口だ。蝶番(ちょうつがい)のところが、板からはずれている。壊して中に入ったらしい。

ドアノブをそっと握りしめる。息を殺して、まわした。身を横にして、滑りこむ。コンクリート打ちっ放しの土間だ。おそろしく簡素な造りの台所だ。炊事道具もない。

話し声が聞こえる。足音をたてないように、その方角へ進む。角にきて、そっと先をのぞきこんだ。入り口の脇にある部屋だ。すりガラスの引き戸があり、十畳ほどの広い部屋になっていた。木製のテーブルがあり、男がこちらに背をむけて、椅子に腰かけていた。すりガラスを通して、男の左手にすわりこんでいる人影が見える。ふたりとも、誰なのかわからない。

テーブルのむこう側、窓の手前にも男がいる。その顔を見て和夫は息をのんだ。

及川が腕を組み、立っていた。

「……これ以上の条件はないぞ」

背をむけている男の放った声を聞いて、和夫は思わず声をあげそうになった。

信じられなかった。渦のように疑問がわいた。どうして、あの人がここにいるのだ。

前回、タイムスリップしたときのことを必死で思い返した。時間的に、ここにいてもおかしくない。でも、どうして。

ふたりとは別に、すりガラスを通して映りこんでいる影を凝視した。

灰色っぽい服を着ている。その姿が、存在が和夫の混乱に拍車をかけた。もしかすると、あの人影は。

「まあ、そう、しゃちほこばるな」背をむけている男がいった。「せっかく、こうして、三人そろったんだ。乾杯とでもいこうじゃないか」

男が椅子をずらす音が響いた。立ちあがると、男はからだを横にむけた。作業着姿だ。仙田邦好。

仙田は戸を開けて、部屋から出てきた。

和夫はさっと頭をひっこめる。

仙田は隣の部屋に移ったようだ。そこからガラスのふれあう音がした。栓を抜き、コップに液体を注ぐような音がつづく。

和夫はそっと及川のいる部屋を見やった。戸の陰で見えなかったもうひとりの人物が見えた。

仙田はワイングラスとワインボトルをのせたトレイをかかえて、もどってきた。

赤ワインが七分目までつがれたグラスを、及川の側におき、もうひとつを左手にすわる人物の前においた。最後に自分のグラスを持ち上げてかかげる。

「さっ、まずはいこう、乾杯」

そういうと、仙田はひといきに流しこんだ。半分ほどに減ったグラスを目の前にさしだし、

「とっておきのボルドー、一九七〇年ものだ。さあ、さあ、文世さん」

と得意げにいった。

文世と呼ばれたシルエットの人物はいわれたとおり、グラスを手にとった。

仙田がうながすと、及川が重たげに足をはこび、テーブルからグラスをとりあげた。

「いける口じゃないか、おまえさんも」

仙田はいうと、もう一度、ワインを口にふくんだ。及川は文世にむかって軽くうなずき、グラスを口にもっていった。文世と同時にワインを飲みはじめる。

及川がグラスから口を離すと、ワインは半分以下に減っていた。

文世もグラスを元にもどした。

「どう？　少し渋いが、サクランボ風味で、いい味でてるだろ？」

「ああ」及川がワインに一瞥(いちべつ)をくれると、しかたなさそうにつぶやいた。

「そうですね……」つられるように、文世が口を開いた。

「おちつかんから、すわれよ、及川」

及川はグラスを持ったまま、窓際に身を引いていく。

仙田はからだを文世にむけた。「まあ、厄払いって考えりゃ、いいだろ。な、文世さん」

文世はうつむいた。答えなかった。

仙田があきらめたようにいう。「去年の暮れあたりからだったな。俺の工場にも、江原から糸が入ってこなくなった。どうも、怪しいと思ってたんだが、それが浅草橋の……なんてたっけ？」

「丸光商事」及川が息をつまらせるような声でいった。

「おまえに訊いてるんじゃないよ。なあ、文世さん、あんた、昨日、行ったんだって？」

「……ええ」文世が消え入るような声で答える。

しばらく、間の悪い沈黙が支配した。

仙田はボトルを持ち席を離れた。窓際にいる及川のグラスにワインを満たしてから、文世を正面からながめる位置に立った。「まさか、あんなとこで商売はじめるなんてな。西陣の連中もおったまげただろ？」

「ええ……たぶん」

文世が苦しげにいうと、仙田は及川を見やった。

「まったく、どうしてあんな奴に引っかかったんだ。みすみす、金をぶんどられるなんて。この先、いったい、どうするつもりだ？　工場も土地も売っぱらうつもりか？　そんなことしたら、草葉の陰でおやじさん、泣くぞ」

及川は顎をひき、仙田の視線を避けた。

「だまってちゃ、話は進まんじゃないか。おまえさん、江原から渡された融通手形、来週早々、支払期日がくるだろうが。その三百五十万、この俺がめんどうみてやるっていってるじゃないか。いったい、どこが気に食わん？」

「わからん」及川が重たげに口を開いた。逆光になっていて、表情がうまく見えない。

「どうして、あんたがそこまでしてくれるのか」

「うちの下請け工場がつぶれかかってるんだ。見すごせんぞ。八王子一の看板職人が目先の金で困ってるんだ。親としちゃ、助けるのが義務だと思うけどな。ちがうか？」

「それほど、気に入ってるのか？」及川が反発するようにいった。

仙田は口にもっていったグラスを、元にもどした。

及川がつづけた。「そんなに文世さんが好きなのか？」

仙田は文世にちらっと流し目をくれ、だだをこねる子供を見るような目で及川を見やった。

「なにも、本人がいる前で、そう明け透けなことをいうもんじゃないぞ。なあ、文世さん」

文世は横をむいた。

「そりゃ、長いつきあいの糸商だ」仙田がいう。「金を用立ててやったおまえの気持ちもわかる。でも、こんなご時世、いつまでも織物の天下がつづくと思ったら大まちがいだぞ」

「そうじゃない。妙なんだ。あの江原の社長がこのおれをだますなんて、どうしても納得できない」

「そりゃ、絹一本でやってきたんだから、おまえがそう思うのも無理はない。でもな、江原にしても、長い間、無理を重ねてきたんだ。それでああなった。居所はつきとめたんだから、これからいくらでも押しかけていきゃいい。でもな、他人様に差し上げるような金は、びた一文、ないぜ、奴には。だから、この俺が力を貸そうっていってるんじゃないか。ついてはだ、今日は腹割って、これからの文世さんの身のふり方について、話し合おうっていってるんじゃないか」

怒気をふくんだ声で及川が文世に問いかけた。「どうなんだ、文世さん、君はどう思ってるんだ?」

「どうって……わたし」

文世が頼りなげにいうと、及川は我慢できないふうに、テーブルへにじりよった。音をたててワイングラスを文世の前におく。「文世さん、この男のこと、どう思ってるんだ」

アルコールが効いてきたらしく、目のまわりが赤く染まっている。

「だから……」

「わからんよ、もう何もわからなくなった。文世さん、いったい、何を考えてるんだ。この秋、結婚するって約束、忘れたのか。それとも嫌になったのか。借金づけになった、このおれが」

及川は文世に顔を近づけた。

仙田は黙ってながめているだけだ。

「それは……すまないと思って……」

文世がいうのを及川はさえぎった。「すまないとかじゃない。仙田といっしょになるのかどうかって訊いてるんだよ、おれは」

「よさないか、及川」

仙田がいきなり動いた。及川の胸元をつかんで、窓際まで押し返す。

「そう、ぎすぎすするなよ、さかりのついたオスみたいに」

仙田が離れると、及川の顔色が急変した。骨が折れるほど、強く拳を握りしめた。

仙田はそれを楽しむように、ワインで口を湿した。

「そうだったのか……」及川があきれたようにいった。「それもこれも、ぜんぶ、あんたはわかってたのか……」

「おいおい、おかしなことというなよ。聞きようによっちゃ、ただじゃすまさんぞ」

「江原の社長をけしかけたのは、おまえか？」

「なあ、及川、そりゃ被害妄想ってやつだ。文世さんの前で恥ずかしいと思わんか」

「いいんだ、もう、そんなぁ」及川はろれつがまわらなくなった。「な、文世ぉさんもー、……いいかげんにぃ……」

及川はひざの力が抜けたみたいに、がくりとひざまずくと、床にすわりこんだ。

「悪いが及川、答えはもう出てるんだ」仙田がこれを最後とばかりにいった。

及川が目をぎょろつかせて、仙田を見上げた。

「ここまで話せばわかるだろ？」仙田はそういって文世を舐めるように見やった。

「なっ」

及川は眉をしきりと動かして、文世を見やった。

「もう、あともどりできない仲になってるんだよ、俺と文世は」仙田がとどめを刺すように告げた。

及川はよるべないというように、うなだれた。和夫はその姿をまじろぎもせず、見守った。仙田のいった言葉を反芻する。あともどりできない仲？　この自分の母親と肉体関係を持ったということなのか？　及川とはどうなのだ？

和夫は混乱した。この自分の親は仙田なのか？　それとも、及川なのか？

ふいに、及川が前のめりになって床に突っ伏した。

そのとき、影になっていた文世が席から離れた。及川に駆けよろうとしたそのとき、文世も膝元から崩れおちていった。助けようとした及川がからだを起こしたが、そのままふたりして、床に倒れこんでしまった。

ありえないことだった。酒好きの及川が、たった一杯のワインで、意識がなくなるなどというのは。

もられたのだ。

和夫は倒れこんだ及川の元に歩みよる仙田を見つめた。

仙田は及川の両肩を持ち上げて、壁際まで引きずっていった。上体を壁にもたれかけさせると、腰をかがめて一気にかつぎ上げた。ゆっくりと、一歩ずつ踏みしめるように歩きだす。

和夫は顔を引っこめた。重そうな足音がこちらにむかってやってくる。

表玄関のドアが開く音がした。仙田が外へ出ていくところだった。一呼吸おいて、和夫も玄関にむかった。ドアにとりついて、外をうかがう。

及川を背負った仙田が、壁際をまわりこんでいく。入り江の方角だ。

和夫は三人がいた部屋にもどり、窓から、そっと外をのぞきこんだ。どさっという音がした。仙田が縁側に、及川のからだを投げつけるようにおいたところだった。及川はぴくりとも動かなかった。

仙田は斜面を下ると、モーターボートを両手でつかんで、引きよせた。ボートの先が土に乗りあげた。

仙田は必死の形相で及川のからだを持ち上げ、ボートに乗せた。そのまま、ゆっくりとボートを回して、へさきを湖にむける。仙田がこちら側をむいたので、和夫は首を引っこめた。

和夫は身の毛がよだった。これから行われることがはっきり、想像できた。いったい、自分はどうすればいいのだ。圭介、どうしておまえはこのおれを、こんな場所に送りこんだりしたのだ。どうすれば、助けられるというのだ。いや、何を助けるのだ。ここで、及川を助けてしまえば、おまえはまた、いなくなるのだ。

及川を助けることなど、できない。

からだがこわばるのを感じた。自分のものであって、そうでないような気がした。意識ははっきりしているのに、からだが思うように動かない。

目の前に文世が横たわっている。かあさん、と和夫は呼びかけた。

和夫は腹ばいになったまま、文世の脇に近づいた。少しずつにじりよる。やがて、文世の息づかいがはっきりと聞こえるようになった。文世の肩に手が触れた。その瞬間、ふいにからだが軽くなった。まったく、おかしな感覚だった。からだが空気の中に溶けていくような、何ともいえない感じだった。視界から文世が消えてなくなり、何かに吸いこまれるように暗いところに落ちていく。ものすごいスピードだった。音のない世界をひたすら降下しつづけた。やがて、うすぼんやりとしたものが見えてくると、まばゆい光に包まれた。目がくらんだ。あたりから洪水のように、音と光景が押しよせてくる。そこには、ふたりの人間しか見えなかった。笑みを浮かべて、しきりと話しこんでいる文世。それにじっと聞き入っているのは及川にちがいなかった。ふたりの身につけているものが溶けてなくなった。ふたつがぴったりとはりついて、ひとつになる。その瞬間、和夫の脳裏に、自分の親たちの姿がはっきりと刻みこまれた。永遠のような時が流れた。

気がつくと、なま暖かいものに全身をすっぽり包まれていた。

和夫はそこがどこであるのか、わかった。ここに来た理由が、ようやくのみこめた。

和夫は念ずるように文世にむかって呼びかけた。

※　※

宮津文世はふっと目が覚めた。

つい、今し方まで、自分の名前を呼ぶ声が聞こえていた。若い男の声だ。『起きてくれ、早く起きろ』と何度も声をかけられた。

せっぱつまっているが、どこか懐かしい響きもあった。

からだは重いままだった。ぼんやり、自分のいるところがわかった。

あの家。入り江のすぐ横にある。

視界の片隅が、ぼんやりと白みかかってくる。

それにしても、おかしい。つい、今まで及川と仙田の相手をしていたのに。

及川さんはどうして、あんなふうに倒れたんだろう。手を伸ばしても届かなかった。

いきなり目の前が暗くなり、からだに力が入らなくなった。

それから、どんどん、深いところに落ちていった。どうして、及川も自分も、いきなり寝こんでしまったのだろう。

ワイン？　そうだ、あの中に何かが混じっていたんだわ。

でも、どうして？　部屋を見わたした。

おかしい。誰もいない。

さっきまで、ここにいたのに、どうしていないの？　及川さん？

窓の外から、ぶるんという音が聞こえてきた。

文世はゆっくりと膝立ちになった。壁に倒れこむように、からだをささえた。

壁をつたって窓に近づく。足下がおぼつかない。窓枠に手をあてがう。ガラス窓越しに、ようやく外が見えた。すぐそこにモーターボートがあった。丸い操縦桿（そうじゅうかん）のついた席に仙田がすわり、しきりとボタンを押している。

そのたび、エンジンからくぐもった音がして、すぐ消える。

仙田の横にすわりこんでいるのは及川にちがいなかった。がくりと首を外側にまげている。意識を失っている。

いったい、仙田さんはあんなところで何をしているのだろう。

そのとき、耳をつんざくような音がした。エンジンがかかったのだ。

ボートが左右に揺れた。仙田の手が座席の右側にあるスロットルレバーを握りしめる。及川の首が頼りなげに動き、まっすぐに起きた。右手にいる仙田をむく。

よかった、気がついてくれて。

仙田は気づいていないらしく、握りしめたレバーを手前に引いた。

スクリューの回転する音がした。水が攪拌（かくはん）されて、茶色い泥がわきあがる。

ボートはゆっくりと岸辺を離れだした。そのとき、及川の手が伸びて、仙田の肩にからまった。

仙田はあわてた。その反動でレバーが元の場所におさまった。

水の抵抗につかまり、ボートはその場で立ち往生した。

及川の手をふりほどこうとして、仙田はハンドルを離した。及川にむきなおる。

仙田の動きが圧倒的に勝っていた。及川は夢遊病者のように、両手を力なく相手にあずけているだけだ。

組み合ったまま、ボートはゆっくりと左回転で、水の上をまわりはじめた。

だんだんと岸に近づいてくる。仙田が顔を赤く腫（は）らして、及川の胸ぐらをつかんだ。椅子に押しつける。

反対側をむいていた及川の顔が少しずつ見えてくる。

青ざめていた。無表情に近かった。まだ、夢からさめきらないのだ。それでも、口の端は醜いほどゆがんでいる。それだけが、唯一、抵抗する盾であるように。

仙田の背中がこちらをむく。その上体が、獲物に襲いかかる熊のようにひときわふくらんだ。仙田の両手が生き物のように及川の首にくらいついた。

仙田の肩がみるみる盛り上がり、船はゆっくりとかたむきだした。

文世は窓を開ける力さえなかった。声を出そうにも声帯がとれてしまったみたいに、声が出なかった。ここにくる前、仙田のとった行動がようやくのみこめた。

工場で着物の絵を描いていたときだ。いきなり仙田がやってきて車に押しこめられた。どこへ行くのかと聞くと、相模湖にある俺の別荘で及川が待っているから、三人で話し合おうという。そんなこと、聞いていない、それでも行く気なら、及川さんの家に寄ってからにして、とはねつけた。仙田は仕方なさそうに従った。今思えば、仙田にしても、及川が相模湖にむかったかどうか、確信が持てなかったからだろう。

及川の工場には、あの同郷の若い男がいた。その男も及川のことを心配しているようで、相模湖まで同行したが、湖の駐車場に着くと、すぐ車から出ていってしまった。そのあとはまた、仙田とふたりきりになった。

仙田は元々が八王子生まれの男だった。石巻から八王子に移ったとき、文世は仙田織物工場に職を得た。最初から住む家の世話までしてくれて、親切な人だと思った。当時、仙田には子どもはなく、病気がちの妻がいた。勤めだして一年もしないうちに、『おまえだけ特別扱いしている理由はわかるだろ』とすごまれて、いきなり体を求められた。何度も拒否した。仙田の妻が逝ってひと月もたたない土曜の晩、むりやり関係を強いられてしまった。人を石ころのようにしか見ない仙田を憎みながらも、給料とは別に、手当と称する小遣いを得ていた。それを断って、別れる決心を固めたところだった。なのに……。

仙田はふたたび車を運転した。勝瀬橋と呼ばれる橋を渡ると本道からそれ、右手の藪に入りこんでとまった。そこで文世は車から引きずり降ろされ、追い立てられるように、湖の岸辺にそって、道なき道を歩かされた。十五分ほどして民家が見えてきた。人の姿はなかったが、はっきりと生活している人の息づかいは感じられた。そこにたどりつく直前、小さな道へつれこまれた。車をあんな藪の中に隠して、こんなところまでやってきた。あれは、人目を避けるためだったのだ。

そのとき、大きく見開いた及川の目が文世の目を射抜いた。

まじまじと見つめあった。

及川の目から、みるみる力が失せていくのがわかった。文世は手を窓にあてて、引こうとした。

どこからともなく、その声が聞こえた。

『おとうさん！』

文世は部屋の中をふりかえった。

どこにも人はいない。

ふたたび及川に目を転じたとき、またその声がした。

『おとうさん！』

その声の出所がわかり、文世は思わず自分の下腹に手をあてがった。

ずきんと電気のようなものが、走った。

そうだったのか……そうだったんだ……あなたのおとうさんは、やっぱり、あの人だったんだ。

熱いものが目尻からこぼれた。及川の目が焦点を失い、宙をむいていた。

どうしようもなかった。金縛りにあったみたいに、からだが動かなかった。

及川の目が内側から破裂するほどに大きく見開いた。弱々しく伸びた腕が仙田の肩口からはずれる。

仙田は及川の首に巻きついたネックレスをゆっくりと外した。及川を抱きかかえたまま、その上体を船の外に放りだした。及川は横向きになって、あっけなく、水の中にはまりこんだ。それもつかの間、及川は気がついたみたいに、水面から顔を出した。ボートのへりをつかむ。はい上がろうとしたそのとき、仙田の両腕が伸びた。がっしりと及川の首に食いこんだ。

仙田は渾身(こんしん)の力をこめて絞めた。ボートが大きくかたむいた。凍りついた及川の顔がこちらをむき、必死で訴えていた。目をそむけた。

ごめんなさい……何もできない、ごめんなさい。

仙田はひるむことなく、及川の首を絞めつづけた。

長い間、そうしていた。永遠のように感じた。

船のへりをつかんでいた及川の手がゆっくりと落ちていく。見開かれていた目が、内側から閉じられていくのがわかった。ずぶずぶと顔が沈んでいく。

仙田の腕もつられてはまりこんだ。

ほんの少しの間をおいて、仙田は手を離した。だらりと及川の手が伸びきり、ボートから水面に落ちていくのを見つめる。ボートはゆっくりと回頭し、及川の姿が見えなくなっていく。

身の内から、ごっそり、何かが抜け出てしまったみたいな感じだった。

仙田の顔がゆっくりとこちらをむいた。文世は尻餅をついた。

いけない。このままじゃいけない。

喉に綿をつめられるような恐怖に身をつつみこまれた。見ていたことに気づかれたら……わたしまで。

文世は床をはうようにつたわった。腰から下が砕けたように力が入らなかった。テーブルの脇までもどった。外で縁側に降りたった音がした。もうすぐ、あの男がやってくる。文世は目を閉じ、身を横たえた。

46

和夫は目を開けた。

雑踏の中にいるような、ざわついた空気を肌で感じた。

ゆっくりと視線を落とした。ヤッケも汗で濡れたTシャツもなかった。シャツの胸元にはきちんとIDカードがはさみこまれ、靴もリーガルのローファーだ。ズボンのポケットに入っているものをとりだした。ドコモのスライド式携帯だ。無地の青い背景に、日付と時間が表示されている。

2008年3月3日（月）11：30

やはり、そうなのかとも思った。帰るべき時間は同じなのかもしれなかった。

タヌキこと、係長の古沢が口をひき結び、メモ用紙に字を書きつけている。ななめうしろには課長のヒデ公がすわり、その前には庶務係長の黒眼鏡が電卓を叩いている。カウンターの受付席では、手持ちぶさたそうに三浦がぽつんとすわっていた。見たところ変化はない。

しかし、それはうわべだけのことかもしれなかった。たった今、目の前でくり広げられた光景に呆然とした。あれは夢なのではない。この目で見たとしか思えない。

まったく、妙なことだった。圭介を捜して相模湖まで出むいたのが、はるか昔の出来事のように感じられる。その場からタイムスリップしたことも。

入り江の小屋の中で体験した不思議な出来事も、これまでのことでは説明がつかなかった。あれはタイムスリップといえるかどうか。それまでの二回とはちがった。あの病院の検査棟から落ちていったときの、目のくらむような衝撃はなかった。まぶしい日の光につつみこまれたと思ったら、もう、別の時代にいた。からだからエネルギーが抜きとられてしまったような感覚もなかった。うたた寝をしていて、目が覚めたくらいのものだ。しかし、自分は確実にいた。あの日に。青田に。

和夫は今、はっきりとわかった。

圭介を相模湖につれていった夜、自分が見た夢のことを。

あれは夢ではなかったのだ。

ましてや、前世の人間の追体験でもない。

母親の胎内から見えた、まぎれもない現実でしかなかった。

自分の前世は佐久間でも右島でもない。かつて、この世に存在していた誰かだ。

和夫は端末機の前に移動して、住民基本台帳システムを立ち上げた。宮津圭介と入力する。改行キーを押そうとしたとき、霞のような不安が胸いっぱいに広がった。

自分が今いるこの世界は、どんな世界なのだろう。

あの恐ろしい光景を目撃した文世は、まだ、生きているのだろうか。自分は幸恵と出会い、結婚しているのだろうか。圭介はどうなのだ。この世に生を受けているのか、いないのか。このキーを押すだけで疑問は解決できる。

そう思っても、なかなか実行できなかった。すべてを知ることが怖かった。

この世界が信じ切れなかった。

「これ作ったんだけどさぁ、ちょっと読んでくれるかな」

古沢係長が脇にいて、手書きのメモをよこした。

三月十二日に行われる国民健康保険運営協議会用のQ&A。

前と同じだ。少しだけほっとする。

もう協議会には参加しているし、委員の質問もすべて覚えている。

「係長、これから休みをもらいます」

「ええ、でもさあ……」

古沢はうしろに控える課長のヒデ公のことを気にしている。

「宮津くーん、お願いだからさ、明日の三時には、打ち合わせだからさぁ」

「わかってます。それまでには、間に合わせますから」

47

中央図書館。

和夫は参考図書室でマイクロフィルムの閲覧機の前にすわった。セットされているのは三十三年前の毎朝新聞、地方版。操作盤のつまみを回す。

一九七五年三月八日土曜日。社会面。

〈七日午後五時、相模湖で死体が発見された。死体の衣服にあった免許証から亡くなったのは及川栄一さん（三〇）とわかった。司法解剖の結果、溺死と判定されたが、及川さんの首には、縞模様の首を絞められた痕があり、相模原署では殺人事件も視野に入れて捜査を開始した。及川さんは八王子市内でネクタイ織物業を営んでおり、七日の朝は自宅にいたことが確認されているが、その後の足どりはわかっていない〉

以前見たものと同じだ。一日分すすめる。同じく社会面。その見出しが大写しになった。和夫は唾をのんだ。

〈絞殺後、湖に沈める

相模湖で及川栄一さんを殺害したとして、神奈川県警は八日、八王子市の織物業者仙田邦好容疑者（三四）を殺人容疑で逮捕した。仙田容疑者は七日、及川さんを相模湖畔にある民家につれこんだのち、モーターボートに乗せ、自分のネックレスを使って首を絞めて殺し、そのまま湖に遺棄した疑い。死体は相模湖の対岸まで流されて見つかった。事件を目撃していた女性の通報により、容疑者逮捕につながった〉

予想はついていた。

事件を目撃してしまった文世が、どんな行動をとるのかは。

それでも、実際の記事を目の当たりにすると、ショックに襲われた。

この自分がタイムスリップする以前、文世は睡眠薬をもられて意識を失い、事件を目撃していない。しかし、犯罪が行われていたことは、おぼろげながらも感づいていた可能性はある。その容疑者が仙田ということも。

そして、三度目のタイムスリップで自分が呼びかけたことにより、文世は目を覚まして、仙田による犯行の一部始終を目撃した。

それよりも文世にとって、重大なことがあった。

自分のおなかにいる子供の父親は、仙田なのか、及川なのか。

文世自身もわかっていなかった。しかし、今度はちがった。

この自分が知らせたのだ。そして、文世はためらわず、告発を決断した。

我が目で見た事実のありのままを。はじめて見た真実を。

画面を印刷をする。ここにくる前、役所で仙田邦好のことは調べた。

仙田は刑期を終えて八王子にもどってきていた。そして、独身のまま、平成十四年の七月に亡くなっている。仙田の本籍は八王子の住所と同じだった。石巻出身などではなかった。叔父と聞かされて育てられたが、実際は文世を愛人として面倒を見てきただけだろう。資産税課に出むき、当時の名寄せ帳から仙田邦好の持っていた土地を拾い上げた。

織物工場のあった台町駅のほかにも百坪以上の土地を所有していた。相続人はおらず、いまの所有者は国になっていた。覚悟しなくてはいけないと和夫は思った。

これまで、宮津家を庇護してくれていた仙田はもういない。いや、はじめから仙田の存在はなかった。これから帰る場所に自分の家はあるのだろうか。家族はいるのだろうか。

目の前を記事が先送りされていく。見ていると、気が遠くなるような気分がした。どことなく、頭がぼんやりしてきた。

思わず、机につかまった。これだけではない、と和夫は思った。

ほかにも、ここで調べなくてはいけないことがあったはずだった。

それが、なかなか思い出せなかった。

何なのだ。自分はいったい、どうしてしまったのだ。思い出せ、早く。名前、名前……誰だっけ。

そう、佐久間、それだ。そいつのことを調べるのだ。

でも、どうして？

佐久間って、どこの誰なのだ。

しばらくすると、うすぼんやりと一重まぶたの顔が浮かんできた。

そうだ、あの顔……佐久間だ。

湖で佐久間の運転する車に乗ったではないか。あのあと、奴はどうしたのだ。

なかなか記事がみつからなかった。面倒になってきた。

どうせ、わかっているのだ。

佐久間は……ええと、どうなったのだっけ。そうそう新宿駅でばったり会ったではないか。

図書館を出た。ふと正面玄関を見上げる。

手には何も持っていないのに気づいた。

あれ？ おれはどうして、こんなところにきたのだろう。

本を借りにきたわけでもあるまいに。まあいい。

スクーターにまたがり、千人町の交差点を右折する。

風が冷たい、冷たすぎる。

風邪でも引いたのだろうか。いや、ちがうぞ。タイムスリップしたではないか。

ほんの半日前、炎天下を走りまわっていた。

そんなことも忘れてしまうなんて、どうかしている。

どうして、そんな大事なことを忘れてしまっているのだ。

催眠療法士のことが浮かんだ。名前は思い出せない。

歴史が書き換えられる、とかいっていた。問題はそのあとだ。

タイムスリップしたのち、記憶が抹消されるといったではないか。

過去にタイムスリップして現在に帰ってきても、タイムスリップしたことすら覚えていないということだ。

もしかして、自分の身に起こっていることはこれなのか。

そんなことより、もっと大事なことがある。

圭介だ。文世のことも気になる。

ふたりは無事でいるのか。幸恵はどうなのだ。

この自分にもどるべき家はあるのか。

家のある路地に入った。

なじみのあるシルエットが見えてくる。我が家だ。見たところ、変わった様子はない。

スクーターをとめて、玄関の戸をおそるおそる開けた。

「圭介」

呼ぶと、廊下の先から、たったったっ、と駆けてくる音がした。

「あれっ、おとちゃん」

じわりと胸のあたりに暖かいものがこみあげてくる。

よかった。本当によかった。圭介は少し離れたところでたちどまり、きょとんとしている。帰宅時間がふだんより早いためだ。

「けいちゃん、ただいまぁ」

和夫は玄関からあがり、圭介を抱きかかえる。

だいじょうぶ。圭介は、このとおり元気だ。

「どうしたのさ」

文世が障子を開けて、うさんくさげに見ている。やはり、いた、と和夫は思った。

文世がいなくなるはずなどないではないか。それでも、うれしくなる。

「今日はお休みだよ。けいちゃん」

「うほっぃ、うっほぃ」

圭介は腕の中でえびぞる。

「あれぇ、落ちちゃう、落ちちゃうぞー」

ひざから力が抜けて、腰がくだけた。あぶなく、落ちそうになった圭介を両手でささえる。ふいに、崖のような小道を駆け下りたときのことがよみがえってきた。圭介を捜すため、相模湖駅から走ったときだ。あれは夢でも何でもなかったのだ。

圭介はぴょんと飛び起きて、和夫の背中につかまる。

居間のこたつの上には、カプラが広がっている。積木のおもちゃだ。

そっとおろしてやる。

仏壇の中にある位牌が目にとまった。文世の母方の戒名の横に、知らない別の戒名が記されている。

位牌を取りだして、裏返す。

及川栄一の名前が記されている。没年は昭和五十年三月七日。

その名前を見ながら、しばらく和夫は物思いにふけった。

図書館で読んだ記事のことをようやく思い出した。

母親の胎内から見た光景がしばらく、頭の中にとどまった。

あれから、文世は亡くなった及川を夫として祀っていたようだ。それから二十数年後、及川はふたたびこの世にもどってきた。

我が子、圭介として。位牌を元にもどした。

背中がべとつくような感じがする。

わきの下に手を入れてみると、べったり汗で濡れていた。こんな寒い日に、どうしてだろう？

シャワーを浴びて、パジャマに着替えた。

圭介のいるこたつに腰をおちつける。

疲れを感じた。

夕方、いつものとおり、勤めを終えて幸恵が帰ってきた。

幸恵はこたつにすわりこむなり、台所に立っている文世に声をかけた。

「今日のおかず、おかあさん、何？」

「おでんだよ」文世が答えた。

これが正しい世界なのだと和夫は思った。

48

翌日もふだんどおり、出勤した。

古沢係長相手に、運営協議会のシミュレーションをした。会議の中身は覚えているので、ほとんど一方的に説明した。

「でさぁ、所得割の料率だけどさぁ、今年は据えおくんだよなあ」古沢がいった。

同じことを当日、議員のひとりがいった。

「もちろんですよ」

「で、据えおく理由だけどさ、何だっけ？　ここにはないけどさ」

古沢はそういって、手元のQ&Aに目を落とした。

和夫は少しあきれて、古沢の顔を見た。「えっと、それはですねぇ……」

それから先、言葉がつまった。

会議では、古沢にかわって、ほかの人間が答えたことは覚えている。

あれはたしか、課長……いや、庶務係長の黒眼鏡か？

そういえば、何と答えたんだっけ。どうも、おかしい。

こんな簡単なことを忘れてしまうなんて。

和夫はそれから、三十分ほどかけて、資料をあちこち広げ、その質問の答えを作りあげた。ワープロで清書して、古沢にわたした。

それだけすませると、妙におちつかなくなった。

何か、まだ仕事があったはずなのだが……何だったのだろう。

書きかけの稟議(りんぎ)ばさみや、立てかけてあるクリアファイルを見る。

思い出せない。机の引き出しをあけると、国保課の茶封筒が目にとまった。

中身を広げた。仙田邦好という男の住民票のハードコピーが出てきた。

何なのだろう。

保険税のことで苦情でもいってきた男だろうか。

もう亡くなっているのだから、それはない。

じっと見ていると、湖の情景が浮かんだ。モーターボートで格闘するふたりの男の姿が目の前に映りこみ、和夫はあっと声をもらした。

あの仙田ではないか。

自分の父親を殺した男のことを、どうして忘れてしまうのだ。

いや、待てよ、この男のことを、調べなおさないといけないのではなかったか。

真っ赤なヨットパーカを着た男が受付にいる三浦とやりあっていた。

保険税の額があまりに高いので、苦情をいいにきたのだ。

男は少しもひく気配を見せなかった。

課長のヒデ公もタヌキも、助け船を出そうとはせず、台風がすぎるのを待つみたいに、じっとうつむいている。

和夫はみかねて、間に入った。

男は和夫に顔をむけた。顎をつきだし、おまえが相手かとでもいうような感じで、和夫をにらみつけた。大きな二重まぶたの目が赤く充血している。ごま塩頭だ。

じっと見ていると、相手はひどくプライドを傷つけられたとかんちがいしたらしく、飛びかからんばかりに怒りだした。

49

五日は、朝から忙しかった。保険税の請求書を郵送しなければならず、午前中いっぱい、封入作業に追われた。

午後は運協の準備会議で、古沢のお供をしてずっと別室につめた。

自分の席にもどったのは、夕方の五時すぎだった。

ロッカールームで着替えをする。

大きな茶封筒が靴の上にのせられている。

開けてみると、住民基本台帳や戸籍の画面ハードコピーや新聞紙のコピーがつまっていた。

いつ、こんなところにしまいこんだのだろう。

どうしようか迷った末、それをかかえて、帰宅した。

夕食の前に圭介と風呂に入った。圭介は奇妙なことをいった。

母親のおなかの中にいるとき、おへそを通じて外が見えたのだと。

あながち、嘘ではないかもしれない、などと思いながら、圭介の顔をうかがった。

どことなく、大人びているように見える。

圭介を寝かしつけてから、自分の部屋のパソコンのメールチェックをした。

机の上にある茶封筒が目にとまった。中身をとりだしてみる。

住民票の画面コピーや新聞のコピーだ。

どうして、こんなものを集めたのだろう。仕事とは関係ないようだ。

新聞のコピーは三十三年も昔のものだ。相模湖で起きた殺人事件のことが書かれている。

読んでいると、モーターボートの上で、もつれあっているふたりの男の姿がよぎった。和夫はひやりとした。

そうだ……あのときのふたりだ。どうして、こんなことすら忘れていたのだろう。

自分はタイムスリップした……のではなかったか。

三十三年後の世界と現在を行ったりきたりした……はずだ。

せめて、家族にだけは、自分の身に起きたことを伝えておかなくてはいけないのではないだろうか。たとえ、のちの自分に絵空事のように思われても。

和夫はワープロを起動させた。一行目を入力する。

〈一回目　三月三日　時間……〉

思い出せない。何時だっけ？

頭の中から、急速に何かが失われていくのがわかった。

まるで、潮がひくように、大事なことが見えなくなっている。
もう明日には、いや、今日の夜にはすべての記憶がなくなっているかもしれない。
和夫はもう一度キーを叩いた。
〈自分はタイムスリップした……〉
はずだが、いつ？
上の行に書かれているのを見て、三月三日とつぶやく。
そうだ、たしか、その日だ。
でも、それだけだっけ、ほかにも、したような。
あれ、変だ。おれは何をしているんだろう。
頭の中に、ぽっかりと空白ができてしまったような気がした。
そこにあったはずのものが、どうしても思い出せなかった。
気がついたとき、自分の携帯を手にとっていた。
保存してある写真の一覧を呼びだす。
一枚の写真が目にとまった。
無意識のうちにそれを選び、〝メールする〟にカーソルを合わせた。
送り先の名前がずらりと表示される。
宮津幸恵のメールアドレスを選んだ。送信ボタンを押す。紙飛行機が画面の下から上に飛んでゆき、小さな点になって消えた。

送信終了。

あれ……今、何を送ったのだろう。

三月六日木曜日。いつもより、早く目が覚めた。

圭介を起こさないように、手早く着がえて、居間に入った。

七時ちょうど。

どことなく、甘ったるい香りが台所から漂ってくる。

新聞をとってもどってくると、文世の部屋の障子が開いていた。寝間着姿でタンスを引き出し、着物を選んでいる。

今日は、日本刺繡の講座のある日だ。出かける準備をしているらしい。

居間のこたつに入って、テレビをつけた。

「ねえ、あなた」台所にいる幸恵がいった。「あの写真、どうしたの？」

「写真って何？」

「昨日の夜、わたしの携帯に送ってきたじゃない。あれよ」

携帯に？　何を？

「送ってないぞ、何も」

「おかしいなぁ」

「だから、何も送ってないって」

「驚いちゃった。わたしと、及川のおじちゃんが写ってるの。わたしは三歳くらいかなあ」

「ぼくがそんなもの、持ってるわけないだろ」

「でも、今朝見てみたの。携帯。写真、残ってないのよ。おかしいわねえ」

幸恵は今でも、和夫の父親のことを及川のおじちゃんと口にする。

実家が及川織物の近くにあり、幼い頃、よく遊びにいって、記憶が残っているのだという。

和夫はなんとはなしに、そわそわしてきた。

忘れ物をしたみたいな気がして、自分の部屋に入った。パソコンの前にすわってみるが、おちつかない。

戸が開いた。

ふりかえると、圭介が眠たげに目をこすって、ぽつんと立っている。

「さあ、けいちゃん、着がえよ」

和夫は寝室で圭介に着替えをさせて、居間にもどった。

こたつの上は、朝食の準備が整っていた。すわると、幸恵が茶碗に飯を盛ってくれた。

「あれ、五目ご飯？　今日は何かあったっけ？」

「急に食べたくなったの。いいでしょ」

「ふーん。珍しいね」

春と秋にしか、五目ご飯を作らないのに、どういう風の吹きまわしだろう。

和夫は茶碗をとりあげて、一口、食べてみた。圭介も自分で箸をとって、食べはじめた。

鶏肉の甘い味が口いっぱいに広がる。

「えらいねえ、けいちゃん」

ほめてやっても、圭介は返事をしなかった。

着物姿の文世がやってきた。化粧もすませている。「うまく、炊けてるみたいねー、幸恵さん」

「食べていきなよ、かあさん」

「いいよ、帰ってきてからいただくから。じゃ、幸恵さん、戸締まりお願いね」

「はーい、気をつけて行ってきてくださいね」

「ありがと」

文世はそういうと、居間から出ていった。

ふと目をやると、見かけない腕時計がこたつの端におかれてあった。

SEIKOの腕時計だった。

おそろしく年季が入っている。

ステンレス製のバンドには、茶色い錆が浮き出ている。ガラスも細かな傷が無数についていた。

「ねえ、幸恵、これ、どうしたんだ?」

「ゆうべ、あなたが寝てからあちこち探してみたのよ。及川のおじさんが亡くなったとき、形見わけしてもらった腕時計があったこと思い出したの。どうしても気になっちゃって。夜中までかかって、見つけたのよ」

「へえ」

時計は八時十五分のところでとまっていた。

三時を示す位置に、小さな窓枠があり、「木6」と表示されている。

六日、木曜日のことだ。和夫はカレンダーを見やった。

珍しいこともあるものだ。今日と同じだ。

食事をすませて、上着を羽織った。

ヘルメットをたずさえて、玄関にむかう。

空になった文世の部屋が気にかかった。

戸を開けて外に出た。冷たい。今日も寒い日になりそうだ。

スクーターのエンジンをかける。

そのとき、左腕にはまっている腕時計に気づいた。

幸恵が見つけた父親の腕時計だ。

いつはめたのだろう。

八時十五分でとまったままだ。

見ていると妙に胸がさわぎだした。

先に家を出ていった文世のことが気になってしかたなかった。

玄関の戸が開いて圭介が現れた。和夫は家の中にもどった。

台所で、洗いものをしている幸恵に和夫は声をかけた。「今日、おれが送ってくよ」

「送ってくってどこへ？」

「君と圭介」

「ええ？　いいの？」

「急げば間に合うから」

圭介がうれしそうな顔をして、足元にからみついてきた。

和夫は圭介を抱きあげ、車のキーを持って外に出た。

圭介をチャイルドシートにすわらせて、ステップワゴンのエンジンをかける。

玄関に幸恵が姿を見せた。

戸締まりをして、駆けこむように車に乗りこんでくる。

「しゅっぱあーつ」

声を出すと、後部座席で圭介が足をばたばたさせて喜んだ。

南大通りをいつもと反対側にハンドルを切る。

「あれ、どっち行くの?」幸恵がいった。

「うん、ちょっと」

国道十六号線と交わる交差点に出た。信号は青だ。

すぐ前に車が二台とまっている。

どちらも、右のウィンカーを点滅させている。

そのうしろについて、和夫も右のウィンカーをつける。

左手前方、赤信号で停止している車列の先頭に、京王バスがあった。

文世が乗るバスだ。中央線の踏切を越えて、横山町をまわり、八王子駅北口にむかう路線だ。

そのバスを見ていると、どうしたことか神経がはりつめてきた。

運動をしているわけでもないのに、心臓の鼓動が早くなった。

信号が黄色に変わる。対向車線を走る車がとだえた。

先頭の軽自動車がなかなか動こうとしない。

和夫がクラクションを鳴らすと、はじけたように飛びだした。二台目もそれにならった。

信号が赤に変わる寸前、和夫もアクセルを深く踏みこんだ。

手早くハンドルを切る。ぎりぎりで間に合った。

十六号線に入った。信号待ちしていたバスが、すぐあとを追いかけてくる。

スピードを上げる。万町のバス停が近づいてくる。

若い女に前後をはさまれるように、着物姿の文世が立っていた。

文世の視線は和夫の車の後方にいるバスにそそがれている。

バス停の前で急停車した。助手席側の窓ガラスを下げる。

「かあさん！」

呼ぶと文世がこちらをふりむいた。

目が大きく見開いた。

「早く乗って」

文世はバスとステップワゴンを交互に見ながら、ためらっていた。

「送ってくから、早く乗って」

すぐ、うしろでバスのクラクションが重たげに鳴った。

和夫が助手席のドアを開けると、文世があわてて乗りこんできた。

和夫はアクセルを踏みつけた。車は勢いよく走りだした。

「どうしたっていうのよ、急に」

文世があきれたようにいう。バックミラーに映るバスがみるみる遠ざかる。

和夫は息が切れた。心臓の動悸がおさまっていく。

この寒さの中、額に脂汗をかいていた。

圭介がチャイルドシートから身を乗り出すように、文世の肩にまとわりついている。

暖かいものが胸に満ちてくる。

どうしてなのか、和夫にはわからなかった。

ふと、左手にはめた腕時計を見やった。

とまっていたはずの秒針が、ゆっくり動きだしていた。

エピローグ

令和七年（二〇二五）三月三日 月曜日

冬枯れた相模湖畔のベンチでぼんやり湖を眺めていると、聞き慣れた声で呼びかけられた。

「待った？」

すっかり大人びた圭介がこちらをのぞきこんでいる。

灰色のチェスターコートに黒のスキニーパンツ。

「そうだな、少し」かれこれ三十分近く待っただろうか。「悪かったな、急に呼び出したりして」

「そうだよ、驚いちゃった。研究室を飛び出して駅まで走ったよ。ちょうど下り電車が来て」

「それは運がよかった」

圭介は都立大学システムデザイン学科の三回生。豊田駅に近い日野校舎に通っているのだ。

「風邪はいいの?」

「すっかり直った」

「すげえ回復力」

和夫は腰を上げ、圭介と連れだって湖畔の道を歩いた。風もなく午後の日差しが気持ちいい。和夫より身長が高い圭介といると、遠い昔との距離がさらに広がるような気分だった。

「何年ぶりだろ」

圭介がため息まじりにつぶやく。

「そうだな」

「どうして、こんなところに呼び出したの?」

和夫は言葉につまった。

理由を聞かれても、うまく説明できない。

ここに着いたときに感じた光のようなものが、少しずつ失せて、なぜここにこうして息子といるのか、わからなくなっていた。

「あそこでよく遊んだよね」

圭介が船着き場に併設されたゲームランドを指しながら言い。

「そうだよ、圭介はいつも……」

なぜか、こみ上げるものがあって、それから先の言葉が出てこない。

「どうしたの？」

「なんでもない」

どうしたというのだろう。この昂まる気分は。

ゲームランドまで、じっとこらえて進んだ。

桟橋近くで歩みをとめて、湖を見やる。ピンクやグリーンの小さな足漕ぎボートが十槽ほど係留され、ずっと先の湖面に、白いスワン号がゆっくり動いていた。

何か、があったのだ、ここで。

この風景の中に、人生を変えてしまうような出来事が起きた。その答えが今日こそ見つかるはずだった。しかし、いざ、こうして来てみると、やはり徒労だったような気がしてならなかった。

しかし、圭介の様子はちがった。鉄柵に身を預けて、じっと対岸を見つめたまま、一ミリたりとも動かなくなっていた。その横顔がみるみる青ざめていくのを見て、和夫は不吉なものを感じる。

そばかすのある圭介の頬に、涙のしずくが垂れているのを見て、息がとまった。

どうした、と問いかけようとしたとき、いきなり圭介は和夫の体にのしかかるようにして抱きついてきた。

助かった……そう、言ったように聞こえた。

「何が……」

半分わかったような、わからないような狐につままれたような気分だった。

「ありがとう、とうさん」

さらにきつく引き寄せられて、戸惑うばかりだった。

それでも、今日のこの日が、今の言葉を聞くためにあったような気がした。

ふっと心が軽くなった。もういい、と和夫も思った。何がもういいのか、わからなかった。これまで、心の中にあった薄いベールが破れて、視界が開けたような感じだった。手のひらで転がっていた目に見えない玉は、消えてなくなっていた。

本書のプロフィール

本書は、集英社ケータイ総合読み物サイト「the どくしょ plus」で二〇〇七年−二〇〇八年にに配信された「消える息子」を加筆・修正したものです。

小学館文庫

消(き)える息子(むすこ)

著者　安東能明(あんどうよしあき)

二〇二二年三月九日　　初版第一刷発行

発行人　石川和男
発行所　株式会社 小学館
〒一〇一-八〇〇一
東京都千代田区一ツ橋二-三-一
電話　編集〇三-三二三〇-五九五九
　　　販売〇三-五二八一-三五五五
印刷所――――凸版印刷株式会社

造本には十分注意しておりますが、印刷、製本など製造上の不備がございましたら「制作局コールセンター」（フリーダイヤル〇一二〇-三三六-三四〇）にご連絡ください。（電話受付は、土・日・祝休日を除く九時三〇分～一七時三〇分）
本書の無断での複写（コピー）、上演、放送等の二次利用、翻案等は、著作権法上の例外を除き禁じられています。本書の電子データ化などの無断複製は著作権法上の例外を除き禁じられています。代行業者等の第三者による本書の電子的複製も認められておりません。

この文庫の詳しい内容はインターネットで24時間ご覧になれます。
小学館公式ホームページ　https://www.shogakukan.co.jp

©Yoshiaki Ando 2022　Printed in Japan
ISBN978-4-09-407127-6

小学館文庫
好評既刊

夏至のウルフ

柏木伸介

ISBN978-4-09-407099-6

松山きっての繁華街〝北京町〟で、デリヘル嬢が絞殺された。愛媛県警本部と松山東署は特別捜査本部を設置。ピンク映画館に寝泊まりし、ウルフの異名を持つ刑事・壬生千代人（みぶちよと）も応援に駆り出された。捜査線上に浮かんだのは風俗店経営者だった。被害女性と愛人関係にあったらしいが、腑に落ちない。周辺捜査を進めるなか、スイッチを切り替えた。狩りモード——それはスポーツでいうゾーンに近い。五感が研ぎ澄まされ、事件の断片が繋がる。そして見えてきた真犯人とは……（表題作「夏至のウルフ」）。松山出身にして、「このミス」優秀賞作家発の超ローカル警察小説！

小学館文庫
好評既刊

わが名はオズヌ

今野敏

ISBN978-4-09-407057-6

荒廃した神奈川県立南浜高校を廃校にしてニュータウンを建設する計画が浮上した。千年の時空を超えて甦った修験道の開祖 役小角(えんのおずぬ)の呪術力を操る高校生賀茂晶(かもあきら)は、仲間の同級生や担任教師たちと学園を守るため、建設推進派の自由民政党代議士真鍋不二人と大手ゼネコン久保井建設の策謀に立ち向かっていく。一方、警視庁から賀茂に関する調査要請を受けた神奈川県警生活安全部少年一課の高尾勇と丸木正太は、巨悪に挑む賀茂らの熱意に次第に心を動かされていくのだが……!?　エンターテインメント小説界を牽引する今野敏が放つ、伝奇アクション巨編の傑作!!

第2回 **警察小説新人賞**
作品募集

大賞賞金 **300万円**

選考委員

今野 敏氏
（作家）

相場英雄氏（作家）　月村了衛氏（作家）　長岡弘樹氏（作家）　東山彰良氏（作家）

募集要項

募集対象

エンターテインメント性に富んだ、広義の警察小説。警察小説であれば、ホラー、SF、ファンタジーなどの要素を持つ作品も対象に含みます。自作未発表（WEBも含む）、日本語で書かれたものに限ります。

原稿規格

▶ 400字詰め原稿用紙換算で200枚以上500枚以内。

▶ A4サイズの用紙に縦組み、40字×40行、横向きに印字、必ず通し番号を入れてください。

▶ ❶表紙【題名、住所、氏名(筆名)、年齢、性別、職業、略歴、文芸賞応募歴、電話番号、メールアドレス（※あれば）を明記】、❷梗概【800字程度】、❸原稿の順に重ね、郵送の場合、右肩をダブルクリップで綴じてください。

▶ WEBでの応募も、書式などは上記に則り、原稿データ形式はMS Word（doc、docx）、テキストでの投稿を推奨します。一太郎データはMS Wordに変換のうえ、投稿してください。

▶ なお手書き原稿の作品は選考対象外となります。

締切

2023年2月末日
（当日消印有効／WEBの場合は当日24時まで）

応募宛先

▼郵送
〒101-8001 東京都千代田区一ツ橋2-3-1
小学館 出版局文芸編集室
「第2回 警察小説新人賞」係

▼WEB投稿
小説丸サイト内の警察小説新人賞ページのWEB投稿「こちらから応募する」をクリックし、原稿をアップロードしてください。

発表

▼最終候補作
「STORY BOX」2023年8月号誌上、
および文芸情報サイト「小説丸」

▼受賞作
「STORY BOX」2023年9月号誌上、
および文芸情報サイト「小説丸」

出版権他

受賞作の出版権は小学館に帰属し、出版に際しては規定の印税が支払われます。また、雑誌掲載権、WEB上の掲載権及び二次的利用権（映像化、コミック化、ゲーム化など）も小学館に帰属します。

警察小説新人賞 検索　くわしくは文芸情報サイト「小説丸」で
www.shosetsu-maru.com/pr/keisatsu-shosetsu/